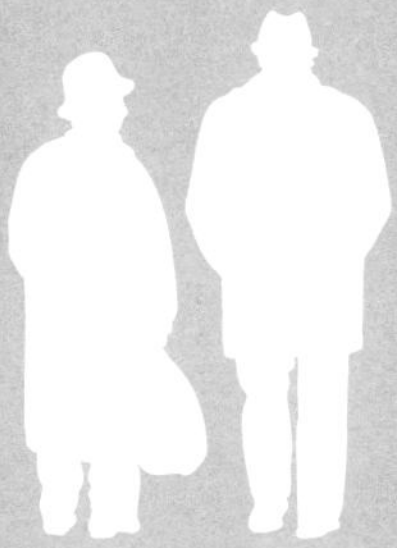

库切文集

彼得堡的大师

The Master of Petersburg

〔南非〕
J.M. 库切
著

J.M. Coetzee

王永年
匡咏梅
译

人民文学出版社
PEOPLE'S LITERATURE PUBLISHING HOUSE

J. M. Coetzee
THE MASTER OF PETERSBURG

Copyright © J. M. Coetzee, 1994
By arrangement with
Peter Lampack Agency, Inc.
350 Fifth Avenue, Suite 5300
New York, NY 10118 USA.
All rights are reserved by the proprietor throughout the world.

图书在版编目(CIP)数据

彼得堡的大师/(南非)J.M.库切著;王永年,匡咏梅译. -- 北京:人民文学出版社,2023
(库切文集)
ISBN 978-7-02-018274-9

Ⅰ.①彼… Ⅱ.①J… ②王… ③匡… Ⅲ.①长篇小说-南非(阿扎尼亚)-现代 Ⅳ.①I478.45

中国国家版本馆CIP数据核字(2023)第183195号

责任编辑　翟　灿
装帧设计　刘　远
责任印制　张　娜

出版发行　人民文学出版社
社　　址　北京市朝内大街166号
邮政编码　100705

印　　刷　北京盛通印刷股份有限公司
经　　销　全国新华书店等

字　　数　165千字
开　　本　850毫米×1168毫米　1/32
印　　张　8.25　插页1
印　　数　1—4000
版　　次　2023年12月北京第1版
印　　次　2023年12月第1次印刷

书　　号　978-7-02-018274-9
定　　价　72.00元

如有印装质量问题,请与本社图书销售中心调换。电话:010-65233595

目 录

第一章 彼得堡 …… 1
第二章 公墓 …… 7
第三章 巴维尔 …… 12
第四章 白衣服 …… 22
第五章 马克西莫夫 …… 29
第六章 安娜·谢尔盖耶夫娜 …… 50
第七章 马特廖娜 …… 67
第八章 伊万诺夫 …… 80
第九章 涅恰耶夫 …… 95
第十章 制弹塔 …… 110
第十一章 散步 …… 128
第十二章 伊萨耶夫 …… 145
第十三章 化装 …… 156
第十四章 警察 …… 167
第十五章 地下室 …… 177
第十六章 印刷厂 …… 196
第十七章 毒药 …… 209
第十八章 日记 …… 221

第十九章　火 …………………………………… *234*

第二十章　斯塔夫罗金 …………………………… *240*

译后记 …………………………………………… *258*

第一章　彼得堡

1869年10月。一辆轻便四轮马车缓缓行驶在圣彼得堡秣市地区的一条街道上。到了一幢高大的分租公寓前面，车夫勒住了马匹。

乘客怀疑地瞅瞅那幢房屋，问道："你肯定这地方没错吗？"

"蜡烛街六十三号，就是你说的地方。"

乘客下了车。他已过中年，留着胡子，腰背有些佝偻，宽阔的前额和浓密的眉毛使他显得沉着和有点自我专注。他穿的一套灰色衣服式样已经过时。

"在这儿等我。"他吩咐车夫说。

秣市有些房屋比较老旧，墙皮斑驳脱落，仍保留着旧日的气派，不过大多数已经成了公务员、学生和劳动人民的寄宿所。房屋与房屋之间的空当搭了一些木构建筑，有的依靠别的房屋的外墙而建，那些建筑摇摇晃晃，有的两层，有的甚至搭了三层，像鸽子棚似的拥挤不堪，是最最贫穷的人家的住处。

六十三号就是一幢比较老旧的房屋，两侧都有这种木构建筑。事实上，房屋面墙的横梁和支柱在半腰上交叉纵横,像蜘蛛网似的把它绷得密密实实。鸟在加固物的犄角上筑了窝,面墙上粘着鸟粪污染的痕迹。

一群孩子在街上玩耍,爬上支柱,往街上的水坑抛石块,然后跳下来把石头捡回去,他们发现有陌生人来,便中断了游戏。三个小的是男孩,第四个仿佛是他们的头头,是个女孩,长着金黄色的头发,眼睛黑得出奇。

"下午好,"陌生人招呼说,"你们有谁知道安娜·谢尔盖耶夫娜·科伦金娜住在哪里?"

男孩们不吭声,只是直勾勾地盯着他。过了一会儿,女孩放下手里的石子,说道:"跟我来。"

六十三号三楼,互相连接的房间挨挨挤挤从楼梯口的平台分支出去。通道幽暗弯曲,飘散着白菜炖牛肉的气味,他跟着小姑娘走去,经过一间公用的盥洗室,到了一扇灰漆的房门前,小姑娘推开了门。

狭长低矮的房间只有一扇齐头高的窗户。最长的一面墙壁上挂着一幅厚实的织锦,使得房间显得更昏暗。一个穿黑衣服的妇女站起来迎他。她有三十五六岁,同女孩一样的黑眼睛和浓眉毛,不过她的头发是黑的。

"原谅我事先没有通知就登门拜访,"他说,"我姓……"他迟疑了一下,"我想我的儿子曾经是你的房客。"

他从旅行包里取出一件用白手巾包着的东西,解开包巾。里面是一帧镶着银镜框的银版照片。"你也许认识他。"他说。他没有把照片交到她手里。

"是巴维尔·亚历山德罗维奇,妈妈。"女孩悄声说。

"是啊,他在这儿住过,"女人说,"我很难过。"接着是片刻尴尬的沉默。"他是4月住进来的,"她重新捡起话头,"他的房间同他离开时一样,他的东西,除了警方拿走的几件之外,也没有动过。你要看看吗?"

"是啊,"他声音沙哑地说,"假如房租没有付清,当然由我负责。"

他儿子的房间虽然只是公寓房屋里隔出来的一间小屋,却有单独的门和一扇面向街道的窗户。床铺得十分整齐,除床之外,还有一个五斗橱、一张带灯的小书桌和一把椅子。床脚放着一个手提皮箱,皮面上有压印出来的P. A. I.①几个缩写字母。他认识那个箱子:是他送给巴维尔的礼物。

他走到窗前,朝外面张望一下。四轮马车还等在下面。"你替我做件事情,好不好?"他问那个小姑娘,"你告诉车夫,说他可以走了,再把钱付给他,好吗?"

小孩接过他给的钱,下楼去了。

"如果你不介意的话,我想独自待一会儿。"他对那个女人说。

女人走后,他马上揭开床罩。被单是新换的。他跪下来,把鼻子凑到枕头上;但他只闻到肥皂和晒过的衣物的气味。他打开五斗橱的抽屉。抽屉已经空了。

他把箱子提起来放在床上。箱子里最上面是一套折叠整齐的白棉布衣服。他把前额贴在衣服上。一丝淡淡的、他儿子身上的气味传进他的鼻子。他深深地吸了又吸,心

---

① P. A. I.,巴维尔·亚历山德罗维奇·伊萨耶夫的俄文缩写。

想:他的鬼魂进了我体内。

他把椅子拖到窗前坐下,望着外面。外面暮色苍茫,越来越浓。街上阒无一人。时光在流逝,他的思想却停滞不动。反思,对,他想道,这种状态大概就是反思。脑袋发沉,眼睛发沉:灵魂里仿佛灌了铅。

那女人,安娜·谢尔盖耶夫娜,和她的女儿在吃晚饭,她们隔着桌子面对面坐着,中间是灯。他进屋时,她们中止了谈话。

"你们知道我是谁吗?"他说。

她正视着他,等他说下去。

"我意思是说,你们知道我不姓伊萨耶夫吗?"

"我们知道。我们知道巴维尔的事情。"

"我说几句就走,不打扰你们吃饭了。手提箱暂时放在这里行吗?我把房租付到月底。其实,让我把11月的房租也预先付了。如果你没有另外的约定,我希望保留这个房间。"

他把钱付给了她,二十卢布。

"假如我下午偶尔来这儿,你不在意吧?白天家里有人吗?"

她迟疑了一下。她同孩子交换了一个眼色。他觉得她要改主意。她希望他最好把箱子拿走,再也别回来,房客死掉的事情告一段落,房间可以空出来。她不希望这个浑身散发晦气的、忧伤的人来她家里。不过为时已晚,他付了房租,她收下了。

"马特廖莎下午在家,"她安静地说,"我可以给你一把钥匙。能不能请你从自己的房门进出?房客屋子和这个屋子中间的门不上锁,不过我们一般不用。"

"对不起,刚才我不知道。"

马特廖娜①。

他在秋市熟悉的街道上逛了一个小时。接着,他走过科库什金桥,回到那天早些时候他用伊萨耶夫这个姓登记入住的客栈。

他不觉得饿。他和衣躺在床上,合抱两臂,试图睡一会儿。可是他的思想又回到了六十三号他儿子的房间。房间里没有拉窗帘。月光洒在床上。他站在门口,屏住呼吸,全神贯注地盯着角落里的椅子,等黑暗凝重起来,变成另一种黑暗——存在的黑暗。他悄无声息地动着嘴唇,仿佛要念出儿子的名字,动了三次,四次。

他似乎在念咒语。但是要镇住谁呢:镇住鬼魂,还是镇住他自己?他想到了俄耳甫斯的故事②,那歌手一步步倒退,嘴里轻轻念着死去的女人的名字,要把她从冥府里呼唤回来;他想到那个穿着尸衣的妻子,呆滞的眼睛死死地盯着他,有气无力的、像梦游似的朝前伸着两臂。没有竖琴,没有笛子,只有字眼,反复念诵的那个字眼。死亡切断一切联系后,名字仍然存在。通过洗礼,灵魂同一个名字挂上钩,

---

① 马特廖娜,马特廖莎的原名。
② 俄耳甫斯,希腊神话中的歌手,善弹竖琴,他的琴声能使猛兽俯首,顽石点头。妻子欧律狄刻死后,他追到冥府去寻找,冥后珀耳塞福涅被他的琴声感动,同意让他带妻子回到人间,条件是一路上不能回头。快到人间时,俄耳甫斯猛然回首,想看看妻子是否跟在后面,妻子顿时消失了。

将把这个名字带到永恒。他再次默念了那个名字:巴维尔。

他开始感到眩晕。"我得走了,"他悄声说,或者自以为悄声说过,"我会回来的。"

我会回来的:当他送孩子初次上学时,他也作过同样的承诺。你不会被抛弃的。事实上,他被抛弃了。

他迷迷糊糊地睡去,觉得自己仿佛顺着一道大瀑布,不顾一切地投身跳进水潭。

第二章 公　墓

他们在渡口会合。他看到马特廖娜手里拿的鲜花,顿时有点不高兴。那些白色的小花太普通了。他并不了解巴维尔对花的品种有什么偏爱,不过献给他的花至少应该是玫瑰,鲜红的玫瑰,不管10月的玫瑰花有多么昂贵。

"我想我们可以把它种起来,"那女人似乎揣摩到了他的心思,说道,"我带着一把小铲子。鸟爪花:花期比较长。"他现在看清楚了:花的根部用一块湿布包着。

他们乘小渡船去叶拉金岛,他多年没有去那地方了。除了他们一行以外,船上的乘客只有两个穿黑衣服的老太太。那天雾气蒙蒙,很冷。渡船驶近时,码头上一条瘦得皮包骨头的灰毛狗急切地哀叫起来,跳来跳去。渡船主朝它晃晃带钩的撑篙,它退到安全的距离。狗岛,他想道:树林子里是不是有成群结队的野狗躲着,等送葬人一走,它们就开始刨土挖掘?

他等在外面,由安娜·谢尔盖耶夫娜进看门人小屋去问询,在他心目中,她还是房东太太。打听好后,他们穿过死者的通道走去。他哭了起来。为什么现在哭?他想起来就生自己的气。不过这时候的泪水也是好事,像一层柔软的薄纱似的蒙住了他的眼睛,使他看不清外面的世界。

"在这儿呢,妈妈!"马特廖娜嚷道。

公墓里有许多插着十字架木桩的土墩,木桩上挂着编号的牌子,他们来到其中一个土墩前面。他的思想在尽量回避一个号码,他的号码,当他看到那些7和4的数字时,他想:我今后下赌注,再也不押7了。

照说这时候他应该扑到坟上。但是这一切来得太突然,面前的这一抔黄土太陌生了,他心里产生不出任何感情。此外,他还在德累斯顿时,那像羊一样无知的儿子,肢体一定遭到一连串漠不关心的手的摆弄,他对那些手也不放心。从他记忆中那个活蹦乱跳的孩子,到死亡证明书上的姓名,再到木桩上的编号,这个过程仿佛在劫难逃,他思想上对之毫无准备,难以接受。暂时性的,他想道:没有最终的号码,一切都是暂时性的,否则赌局就结束了。过一会儿,轮盘又会旋转,号码又会动起来,一切又会好转。

土墩的大小甚至形状都像一个躺着的人。事实上,它是为了要放一口装高个儿年轻人的棺材而挖出来的新土。这里有一些他要拂去的、不忍去想的东西。随之而来的是一些恼人的回忆:当彼得堡这里在冷漠地进行存放、编号、装棺、运输、掩埋等一系列事情时,他在德累斯顿干什么呢?难道德累斯顿那里没有丝毫预感吗?一定要大批大批的人死去,才会地动山摇吗?

回忆起来的景象之一是他自己在拉岑街公寓的浴室里,对着镜子修剪胡子。洗脸盆的黄铜水龙头闪闪发亮,镜子里那张全神贯注的脸同以前完全不一样。我已经老了,他想道。判决已经作出；判决的内容正逐字传递给我，只是我还不知道而已。判决书上写的是：你生命中的欢乐已经结束。

房东太太在土墩脚下挖了一个小洞。"劳驾。"他说着做了一个手势，她让开了。

他解开大衣和上衣的纽扣，跪了下去，然后双手伸过头顶，笨拙地向前扑倒，伏在土墩上。他号啕大哭，涕泗滂沱。他的脸在潮湿的泥土上蹭，往土里拱。

他站起来时，胡子、头发和眉毛都沾了土。他一直没去理会的那个小女孩惊讶地瞪着他。他擦擦脸，擤了鼻子，扣好衣服的纽扣。简直是犹太人的风俗！他想道。不过让她看看也好！让她看看人毕竟不是木石！让她看看感情是没有限制的！

他眼睛里一闪，仿佛有什么东西朝她射去似的；她惊慌地扭过头，紧挨着妈妈。回巢了。他身体里涌出一股可怕的恶意，针对所有的活人，特别是针对活着的孩子。他想，这时候如果附近有个新生的婴儿，他会从母亲怀里把婴儿夺过来，使劲扔到一块岩石上。他想：现在我理解希律①的所作所为了。让生育终止吧！

他不理会母女两人，自顾自溜达开了。没多久，他已经把公墓比较新的地块抛在身后，到了旧墓碑中间，在死去已

---

① 希律（前73—前4），罗马统治时期的犹太国王。耶稣诞生时，东方三贤人来伯利恒祝贺，赠送黄金、没药、乳香，预示耶稣将成为犹太人之王，希律得悉后下令把伯利恒城并四境所有两岁以下的男婴统统杀死，以绝后患。见《圣经·新约·马太福音》第二章第十六节。

久的人中间徘徊。

他再回来时,那株鸟爪花已经种好了。

"谁来照看它呢?"他阴沉地问道。

她耸耸肩膀。这个问题可不是由她来回答的。现在轮到他了,该由他来说:我每天来照看;或者说:上帝会照看它的;或者有别人说:没有谁来照看,它会死的,让它死吧。

小白花在微风中快活地摇曳。

他拽紧那女人的胳臂。"他不在这里,他没有死。"他嚷着,音调都变了。

"当然,他当然没有死,费奥多尔·米海伊洛维奇。"她就事论事地安慰他说。不仅如此,这会儿她怀着母亲般的慈爱,不仅对她自己的女儿,而且也对巴维尔。

她的手很小,手指细细的像小孩,但是她的身体很丰满。荒唐的是,他很想把头枕在她的胸脯上,让那些手指抚弄他的头发。

手的天真,终古常新。他又想起了一件事:手的触摸,在黑暗中亲密无间。是谁的手呢?光天化日之下像野兽一样出现的手,没有羞愧,没有记忆。

"我得把号码记下来。"他避开她的目光说。

"我已经记下来了。"

他的欲望是从哪里产生的?那欲望像火一般猛烈灼热:他要拽住这个女人的胳臂,把她拖到看门人小屋后面,解开她的衣服,同她性交。

他想到送葬人随后会大吃大喝。这里面有一种狂喜的心情,对死神的示威:你奈何不了我们!

他们回到码头。灰毛狗悄悄溜到他们身边。马特廖娜想抚摸它,但遭到母亲阻止。那条狗有点不对劲:从尾巴根到背上有一片溃疡在发炎。它不断地呜咽,不然就突然坐在地上,用牙齿去咬溃疡的地方。

我明天再来,他承诺说:我一个人来,你我可以谈谈话。他想到重来此地,渡过河,找到他儿子的坟茔,在缭绕的雾气中同他儿子单独待着,这里有一丝冒险的意味。

第三章　巴维尔

他坐在儿子的房间里,把那套白棉布衣服搁在腿上,呼吸匀称,聚精会神,试图召唤一个肯定还没有离开这里的鬼魂。

时间一分一秒地流逝。通过隔板,旁边屋子里传来那女人和孩子压低嗓音的谈话声和摆饭桌的器皿声。他把衣服搁在一旁,敲敲房门。谈话声立即停了。他进屋说:"我现在要走了。"

"你瞧,我们正要吃晚饭。欢迎你和我们一起吃。"

她准备的食物很简单:汤、土豆、盐和黄油。

"我的儿子怎么会住到你这儿来的?"吃饭时他问道。他仍旧很留神地用我的儿子这个称呼:如果直接说出名字,他会经受不住的。

她迟疑了一下,他明白其中原因。她可以说:他生前是个可爱的年轻人;我们喜欢他。但是"生前"两字是个障碍,是她路上的一块大石头。她在绕开这个词以前,不会当他的面直言不讳地说出来的。

"一个老房客介绍的。"她终于说。就是这样。

她给他的印象是干巴巴的,干得像蝴蝶的翅膀。仿佛她的皮肤和衬裙之间,皮肤和她肯定穿着的黑长袜之间,有一层极细极细的白灰,只要肩膀那里一松,不费什么周折,全身衣服就会褪下来落到地板上。

他很想看看她一丝不挂的模样,这个散发着最后的青春气息的女人。

她不是那种所谓有教养的女人;可是有谁听过比她说得更漂亮的俄语?她嘴里的舌头像鼓翼的小鸟:绒乎乎的羽毛、轻柔地扑动。

他在女儿身上却一点也看不到母亲的柔和的干爽。与之相反的是,女儿有一种小雌鹿似的流体感,容易相信别人然而忐忑不安,伸着脖子去嗅陌生人的手,但紧张得准备随时跳开。这个黑头发的女人怎么会生金黄头发的孩子呢?但是许多泄露真相的迹象明摆着:细小的手指几乎还没有长成形;漆黑的眼睛像拜占庭式教堂的圣徒画像那么明亮;眉毛的线条像雕刻般的纤巧;甚至还有那闷闷不乐的神情。

奇怪的是某一个容貌特征在小孩身上可以达到十分完美,而在父母身上却像是复制品!

女孩抬起眼睛,遇到他探索的目光,马上慌张地躲开。他心里升起一阵愤怒的冲动。他要抓住她的手,摇晃她的身子。看着我,孩子!他要说:看着我,学着点!

他的刀掉到地上。他如释重负地借机弯腰去捡。他脸上的皮肤似乎被剥掉了,他似乎不由自主地老是要把一张血淋淋的、可怕的面具塞到她们两人前面,硬要她们看。

那女人又说话了。"马特廖娜和巴维尔·亚历山德罗维奇是好朋友,"她沉着而小心地说。接着转向那孩子:

13

"他给你上课,是吗?"

"他教我法语和德语。主要是法语。"

马特廖娜:这个名字对她可不合适。老太婆的名字,身材瘦小、满脸皱纹的老太婆的名字。

"我希望你保留他的一些东西,"他说,"做个纪念。"

孩子又抬起眼睛,困惑地打量着他,像狗打量陌生人似的,仿佛没有听到他说什么。那是怎么回事?答复是:她无法把我当成巴维尔的爸爸。她试图在我身上找到巴维尔的影子,但是找不到。他又想:对她来说,巴维尔还没有死。他仍旧活在她身体里的某个地方,散发着青春温暖甜蜜的气息。我这么黑不溜秋、瘦骨嶙峋,留着胡子,一定像是带着大镰刀的死神那般讨厌①。死神露着一英寸长的牙齿,走起路来髋关节和踝骨喀喀直响。

他不愿意谈他的儿子。但愿意听别人谈,是啊,当然很愿意。屈指算来,今天是巴维尔死后的第十天。随着日子一天天地过去,像秋天的落叶一般仍在空中飘荡的有关巴维尔的记忆,会被踩进泥里,或者被风卷走,飞到炫目的空中。他要把这些记忆收集起来加以保存。死亡、哀悼、遗忘,是人人都要遵循的规律。有人说,假如没有遗忘,世界很快就变得什么都不是,而是一个庞大无比的图书馆。话虽这么说,他一想到巴维尔被人遗忘,就会冒火,像是一头暴躁的老公牛,瞪着眼睛,十分危险。

他要听人家说事。不可思议的是那孩子居然要说了。

---

① 西方常将死神表现为手持大镰刀、身围裹尸布的骷髅。

"巴维尔·亚历山德罗维奇,"——她瞥了母亲一眼,确保自己可以说出这个死去的名字——"说他在彼得堡再待一个短时期,然后他要去法国。"

她停了下来。他焦急地等她接着往下讲。

"他干吗要去法国?"她问道,现在只对他一个人说话,"法国有什么事?"

法国?"他并不想去法国,他只是要离开俄罗斯,"他回答说,"人们年轻的时候对周围的一切都觉得烦。人们烦自己的祖国,因为祖国好像老旧没劲。人们要求新景象,新思想。人们以为在法国、德国或者英国能找到未来,而自己的国家太沉闷,不可能找到。"

那孩子皱着眉头。他说的是法国、祖国,而她听到的却是别的东西,字眼深层隐含的东西:怨恨。

"我的儿子受的教育很零碎,"他说,现在不是对着那孩子,而是对着母亲,"我老是让他转校。原因很简单:他早晨起不来。怎么都叫他不醒。也许我太重视了。可是不上课,就不能指望被大学录取。"

在这时候说这种事真够奇怪的!尽管如此,他转向女儿接着说下去。"他的法语很靠不住——你一定注意到了。也许那正是他要去法国的原因——提高他的法语水平。"

"他书看得很多,"母亲说,"有时候,他的屋子里整宿点着灯。"她的声音很低、很平稳,"我们不在意。他生前一向体贴别人。我们很喜欢巴维尔·亚历山德罗维奇——不是吗?"她对孩子的微微一笑在他看来仿佛是爱抚似的。

生前。她终于说出了口。

她皱皱眉头。"我一直搞不明白的是……"

一阵尴尬的静默。他不做任何缓解的努力。相反的是,他像狼保护幼崽似的竖起了毛。你得小心,他想道:你甘冒风险说了对他不利的话,后果由你自己担当!我既是他的妈,又是他的爸,对他来说,我什么都是,并且还不止这些! 他想站起来嚷嚷。是什么呢? 他对抗的敌人又是谁呢?

他喉咙里面有什么——有一声呻吟——要涌出来,他再也憋不住了。他用手蒙住脸;泪水从指缝间流了下来。

他听见那女人从桌边站起身。他等那孩子也站起来,可是她没有动静。

过了一会儿,他擦干眼睛,擤了鼻子。"对不起,我失态了。"他悄悄对孩子说,孩子仍坐在那儿,低头对着空盘子。

他走进巴维尔的房间,关上门。难过吗? 不,事实是他不难过。一点也不难过:他感到愤怒,所有的人都活着,而他的儿子却死了。他尤其对这个小姑娘感到愤怒,尽管她一副温顺的样子,他想把她撕成碎片。

他双臂抱胸躺在床上,他急促地呼吸,想把正要控制他的魔鬼驱逐出去。他知道自己活像一具直挺挺的尸体,他所说的魔鬼也许只是在拍打翅膀的他自己的灵魂。此时此刻活着有点叫人恶心。他想死。不止是死:他想灰飞烟灭,彻底消失。

至于来世之说,他并不相信。他准备同成群结队的其他死灵魂一起待在河边,等待永远不会来的驳船。空气阴冷潮湿,黑水拍打河岸,他身上的衣服会烂掉,落到脚下,他再也见不到他的儿子了。

他再次用合抱在胸前的冰冷的手指计算日子。十天。十天之后的感觉就是这样。

诗歌或许会让他回忆起儿子。他隐约感到可能适用的那首诗的韵律和音乐感。可是他不是诗人;他更像是一条这儿刨刨,那儿翻翻,忘了把骨头埋在什么地方的狗。

他等到门缝下面的灯光消失时,悄悄离开房间,回到自己的寄宿所。

那天夜里,他做了一个梦。他在水底下潜泳。光线是蓝幽幽的。他优美地侧身滑行着;他的帽子似乎掉了,他穿着黑衣服,有一种像是海龟的感觉,在属于他的自然环境中的大海龟。他身体上面微波荡漾,他身体下面是一泓静水。他在一片片水草中游过:缓缓漂动的水草像手指似的抚摩他的鳍,如果他身上有鳍的话。

他知道他在找什么。他游泳时偶尔张开口,发出他认为的喊叫或者呼唤。每喊叫或者呼唤一次,水就涌进他嘴里;每一个音节都被一口水所取代。他变得越来越臃肿,最后胸骨擦到了河床的淤泥。

巴维尔仰天躺着。他两眼紧闭。他的头发随波逐流,像婴儿的头发那么柔软。

他那海龟似的喉咙里发出最后一声呼喊,自己觉得叫声像狗吠,然后朝那孩子冲去。他想吻孩子的脸;但是当他僵硬的嘴唇触碰到时,他不敢肯定自己是不是在咬。

这时候,他醒过来了。

他按照老习惯,上午总是坐在他房间里的小书桌前。侍女进来打扫时,他挥挥手让她出去。但是他一个字也没写。他并没有丧失活动能力。他的心脏跳得很有规律,他的头脑很清晰。他在任何时候都能够拿起笔,在纸上写出字来。但是他担心写的东西会像是出自疯子之手——满纸的邪恶、淫秽,难以克制。在他的想象中,疯狂通过右臂的动脉到达指尖和笔纸,汨汨流出来;他不用蘸墨水,根本没有这种需要。流到纸上的不是血,也不是墨水,而是一种黑色的酸性液体,在偏光下看来隐隐发绿。在纸上不会干:如果用手指去触摸,会有一种流体的、触点似的感觉。甚至盲人都能阅读的文字。

下午,他回到蜡烛街巴维尔的房间。他关好通向房间的里门,用一把椅子顶住房门。接着,他把那套白衣服摊在床上。在日光下,他可以看清袖口多么肮脏。他嗅嗅腋窝,清晰地闻到了气味:不是小孩,而是成年人的气味。他吸了又吸。吸多少次后,气味才会消失呢?如果把衣服放在玻璃罩里面,气味能保存吗?

他脱掉自己的衣服,穿上那套白色的。虽然上衣太宽大,裤子太长,他穿在身上并不觉得自己样子滑稽。

他躺下来,两臂交叉。这个姿势富有戏剧性,出于冲动他什么事都干得出来。可是他对冲动毫无信心。

他有一个幻象:在无情的星星下面彼得堡延伸出去,显得广袤低矮。天空挂着一条横幅，写着一个希伯来字母拼写的字。他不识希伯来文，但知道那是谴责，是诅咒。

一扇用七道铁链拴住的大门把他儿子关在门外。他担当的艰巨任务就是打开这扇门。

想法、感觉、幻象。他相信这一切吗？它们来自他内心最深处；可是内心的可信程度不比理性高多少。

我在步步后退，他想道；退到无路可退的时候，还剩什么呢？

他想象自己回到了蛋里，或者至少回到某种光滑的、冰凉的、灰色的东西里。也许那不仅是一个蛋：也许那是灵魂，也许灵魂就是那样的。

床底下有窸窸窣窣的响声。是耗子捣乱吗？他不管。他转过身，把那件白上衣蒙在脸上，深深吸气。

自从他得悉儿子死亡后，他身体里有些东西在逐渐消失，他认为是坚定。我才是死去的人，他想；或者不如说，我丧了命，可是死亡没有到来。他感觉自己身体强壮结实，不会垮。他的胸部像是板条完好的木桶。他的心脏会跳动很长时间。虽然如此，他从人类的时间里给硬拖了出来。裹挟他的水继续向前流去，仍旧有它的方向，甚至目的；然而目的已经不再是生命了。裹挟他的是死水，是静止的水。

他睡着了。醒来时周围一片漆黑，静悄悄的。他划亮一根火柴，试图理清混乱的思绪。已经过了午夜。他在哪儿？

他在毯子下面翻来覆去，断断续续地睡得很不踏实。早晨，他头发凌乱，身上散发着气味，去盥洗室时，遇到了安娜·谢尔盖耶夫娜。她扎着头巾,穿着一双大靴子,像是市场上的女售货员。她诧异地打量着他。"我睡着了,我很疲倦。"他解释说。可是问题不在那儿。问题在他仍旧穿着那套白衣服。

"如果你不介意的话,我离开之前想住在巴维尔的房间里,"他接着说,"要不了几天。"

"我们现在不能谈这件事,我很匆忙。"她回答说。她显然不喜欢这个想法。也没有表示同意。不过他已经付了房租,她毫无办法。

整个上午,他都坐在儿子房间里的桌前,双手捧着头。他不能假装在写东西。他的心思转到巴维尔死亡的那一刻。他不能忍受的想法是,巴维尔坠落时的最后一刹那,知道什么都救不了他,他必死无疑。必死无疑的确定性比死亡本身更可怕,他要让自己相信,由于坠落时的措手不及和慌乱,由于心理在不能承受的极大痛苦面前会产生某种自我麻醉的作用,巴维尔也许没有感受到那种可怕的确定性和痛苦。他衷心希望情况是这样的。同时,他知道他之所以希望,是一种自我麻醉,免得想到巴维尔在坠落时心里十分清楚。

这种时候,他分不清巴维尔和他自己。他们是同一个人,而那个人多多少少无非是个念头而已,巴维尔借他的身体想这个念头,而他则借巴维尔的身体来想。这个念头让巴维尔永远活着,一直处于坠落之中。

他不想让儿子知道自己死了。他想:只要我还活着,就让我一个人知道!不管需要多么大的意志力,让我充当那个穿过空中的有思想的动物吧!

他坐在桌前,闭上眼睛,握紧拳头,使劲不让巴维尔知道自己死了。他觉得自己是罗马巴尔贝利尼广场上的特里同①塑像,嘴巴前的螺号不断喷出一股晶莹的泉水。他不分昼夜,把生命吹入水中。青铜铸的脖子上的筋腱由于使劲而暴突。

---

① 特里同,希腊神话中的海神,人首鱼尾。他有一个海螺号,可以吹出传遍世界的声音。这声音既可以兴风作浪,也可以使风浪平息。

第四章 白衣服

11月来了,随之而来的是第一场雪。天空中都是南飞的沼泽鸟。

他搬到巴维尔的房间去住,没过几天就成了那座房屋的生活的一部分。他经过时,孩子们不再中断他们的游戏,而是睁大眼睛看他,虽然仍会压低声音。他们知道他是谁了。他是谁呢?他是晦气,他是晦气的爸爸。

他每天都嘱咐自己必须再上叶拉金岛,去看看儿子的坟墓。但是没有去。

他给德累斯顿的妻子写信。信里是些安慰的话,没有感情。

上午他待在房间里,无所事事,自有一种阴暗的、死一般的乐趣。下午他上街闲逛,避开可能有人认识他的梅夏斯卡娅街和沃兹涅先斯基大道,总是在同一家茶馆里坐一小时。

在德累斯顿的时候,他经常看俄文报纸。现在他对外面的世界失去了兴趣。他的世界收缩了;他的世界只在他胸中。

为了替安娜·谢尔盖耶夫娜着想,他总在天黑以后才回家。招呼他吃晚饭之前,他总是悄悄地坐在那个既是他的又不是他的房间里。

他坐在床上,膝上搁着那套白衣服。谁也没有看到他。一切照常,毫无变化。他觉得爱的纽带像真的绳索似的把他和他儿子的心连在一起。他觉得绳索在绞他的心。他大声呻吟。"好啊!"他欢迎那种痛感,悄悄说;他伸出手去,把绳索再绞一下。

他背后的门开了。他吃了一惊,眼含泪水,一副佝偻窝囊的样子,那件衣服捏成一束握在手里。

"你现在吃饭好吗?"孩子问道。

"谢谢你,不过我今晚想一个人待着。"

过一会儿,她又回来了。"你要喝茶吗?我可以给你端来。"

她郑重其事地用茶盘端来一把茶壶、糖罐和杯子。

"那是巴维尔·亚历山德罗维奇的衣服吗?"

他把衣服搁到一边,点点头。

他喝茶时,她站在近处等候。她额角和颧骨的优美线条、水汪汪的黑眼睛、黑眉毛和玉米似的金黄色头发,再一次给了他深刻印象,他心里突然产生两股互相冲击的矛盾感情:一股是要保护她的冲动,另一股是由于她活着而要使劲揍她。

我这样与世隔绝是件好事,他寻思道。以我现在的情形,同人们相处是不合适的。

他等她说些什么。他要她说话。对孩子提出这种要求是令人不能容忍的,但他还是提出来了。他抬眼看她。没有任何遮掩。他直勾勾地盯着她。

她迎着他的凝视。过了一会儿,她掉过眼光,迟疑地后退一步,行了一个古怪笨拙的屈膝礼,飞快地跑出了房间。

他意识到这个细节,即使加以发展的话,他也永远不会忘记,有朝一日甚至可能在改写后收进他的书里。他有一点羞耻感,但只是肤浅和暂时的。首先在他的作品里,而今在他的生活中,羞耻感似乎失去了力量,被一种不属于道德范畴的、不回避任何极端的、茫然的消极状态所取代。这情况正像他用眼睛的余光看到雷雨云以可怕的速度朝他压来。挡在它们前面的任何东西会被一扫而光。他的心情既有害怕,也有兴奋,他等暴风雨发作。

他的表到了十一点,他没有打招呼,就从自己的房间里出来。马特廖娜和她妈妈睡觉的凹室已经拉好帘子,但是安娜·谢尔盖耶夫娜还没有躺下,她坐在桌子旁边,在灯光下缝纫。他穿过房间,在她对面坐下。

她的手指灵活,动作果断。他在西伯利亚流放的时候,出于需要,学会了缝纫,但动作不如她这么流畅优美。在他手里,缝针是件稀奇的东西,是小人国的箭。

"干这种精细的活儿,屋里的光线太差了。"他喃喃说。

她低下头,仿佛在说:我听到了,好像又在说:你指望我怎么办呢?

"你只有马特廖娜一个孩子吗?"

她正眼看着他。他喜欢这种率直的模样。他喜欢她的一点也不柔和的眼睛。

"她前面还有一个哥哥,不过很小的时候就死了。"

"这么说,你明白。"

"不,我不明白。"

她这话是什么意思?是说幼儿的死亡比较容易忍受吗?她没有进一步解释。

"如果你允许,我想买一盏好一点的灯给你。你这么年轻就毁了眼睛太可惜了。"

她低下头,仿佛在说:谢谢你的好意;我不会要你遵守诺言的。

这么早:他有什么用意?

他早已料到,后面的话会说出来的,他不准备阻止。

"我很想谈谈我的儿子,"他说,"更想听听别人谈他。"

"他是个很好的小伙子,"她开始说,"可惜的是我们认识他的时间太短了。"她仿佛觉得这几句话很不够,接着又补充说,"他经常在马特廖娜睡前念书给她听。她整天盼望着这个时候。他们相处得确实很好。"

"他们念什么书?"

"我记得有《小金公鸡》和克雷洛夫寓言。他还教她一些法文诗歌。她至今还能背诵一两首。"

"你家里有书真好。"他朝一个书架摆摆手,那上面至少有二三十本书,"我是指对一个成长的小孩有好处。"

"我的丈夫原在印刷所工作,是印刷工。他书看得很多,看书是他的爱好。这些只是他藏书的一部分。他活着的时候,家里简直放不下。地方太小了。"

她停顿了一下。"我们有你写的一本书。《穷人》①。我丈夫最喜爱的书之一。"

沉默了片刻。灯光开始闪烁。她把灯芯捻低,把手头的活计搁在一边。房间较远的角落陷入阴影。

"我不得不要求巴维尔·亚历山德罗维奇晚上别把朋友请到他的房间里来,"她说,"现在我想想有点懊悔。那次是因为他们在房间里说话喝酒,搞得很晚,闹得我们睡不着。他有些朋友相当粗鲁。"

"是啊,他交朋友很民主。他能同一般老百姓谈他们关心的事。老百姓渴望得到新思想。他从不以高高在上的姿态对他们说话。"

"他对马特廖莎说话也没有居高临下的样子。"

灯光越来越暗,灯芯开始冒黑烟。疼痛的地方抹上了语言的药膏,他想,可是我希望治疗吗?

"他虽然年轻,可是少年老成,"他硬说下去,"他考虑的是俄罗斯,是我们在这个国家的生存状况。他关心的是同普通百姓有关的事情。"

一阵沉默。颂扬,他想道:我是在颂扬,尽管方式笨拙,为时已晚,并且我还试图逼她和我一起颂扬。为什么不呢!

"我一直在琢磨你上次对我说的话,"她沉思地说,"你为什么把巴维尔睡过头的事情告诉我?"

"为什么?因为那件事现在看来虽然好像无关紧要,

---

① 《穷人》,俄国作家陀思妥耶夫斯基处女作,写于 1846 年,被誉为第一部俄国社会小说。

但毁了他的生活。由于他睡懒觉,我不得不让他转校,老是换学校。因此他没能被大学录取。因此他最后来到彼得堡,处于学生社会的边缘,他算不上学生,不真正属于学生社会。问题不仅仅是懒怠。简直没法把他弄醒——叫喊、摇晃、威胁、恳求。仿佛是要弄醒一头冬眠的熊!"

"我能理解。有些孩子怎么也不能踏踏实实地上学。可是我还有别的意思。请原谅我这么说,不过你告诉我那件事的时候,给我印象特别深刻的是你似乎还在生他的气。"

"我当然生气!你一定记得,他母亲去世的时候,他只有十五岁。把他拉扯大可不容易。我有别的更重要的事要做,不能老是哄这么大的孩子起床。如果巴维尔像别人一样完成了学业,这种事情就不会发生了。"

"这种事情?"

他不耐烦地挥挥手臂,似乎要把这座公寓、把彼得堡这座城市、甚至把他们头上的巨大夜幕统统打发走。

她静静地凝视着他;在那种眼光下,他开始理解自己说了什么话。他从右手开始,浑身颤抖起来。他站起来,双手紧握在背后,在房间里踱来踱去。有什么事要发生了,他试图不提名称的事。他要说话,但发的声音哽咽。我的所作所为像是书里的人物,他想道。不过即使是自我嘲笑也不起作用。他的肩膀上下起伏。他开始不出声地哭了。

在书上,女人会产生一阵怜悯,对他的悲痛作出反应,这个女人却没有。她在闪烁的灯光下坐在桌子边,转过头,缝纫的活计放在膝上。时间很晚了,没有人在场,孩子睡着了。

他暗忖道:该死的心!该死的感情用事!关键不在于心和心的感觉,而在于死亡和死去的孩子的感觉!

这时候,他眼前呈现出一幅十分清晰的幻象:巴维尔冲着他微笑,笑他的怨天尤人,他的矫揉造作,以及隐藏在矫揉造作后面的东西。那种笑并不是嘲讽,而是友好和宽容。他想:巴维尔知道!他知道,并且不在乎!他心头涌起一阵感激、愉悦和爱意。现在肯定要发作了!他想,但顾不得了。他不再忍住泪水,摸索着回到桌子边,把头埋在臂弯里,号啕大哭起来。

没有人抚摩他的头发,也没有人在他耳边说一句安慰的话。最后,当他摸索着取手帕时,他抬起头,发现马特廖娜那个小姑娘站在他前面,目不转睛地观察他。她身穿一件白色的睡衣;头发梳松后披垂在肩头。他不由自主地注意到那两个微微隆起的乳房。他对她笑笑,可是她的表情没有改变。他想:她也知道。她知道什么是假的,什么是真的;她这么目不转睛地看着他就说明她知道。

他定下神来。他的目光,透过残存的泪水,锁定在她的脸上。那一刹那,他们之间发生了什么,他好像被一根烧红的铁丝刺穿似的,猛地一缩。这时候,她母亲搂着她,悄悄说句话;她回床上去睡了。

第五章　马克西莫夫

"早上好。我是来领取我儿子的物品的。"(他的声音十分镇定,连他自己都觉得奇怪。)"我的儿子上个月遭到意外,警方保管了他的某些物品。"

他打开一张收据,在柜台上推过去。收据上的日期是巴维尔死亡的当天或者第二天,要看死亡的确切时间是在午夜之前,还是午夜之后而定;收据上只有"信件和其他文件"几个简单的字。

值勤警官疑惑地看看收据。"10月12日。还不到一个月呢。案件不可能了结。"

"多少时间才能了结?"

"或许两个月,或许三个月,也可能一年。看情况。"

"没有什么情况。不牵涉刑事犯罪。"

警官伸直手臂拿着收据,走出房间。回来时,他的神情显得更阴沉了。"先生,您贵姓——"

"伊萨耶夫。死者的父亲。"

"哦,伊萨耶夫先生。您请坐,马上就有人来接待您。"

他的心往下一沉。他希望的只是把巴维尔的东西清点给他,让他离开这个地方。他最受不了的是警方把注意力转移到他身上。

"我只能等一小会儿。"他简洁地说。

"明白,先生,我相信经手这件事的探员很快就可以见您。您请随便坐,别客气。"

他看看表,在长凳上坐好,装出不耐烦的样子打量一下四周。时间很早;接待室里只有另外一个人:一个年轻的房屋油漆工,工装裤斑斑驳驳的都是油漆污点。那年轻人坐得笔直,似乎睡着了。闭着眼睛,耷拉着下巴,喉咙里发出轻微的呼噜声。

伊萨耶夫。他内心的混乱并没有平息。他是不是应该在陷入困境之前赶快澄清有关伊萨耶夫的假话?但他怎么解释呢?"警官,这里有点小误会。情况并不完全是看上去那样。从某种意义来说,我不是伊萨耶夫。我用他姓的那个伊萨耶夫已经死了好几年,我用这个姓自有我的理由,此时此地我不想细说,不过理由完全站得住脚。我虽然不姓伊萨耶夫,可是我把巴维尔·伊萨耶夫当作儿子似的带养大,当作亲骨肉那样地爱他。从那种意义上,我们有同一个姓,或者应该姓同一个姓。他遗留下来的文件数量不多,对我来说却是十分宝贵的。我来这儿就是这个原因。"假如他自发地作了坦白,而他们根本没有起过疑,会怎么样呢?假如他们正打算把文件还给他,现在突然缩了回去,又会怎么样呢?"啊哈,这是怎么回事?难道还有隐情?"

他坐在那里犹豫不定,不知道应该实话实说呢,还是硬着头皮装假到底,他掏出表,没好气地看看,接待室的角落里生着一个火炉,屋里闷热得让人透不过气,他试图摆出不耐烦的商人的样子,他有旧病发作的预感,同时想到真的发病也不失为一个摆脱困境的办法,当然也是最最孩子气的办法。和预感同来的是一个挥之不去的记忆的阴影:以前他肯定来过这儿,正是这个接待室或者一个相似的房间,而且也发了病或者昏了过去!然而他的记忆为什么如此模糊?记忆和新鲜油漆的气味之间又有什么关系?

"太过分了!"

他的叫声响遍接待室。打瞌睡的房屋油漆工惊跳起来;值勤警官诧异地抬起眼睛。他试图掩饰慌乱。"我的意思是,"他压低嗓门说,"我不能再等了,我说过我有一个约会。"

他站了起来,穿好大衣,这时值勤警官叫住了他。"马克西莫夫督导现在可以见您了,先生。"

他被带进去的那间办公室里没有高长凳。除了一张硕大的人造革面的沙发以外,其余都是政府配备的、毫无特色的家具。负责巴维尔一案司法调查的马克西莫夫督导是个秃头,矮胖的身材像是农妇,磨蹭了好一会儿才坐定,然后打开一个厚厚的卷宗,搁在面前仔细阅读,时不时地摇摇头,自言自语说:"真糟糕……真糟糕……"

他最后抬起头。"我表示真诚的慰问,伊萨耶夫先生。"

伊萨耶夫。该下决心了!

"谢谢。我来是要求退还我儿子的文件。我知道案子还没有了结,不过我认为私人文件对你们的机关不会有什么用,同你们的运作也没有什么关系。"

"那当然,那当然！正如您所说的,私人文件。不过请告诉我:您说文件的时候,具体指什么？那些文件包括什么？"

那人的眼睛水汪汪的;睫毛是灰色的,像猫似的。

"我怎么说得上来呢？文件是从我儿子的房间里抄走的,我本人没有见过。总是一些信件、文件等等。"

"您没有见过,但是您认为我们不可能对之感兴趣。我能理解。我能理解做父亲的总认为他儿子的文件是私人的事情,或者至少是家庭的事情。是啊,确实这样。不过调查仍在进行之中——也许只是例行公事,但法律要求如此,因此不是打个榧子或者摆摆手就可以打发掉的,再说,那些文件也在调查范围之内。所以……"

他两手的指尖相对,低下头,似乎陷入了沉思。他再抬头时,脸上的笑容已经消失,只剩下一副十分坚决的表情。"我认为,"他说,"是啊,我相信我有一个能让双方都满意的解决方案。由于案子还没有了结——事实上,只能说是刚刚启动——我不能把那些文件还给您。不过我打算让您看看。因为我也觉得在这种悲惨的时刻只打个照面,不让家属仔细看看是不公平的,十分不公平。"

他像玩纸牌的人打出一张通吃各家的纸牌似的,突然从卷宗里抽出一张单页,放在他面前。

那是一张名单,用正字体书写的俄罗斯姓名,全部是 A 字母开头。

"恐怕搞错了。这不是我儿子的笔迹。"

"不是您儿子的笔迹？嗯。"马克西莫夫收回那页纸,仔细察看,"那您认为可能是谁的笔迹呢,伊萨耶夫先生?"

"我不认识,反正不是我儿子的笔迹。"

马克西莫夫从卷宗最后面挑出另一页纸,推到桌子对面。"这一页呢?"

他看都不用看。真莫名其妙!他心想。他感到一阵眩晕。说话的声音仿佛是从老远传来的。"那是我自己写的信。我不姓伊萨耶夫。我只是借用了这个姓——"

马克西莫夫挥挥手,像是赶苍蝇似的,要驱散他的话语,让他别作声;但他克服了眩晕,继续说完了要说的话。

"我用这个姓只为了不把事情搞得复杂化——没有别的理由。巴维尔·亚历山德罗维奇·伊萨耶夫是我的继子,我已故妻子的独子。但是对我说来,他同我的亲生儿子一样。除了我以外,世上他没有别的亲人。"

马克西莫夫从他手里拿过那封信,再次细细阅读,那是他在德累斯顿发的最后一封信,信中责怪巴维尔钱花得太多。他坐在这里,而一个陌生人在看他写的信,真丢人!写信这件事就丢人!但是怎么知道哪一天是末日?怎么会知道呢?

"爱你的爸爸,费奥多尔·米海伊洛维奇·陀思妥耶夫斯基,"那个官员自言自语地说着,抬起眼睛,"明白地说,您根本不姓伊萨耶夫,您姓陀思妥耶夫斯基。"

"不错。那是蒙骗,是错误,无聊,但是无害,我感到懊悔。"

"我理解。不过,您来这儿冒充——我们要不要用那个难听的词呢?由于没有更恰当的词,我们暂且小心翼翼

33

地用一下——冒充已故的巴维尔·亚历山德罗维奇·伊萨耶夫的父亲，要求把属于他的物品发还给您，而事实上您根本不是那个人。这种情况不太合适，不是吗？"

"我说过那是个错误，现在我深表遗憾。可是死者是我的儿子，我是经过正式指定的、他的合法监护人。"

"嗯。这里写的是他死时二十一岁，快二十二岁了。严格说来，监护文书已经过期。二十一岁的人可以自主了，不是吗？从法律上说，是自由人。"

这种嘲笑最终激怒了他。他站起身。"我来这儿的目的不是同陌生人谈论我的儿子，"他的嗓门越来越高，"如果你坚持要扣他的文件，那就明说，我可以采取别的措施。"

"坚持扣他的文件？当然不是！亲爱的先生，请坐下！当然不是！正好相反，我很希望让您过过目，既为您自己，也为了我们。您能指教我们的话，我们十分感谢。我们先拿这件来开头。"他把五六张两面书写的纸页摊在他面前，那是一份完整的名单，以 A 字母打头的第一页，他刚才已经见过了。"这不是您儿子的笔迹吧？"

"不是。"

"不是，我们知道不是。是谁的笔迹，有概念吗？"

"我没有概念。"

"那是一个目前居住在国外的年轻女人的笔迹。她的姓名无关紧要，虽然我说出来会使你吃惊。她是一个姓涅恰耶夫的人的朋友和同伙，谢尔盖·根纳德维奇·涅恰耶夫。这个姓名对您有没有意义？"

"我并不直接认识涅恰耶夫,我也不认为我的儿子认识他。涅恰耶夫是个阴谋家和叛乱者,我坚决驳斥他的阴谋诡计。"

"您说您并不直接认识他。可是您同他有过接触。"

"不,我同他没有接触。我在瑞士日内瓦参加过一次公众集会,会上有许多人发言,涅恰耶夫也在其中。他和我在同一个场所待过——那就是我认识他的全部事实。"

"那是在什么时候?"

"1867年秋天。会议是一个自称为和平自由同盟的团体组织的。我作为爱国的俄罗斯人公开参加会议,想听听各方面对俄罗斯有什么看法。我听涅恰耶夫那个年轻人发言的事实并不说明我支持他。相反的是,我重复一遍,我反对他所主张的一切,无论在公开场合或者私下里,我已说过多次。"

"包括人民的福利?涅恰耶夫不是主张人民福利的吗?那不是他争取的目标吗?"

"我不明白这些问题的确切意义。涅恰耶夫以平等原则的名义,首先主张用暴力推翻一切社会制度,主张幸福人人有份,如果得不到幸福,那就苦难人人有份。他企图为之辩护的其实不是一个原则。事实上,他似乎鄙视一切辩护,认为那是浪费时间,是没有用的智力活动。请你别把我同涅恰耶夫扯到一起去。"

"好吧,我接受您的责备。尽管我得补充说,我感到惊讶——我没有想到您居然是个恪守原则的人。但是回到正经事上。您面前的那份名单——您认不认识其中某些人?"

"我认识其中几个。不多。"

"这是一份计划暗杀的人名单,只要以人民复仇①的名义发出信号,立即就动手,您也知道,人民复仇是涅恰耶夫创立的秘密组织。暗杀的目的是加速总起义,推翻国家的政权。您如果翻到文件最后面,可以看到一个附录,上面有推翻政府后立即处决的各种人的名单。包括全部高级司法人员、全部警察官员和上尉级别以上的第三厅官员。名单是在您儿子的文件中找到的。"

透露了这个信息后,马克西莫夫朝后一靠,跷起椅子的前脚,友好地微笑。

"你意思是说我儿子是个暗杀者?"

"当然不是!谁也没有遭到暗杀,他怎么会是暗杀者呢?您手头的那份东西只能算是草稿,不确定的草稿。事实上,依我看来,依我的个人意见,那份名单只是一个对社会心怀不满的年轻人用一个下午的时间炮制出来的,也许是向一个听他口授的、非常年轻的女人炫耀他拥有生杀之权,他的纯属幻想的权利。尽管如此,暗杀官方人士,策划暗杀——是很严重的问题,您同意吗?"

"非常严重。你的职责十分清楚,不需要我的劝告。如果涅恰耶夫回到他的祖国时,你必须逮捕他。至于我的儿子,你打算怎么办?也逮捕他吗?"

---

① 原文为 the People's Vengeance。俄国历史上有"人民惩治会",1869年9月成立于莫斯科,发起人为涅恰耶夫。该秘密组织主张采取冒险主义的斗争策略和无原则的恐怖主义。

"哈哈！您尽可以说您的笑话，费奥多尔·米海伊洛维奇！不，即使打算逮捕他，我们也办不到，因为他已不在人世。但他留下了物证。留下了文件，比任何有自尊心的阴谋家应该留下的更多。他还留下了疑问。例如：他为什么自杀？我也想问问您：您认为他为什么自杀？"

房间在他眼前旋转。探员的脸朦朦胧胧，像一个粉红色的大气球。

"他可不是自杀，"他低声说，"你对他一点都不了解。"

"当然不！我丝毫不了解您的继子和他动荡的生活，我也不想去了解。可我希望从材料和调查的角度了解什么原因促使了他的死亡。比如说，他有没有受到威胁？他的同伙有没有威胁要告发他？他是不是吓得寝食不安，以致结束了自己的生命？或者也许他根本不是自杀？有没有可能由于我们还不了解的原因，他被发现是人民复仇的叛徒，便用这种特别讨厌的方式加以杀害？我心里老在琢磨这些问题。因此利用这个机会好好同您谈谈，费奥多尔·米海伊洛维奇。您是他的继父，在他没有生身父母的情况下，您长期担当他的保护人，如果您不了解他的话，还有谁了解呢？

"此外，还有一个喝酒的问题。他是不是一向喝得很凶，还是因为搞阴谋过于紧张，最近才喝上的？"

"我不明白。我们干吗要谈喝酒的事？"

"因为他死的那夜喝了大量的酒。您不知道吗？"

他默默地摇摇头。

"费奥多尔·米海伊洛维奇，您显然有许多事情不知道。好吧,让我同您开诚布公吧。我听说您来这里认领您儿子的文件,也可以说是踏进了是非之地的时候,我敢肯定,或者几乎可以肯定,您毫不怀疑会有什么麻烦。因为假如您知道您的继子同涅恰耶夫犯罪团伙有关系的话,您当然不会来这儿。或者一来就会声明,您要求发还的只是您本人同您儿子之间的信件,不是别的。您明白我的意思吗?

"既然您继子给您的信已经在您手里,那就意味着您要的是您写给他的信。可是为什么——"

"我要的是信件,以及属于私人性质的所有其他物品。你揪住他不放是什么意思?"

"您说到哪里去了!……多么悲惨……不过让我们回到文件问题:您说了'私人性质'。我突然想到,在目前的情况下,很难明白'私人性质'是什么意义。当然,我们必须尊重死者,必须维护您继子自己已经无法维护的权利,也就是本案中享有某种恰当的隐私的权利。预料到我们死后,有陌生人来查看我们的物品,打开抽屉,弄坏封印,翻阅私人信件——我敢肯定,对于我们任何人来说,都是痛苦的。从另一方面说,在某些情况下,我们宁肯让一个漠不关心的陌生人来执行这个令人不愉快的、然而是必要的任务。当失去亲人的悲痛还未平息时,如果我们的隐私暴露在妻子、女儿或者姐妹的不存疑心的眼睛前面,我们想到这种情形能感到舒服吗?在某些情况下,这种事宁愿让一个不会动情的陌生人去做,因为他对我们毫不关心,也因为由于职业习惯,他对这种事情根本无动于衷。

"当然,从某种意义上来说,这都是空话,因为说到头,起决定作用的是法律,继承法:私人文件和别的东西都归财产继承人所有。在没有指定继承人而死亡的情况下,就根据血缘原则,决定应该决定的事情。

"我们同意,家庭成员之间的信件是私人文件,应该得到恰当的慎重对待。来自国外的书信,带有煽动性质的书信——例如标出准备暗杀的人的名单——显然不属于私人文件范围。可是眼前的情况相当古怪。"

他一边在卷宗里翻找什么,一边烦人地用指甲在桌子上叩击。"这个情况很古怪,相当古怪,"他喃喃地重复说,"里面有故事,"他突然宣布说,"我们怎么界定故事呢,虚构作品吗?您说故事是不是私人的事情?"

"私人事情,绝对属于私人的事情,在公之于众之前,完全是作者私人的事情。"

马克西莫夫探询似的朝他瞅了一眼,然后把手里翻阅的东西推到桌子对面。那是一个页面印有平行线的、小孩用的练习本。他立即认出了那些拖着环形尾巴和横道的倾斜的字体。孤儿的字,他想道:我得学会喜欢它。他出于保护似的把手按在练习本上。

"看吧。"他的对手轻声说。

他试图看看,但思想不能集中;越是努力,看到的却是更多的书写上的细节。泪水模糊了他的眼睛;他用袖管轻轻按一下,以免泪水滴下来模糊了字迹。"白茫茫的雪地上阒无人迹。"他念了一句,想改掉这种陈词滥调。内容写的是一个在空旷地方的人,还有寒冷的天气。他摇摇头,合上练习本。

马克西莫夫探过身来,轻轻地抽掉练习本。他翻着纸页,找到了他要找的地方。又把本子推回来。"看看这一部分,"他说,"只有一两页。我们的主角是个被判犯有阴谋造反罪、流放到西伯利亚的年轻人。他从监狱里逃出来,摸到一个地主家里,帮厨的女佣,一个年轻的农村姑娘,把他藏起来,给他吃的。他们年轻,两人之间产生了浪漫的感情,以及诸如此类的事。一天晚上,被写成是粗鲁好色的地主试图骚扰那个农村姑娘。我建议您看的是这一节。"

他又摇摇头。

马克西莫夫拿回练习本。"年轻人看到那场景忍无可忍。他从藏身处出来干预。"他开始大声念起来,"'卡拉姆津'——那是地主的名字——'转过身来对着他,气急败坏地说,"你是谁?你在这儿干什么?"这时他注意到了破烂的灰色囚服和砸断的脚镣。"啊哈,一个逃犯!"他嚷道——"我马上来收拾你!"他转过身,蹒跚地走出房间。'用的是'蹒跚'两字,我很喜欢。地主被写成是个脸长得像哈巴狗、耳朵毛茸茸、两条腿又短又粗的莽汉。我们的年轻主角当然怒火中烧:老年和丑陋亵渎了少女的美丽!他从火炉旁边抄起一把斧子。'他使出全身力气,颤了一下,把斧子砍在那人的灰白色的头颅上。卡拉姆津两膝一屈,像大牲口似的喷了一下鼻子,倒在刷得很干净的厨房地板上,两臂平摊,手指抽搐几下,然后松开。谢尔盖'——那是我们的主角的名字——'呆站着,手里还握着那把滴血的斧子,不信自己干下的事情。但是玛尔法'——那是女主角的名字——'以他未曾料到的镇定抓起一块湿抹布,塞在死者头下,以免鲜血漫开。'精彩的现实主义描写,您说是吗?

"故事的其余部分比较粗略——我不念下去了。那个下流的卡拉姆津被抹去后,作者的灵感也许逐渐干涸。谢尔盖和玛尔法把尸体拖出去,扔进一口废井。然后他们两人'满怀决心'地离开,投入了夜色。原稿写的是'满怀决心',没有说明他们是不是打算逃跑。但是让我提一个细节。谢尔盖没有留下凶器。不,他随身带走了。干吗用?玛尔法问道。他的回答是:'因为它是俄罗斯人民的武器,是我们自卫的手段,复仇的工具。'血淋淋的斧子,人民的复仇——影射得再清楚不过了,不是吗?"

他怀疑地盯着马克西莫夫。"我简直不相信自己的耳朵,"他低声说,"难道你真的打算把这当作不利于我儿子的证据——这只是故事,幻想,独自待在房间里写的东西呀!"

"哦,天哪,费奥多尔·米海伊洛维奇,您误解我了!"马克西莫夫在椅子里往后一靠,似乎很无奈地直摇头,"绝对不是您所说的找您继子麻烦的问题。从最重要的方面来说,他的案子已经了结。我把他的幻想(用您的说法)念给你听,只是说明他受涅恰耶夫分子的影响有多深,天知道有多少性格还没有定型的、多变的年轻人被他们引入歧途,特别是这里彼得堡的年轻人,其中不少还是好人家的子弟。可以说涅恰耶夫主义简直是传染病。一种传染病,或者也许只是时尚。"

"不是时尚。俄罗斯一直有你所说的涅恰耶夫主义,

41

只是名称不同罢了。涅恰耶夫主义同土匪打家劫舍一样，也是俄罗斯的特色。不过我来不是讨论涅恰耶夫分子的。我来的理由很简单——取回我儿子的文件。可以给我吗？如果不给，我可以走了吗？"

"您可以走，随时都可以走。您到过国外，用假名字回俄罗斯。我不想问您用什么护照。不过您有离开的自由。如果您的债权人发现您在彼得堡，他们当然也有采取他们认为合适的措施的自由。那是您同他们之间的事，与我无关。我再说一遍：您随时可以离开这个办公室。然而我丑话说在前头，我绝对不会同您合谋，帮您圆谎。"

"在目前，对我说来，没有比金钱更不重要的东西了。如果我由于旧债而官司缠身，也只有认了。"

"您丧失了亲人，情绪低落，所以才有这种态度。我充分理解。但要记住，您有妻儿靠您生活。即使为他们着想，您也不能自暴自弃。至于您要求发还这些文件，我不得不深表遗憾地说，不行，现在还不能交给您。您的继子同涅恰耶夫分子有牵连，这些文件属于警方应该管的部分。"

"好吧。但是在我离开之前，我可不可以改变主意，就涅恰耶夫分子的问题说最后一句话？我至少见过涅恰耶夫本人，听过他说话，比你更了解他——如果说得不对请你纠正。"

马克西莫夫询问似的仰起头。"请往下说。"

"涅恰耶夫不是警察应该管的事情。说到头，涅恰耶夫根本不是任何当局应该管的事情，至少不是世俗当局该管的事情。"

"接着说。"

"你们有可能追踪到谢尔盖·涅恰耶夫,把他关起来,可是那并不意味着涅恰耶夫主义可以消灭。"

"我同意。完全同意。涅恰耶夫是我们国家流传很广的一种思想;涅恰耶夫本人只是这种思想的体现。涅恰耶夫主义不可能消灭,除非时代变了。因此,我们的目标应该定得低一点、实际一点:遏制这种思想的传播,在一经传播开来的地方,就防止它转化为行动。"

"你仍旧误解了我的意思。涅恰耶夫主义不是思想。它蔑视思想,在思想范畴之外。它是一种精神,涅恰耶夫本人不是精神的体现,而是它的宿主;或者不如说在它控制之下。"

马克西莫夫的表情高深莫测。他作进一步的解释。

"我第一次在日内瓦见到谢尔盖·涅恰耶夫时,他给我的印象是不讨人喜欢的、阴郁的、智力并不特出、十分平凡的年轻人。我并不认为这第一印象是错误的。在这个其貌不扬的载体里,进驻了一个精神。这个精神也没有什么特别。它沉闷、充满怨气和杀气。它为什么要选中这个年轻人作为宿主?我不知道。也许因为它认为在这个年轻人身上进出比较自由。但是正因为涅恰耶夫身体里有了这个精神,才有了追随者。人们追随的是精神,不是人。"

"这个精神有什么名字呢,费奥多尔·米海伊洛维奇?"

他竭力想象谢尔盖·涅恰耶夫的模样,但眼前只浮现出一个牛头：眼睛呆滞，舌头拖在外面，脑壳被屠夫的斧子劈开。周围是一群密密麻麻的苍蝇。他想起一个名字，脱口说了出来："巴力①。"

"很有趣。也许是个隐喻，不完全清楚，但值得记住。巴力。然而我必须问问自己，谈论神灵和神灵附身有什么实际意义？说思想在传播，似乎思想有胳膊有腿似的，难道也有实际意义吗？这种话对我们的工作有什么帮助？对俄罗斯有帮助吗？你说我们不应该把涅恰耶夫关起来，因为他受到恶魔的控制（我们能称它为恶魔吗？——我觉得精神这个词听上去有点假）。在那种情况下，我们该怎么办？说到底，我们不是修行悟道的会社，我们是调查的职能单位。"

沉默了一会儿。

"我绝不是拒绝考虑您说的话，"马克西莫夫接下去说，"早在见到您之前，我就知道您是个天分很高、洞察力特强的人。这些娃娃阴谋家完全不能同他们的前辈相比。他们自以为是不朽的。在那层意义上来说，简直像是同恶魔斗。而且不可调和。可以说，他们希望我们这一代倒霉。仿佛他们生下来就有这种想法。做父亲不是一件容易的事，不是吗？我本人就是做父亲的，不过幸好生的都是女儿。我真不愿意充当我们这个时代的儿子的父亲。您自己的父亲……您同您自己的父亲是不是有过一些不愉快的事，还是我记错了？"

---

① 巴力，古代迦南人和腓尼基人所信奉的主神。

马克西莫夫白色的睫毛后面射出一瞥锐利的目光,接着又往下说。

"因此,我怀疑涅恰耶夫现象是不是真如您所说的那种精神的畸变。也许只是由来已久的父子之间的老问题,只不过在我们这一代人中间更有破坏性、更不宽容。如果是那样的话,最聪明的办法也许最简单易行:那就是站稳脚跟,咬牙坚持——等他们长大。我们的历史上毕竟有过十二月党人,然后又有一八四九年派。如今还活着的十二月党人都是老人了;我敢说控制他们的、不管什么样的恶魔多年前早就逃跑了。至于彼得拉什夫斯基①和他的朋友们,您有什么看法?"

彼得拉什夫斯基!为什么要提起彼得拉什夫斯基?

"我不同意。你说的涅恰耶夫现象有它自己的色彩。涅恰耶夫是个嗜杀成性的人。而有幸被你提到的那些人是理想主义者。他们之所以失败,是因为他们搞阴谋诡计的功夫还不到家(这也是他们的光荣),他们当然算不上嗜杀成性。彼得拉什夫斯基——你既然提起他,我们不妨说说——彼得拉什夫斯基一开始就反对那种只问目的、不择手段的耶稣会主义。涅恰耶夫是耶稣会的,耶稣会的居士,他相当公开地承认自己信奉那种不惜滥用拥护者的精力以达到自己目的的学说。"

---

① 彼得拉什夫斯基(1821—1866),彼得拉什夫斯基小组的领导人之一。该小组成立于1845年,为圣彼得堡俄国进步知识分子的组织。陀思妥耶夫斯基是其成员之一。1849年4月该组织遭沙皇政府破坏,领导人被逮捕流放。

"我还遗漏了一点。请您再向我解释解释:为什么您继子那样的梦想家、诗人、有才智的年轻人会受涅恰耶夫那样的匪徒吸引?依您看来,是不是因为涅恰耶夫之类的匪徒受过了一点教育?"

"我不知道。或许因为年轻人身上有些尚未泯灭的东西受到了涅恰耶夫的精神的召唤。或许我们大家身上都有那种东西:我们以为已经灭绝了几个世纪,其实只是在沉睡而已。我再说一遍:我不知道。我解释不了我儿子同涅恰耶夫之间的关系。我自己也觉得出乎意料。我来这儿只是想取巴维尔的文件,它们对我非常珍贵,你是不会理解的。我要的只是文件,没有别的。我再请问一次:你还不还给我?它们对你毫无用处。看了也不会明白为什么有才智的年轻人要倒向歹徒一边。尤其你更不会明白,因为你显然不会看东西。我不妨告诉你,你在看我儿子写的故事时,我注意到你离得远远的,建起了一道嘲笑的屏障,似乎怕书页上的字句跳出来扼死你。"

他说话的时候,身体里面有什么开始着火,他求之不得。他抓住椅子的扶手,探身向前。

"你害怕的是什么,马克西莫夫督导?当你读到卡拉姆津,或者卡拉姆佐夫,或者不管他叫什么名字,当卡拉姆津的脑壳像鸡蛋似的被打碎,你的真实感觉是什么?你和他一起感到痛楚,还是在那条挥起斧子的胳膊后面偷着乐?你不回答?那让我来告诉你吧:阅读时的感受应该既是胳膊和斧子,又是脑壳,而不是隔得远远地冷笑。如果我问你,你一定会说你在追捕涅恰耶夫,要把他捉拿归案,加以审判,并且要有合法的程序,原告和被告都有辩护律师等等,然后把他终身监禁在一个清洁、灯光明亮的牢房里。但是你不妨反思一下自己:你是不是真的希望这样?难道你不想砍掉他的头,用脚践踏他的血迹吗?"

他往后坐坐,满脸通红。

"您是个绝顶聪明的人,费奥多尔·米海伊洛维奇。但是您把阅读说成像是恶魔附身。如果用那种标准来衡量,恐怕我是个很不够格的阅读者,愚钝而缺乏想象力。可是我担心您此刻是不是在发烧。假如您照一下镜子,您就明白我的意思了。我们作了一次长谈,很有趣不过时间长,我还有许多公务需要处理。"

"听我说,你死抱着不放的那些文件可能是用阿拉米语①写的。对你毫无用处。还给我!"

马克西莫夫咯咯笑起来。"费奥多尔·米海伊洛维奇,您为我不能满足您的要求提供了最有力、最善意的理由,那就是:在您目前的状态下,涅恰耶夫的精神能从书页里跳出来,彻底控制您。不过谈正经的:您说您会阅读。改天能不能把这些文件,涅恰耶夫文件,统统读给我听听?这份卷宗只是其中的一卷。"

"读给你听?"

"不错。替我读一遍。"

"为什么?"

---

① 阿拉米语,公元前9世纪通用于古叙利亚,后来一度成为亚洲西南部的通用语,犹太人文献及早期基督教文学多以此语写成。

47

"因为您说我不会阅读。请您演示一下,怎么阅读。教教我。把不是思想的思想解释给我听听。"

自从电报发到德累斯顿以来,他第一次笑了:他能感觉到自己脸上僵硬的线条松弛开来。笑声刺耳,没有欣喜的味道。"我一向听人说,"他说,"警察是社会的耳目,现在你却叫我帮忙!不,我不会帮你阅读。"

马克西莫夫点点头,两手合抱放在怀里,闭上眼睛,比任何时候都更像一尊菩萨,辨不出年纪和性别。"谢谢您,"他喃喃说,"现在您得走了。"

他来到外面拥挤的接待室。他和马克西莫夫一起,在小房间里待了多久?一个小时?更久?长凳上坐满了人,有些人倚在墙上,还有些人待在新鲜的油漆气味刺鼻的走廊里。他出来时,外面的谈话声都停了;冷冷的眼光转向他。多少人要求主持公道,每个人都有一肚子的苦水要吐!

快到中午了。他根本没有回自己房间的想法。他沿着萨多瓦亚街向西走去。天空阴沉,冷风飕飕;地上有的地方结了冰,踩上去很滑。他低着头,拖着沉重的脚步,天色显得更加灰暗。但他不能停,他不停地打量着从身边走过的每一个人,寻找他儿子走路时轻快的步伐和肩膀的姿态。根据走路的样子,他就能认出儿子:先是步子,然后是体形。

他试着回忆巴维尔的脸。但是浮现在他眼前的那张特别鲜活的脸却是那个年轻人:眉毛浓密、胡子稀少、薄薄的嘴唇抿得很紧,那是两年前召开和平大会时主席台上坐在巴枯宁①后面的年轻人。他皮肤上坑坑洼洼的伤疤由于天冷而发出青紫色。"走开！"他想驱赶那个形象,但是驱赶不掉。"巴维尔！"他徒劳地低声召唤儿子。

---

① 巴枯宁(1814—1876),俄国无政府主义者和理论家,1864年参加第一国际。

第六章 安娜·谢尔盖耶夫娜

他以前没有来过这家店铺。它比他想象中的要小,又矮又暗,有一半位于街道平面以下。招牌写的是**雅科夫列夫—食品杂货商**。他推门时挂在门上的铃铛晃动起来,丁零零地响了几声。他的眼睛过了一会儿才适应店铺里的昏暗。

店里只有他一个顾客。一个系着脏兮兮的白围裙的老头站在柜台后面。他装着检查货品的样子:打开盛荞麦、面粉、干豆子、马料的口袋。磨蹭了一会儿才来到柜台前。"请给我来一点糖。"他说。

"呃?"老头清了清嗓子。他戴着眼镜,以致眼睛小得像纽扣。

"我想买一些糖。"

她从店铺后面挂着帘子的门道里出来,见了他,即使感到惊异也不露声色。"我来招呼顾客,阿夫拉姆·达维多维奇。"她平静地说,老头便靠边站。

"我来买一点糖。"他重复说。

"糖?"她嘴角露出一丝笑意。

"五戈比的。"

她熟练地卷了一个圆锥形的纸筒,把底部捏紧,装了白糖,称了重量,叠好筒口。一双能干的手。

"我刚去过警察局。我请他们把巴维尔的文件发还给我。"

"是吗?"

"我没有料到事情不那么简单。"

"您能领回来的。要花时间。办什么事都要花时间。"

他无缘无故地觉得这句话话里有话。若不是老头在她背后,他会隔着柜台探身过去抓住她的手。

"多少钱——?"

"五戈比。"

他接过纸筒时,有意无意地碰碰她的手指。"你让我的情绪好多了。"他悄悄说,声音之低恐怕她根本没有听到。他欠欠身,朝阿夫拉姆·达维多维奇欠身。

他是凭空想象呢,还是以前在什么地方见过那个穿羊皮大衣、戴羊皮帽的人?那人刚才在对街闲着没事,看工人们卸砖,现在像他一样,转身朝蜡烛街走去。

还有糖。他买劳什子的糖干什么?

他给阿波隆·迈科夫写了一封短信。"我在彼得堡,去看过墓地了,"他在信中说,"谢谢你为我料理一切。还要谢谢你多年来对巴的照顾。我一辈子领你的情。"他在信后署名"陀"。

安排一次谨慎的会面并非难事。但他不愿意连累老朋友。迈科夫生性豪爽,他能理解的,他暗忖道:我在服丧,服丧期间要回避同人们接触。

这是一个很好的借口,但不符合事实。他并不在服丧。他没有同他的儿子告别,他没有放弃希望。相反的是,他要他儿子复生。

他给妻子写信:"他仍旧待在他的房间里。他很惊恐。他丧失了留在这个世界上的权利,但是另一个世界很冷,冷得像星际空间,而且毫无亲切之感。"他刚写完就把信撕了。太荒谬了;而且暴露了他自己同儿子之间还有什么残存的东西。

他的儿子在他身体里面,埋在冻土的一个铁盒子里的死婴。他不知道怎么使婴儿复活,或者不具备这么做的决心(那同不知道一样)。他瘫痪了。即使在街上行走时,他也认为自己瘫痪得不能动弹。他做的每一个手势都缓慢得像是冻僵的人。他没有意愿;或者不如说,他的意愿已经变成了一块坚硬的石块,以它死沉的重量把他拖向寂静的深渊。

他知道悲哀是什么。这不是悲哀。是死亡,提前到来的死亡,不是来压倒或者吞噬他,而是来同他待在一起。它像是一条大灰狗,又瞎又聋,呆头呆脑,不动感情。他睡的时候,狗也睡;他醒的时候,狗也醒;他离家时,狗蹒跚地跟在他后面。

他的心思缓慢而执着地围着安娜·谢尔盖耶夫娜转。他一想起她,就想起灵活的手指在数钱币。钱币、针脚——它们意味着什么?

他想起有一次在特维尔圣安妮①修道院门口看到的农村姑娘。她抱着一个死婴,人们想把那具小尸体从她怀里夺下来,她扭动着身体躲避,脸上露出圣洁的笑容——事实上同圣安妮的笑容一模一样。

往事如烟。不知什么地方的一道芦苇墙,灰色而脆弱,一个轻灵缥缈的人形在芦苇之间穿梭,一个穿白衣服的孩子,草原上的一座小村庄,一条溪流,两三棵树,一头脖子上挂着铃铛的母牛,袅袅升向天空的炊烟。茫茫天涯,世界尽头。一个孩子在芦苇中间来回穿行,被抑制的变形,炼狱里的模样。幻象呈现后又消失,迅速而短暂。他小心翼翼地把纸笔从自己面前推开,把头搁在手上。假如我昏倒的话,他想,那就昏倒在工作岗位上吧。

另一个幻象。井边有人把水盘端到唇边,那是正准备出发的旅人;他那双从盘子边上看出去的眼睛已经浮想联翩地在眺望别处了。手和手的触碰。深情的触碰。"再见吧,老朋友!"说罢就离开了。

为什么要在寂寥的大地上艰难而沉重地追逐一个有关鬼魂的谣传,谣传的鬼魂?

因为我就是他。因为他就是我。有一些我试图了解的东西:消亡前,血液还在循环,心脏还在跳动的那一刻是什么情况?心脏像是一头忠实的牛,孜孜不倦地保持着磨坊车轮的转动,当斧子高举的时候,甚至没有疑惑不解地瞅一

---

① 特维尔,俄罗斯西部伏尔加河上游城市,1932—1990年间曾改名为加里宁。圣安妮,传说中圣母马利亚的母亲。

眼,而是逆来顺受地接受了打击,膝盖一屈,丢掉了性命。不是湮没,而是湮没前的一刻,那时我气喘吁吁地跑到你所在的井边,我们最后一次互相对视,知道我们两人还活着,分享着一个生命,我们唯一的生命。剩下了我一个人急切寻求的这一切:我们对视的那一刻,包含着问候和告别,超出了所有的争论和恳求:"哈啰,老朋友。再见,老朋友。"眼睛干干的。泪水已变成了晶粒。

我双手捧着你的头。我吻你的额头。我吻你的嘴唇。

条件是看一眼,只看一眼;不能回头。但是我回头看了。

你站在井边,风拂动着你的头发,不是灵魂,而是升华的肉体,提升到了第一、第二、第三、第四、第五本质,以水晶般的眼睛凝视着我,金色的嘴唇带着微笑。

我老是回头看。我老是被你的目光吸引。一片跳动闪烁的水晶粒,我是其中的一颗。天上有星星,地上有火光呼应。两个领域互相在打招呼。

他伏在桌上睡着了,整个下午没有醒过。开晚饭时,马特廖娜轻轻敲门,但他没有醒。她们不等他,自顾自吃了饭。

很久以后,小孩上了床,他穿了上街的衣服从房间里出来。背朝他坐的安娜·谢尔盖耶夫娜转过身来。"您打算出去吗?"她说,"走前要不要喝点茶?"

她有点紧张。但把茶杯递给他的那只手却很稳定。

她没有请他坐下。他站在她面前,默默地喝了茶。

他有话要说,但害怕说不出来,甚至害怕在她面前再度崩溃。他现在控制不住自己。

他放下空茶杯,把手搭在她肩上。"不,"她摇摇头,推开他的手说,"我不会那样干。"

她的头发用一个沉甸甸的珐琅卡子朝后拢着。他取下卡子,搁在桌上。这会儿她没有拒绝,而是晃晃头发,让它松散地披下来。

"一切都顺其自然,我保证。"他说。他意识到自己的年龄;他的声音里听不到有那种有时会使女人回应的情欲的调子。相反的是,声音里有一些他可以直言不讳的东西。开裂的乐器,经过第二次突变的嗓音。"一切。"他又说一次。

她盯着他的脸,认真和急切的神情是他不可能误解的。接着,她把手里的缝纫活放在一边。她悄悄从他身边溜过,进了挂帘子的凹室。

他毫无把握地等着。没有动静。他跟了过去,揭开帘子。

马特廖娜睡得很熟,她张着嘴,金黄色的头发像光环似的洒在枕头上。安娜·谢尔盖耶夫娜衣服刚脱了一半。她挥挥手,让他出去,虽然有点不高兴,不高兴的神色中间却带着一点顽皮。

他坐下来干等。她穿着直筒长衬衣出来,光着脚。脚上蓝色的静脉很明显。这个女人不能算年轻,不能说是不谙世故的失足委身。可是当他拉她时,发现她的手很冷,还在颤抖。她总是避开他的目光。"费奥多尔·米海伊洛维奇,"她悄声说,"你要知道,我以前没有干过这种事情。"

她戴着一条银项链。他的手指顺着项链的环形摸下去,碰到了一个小十字架。他把十字架举到她唇边;她立即热烈地吻了它。可是当他要吻她时,她却转过头。"现在不要。"她轻声说。

他们在他儿子的房间里过了夜。他们两人之间的事情从头到尾都是在黑暗里发生的。他们做爱时,使他特别惊异的是她发热的身体。热得完全出乎他意料。仿佛她从身体的核心部分在往外燃烧。这使他极度兴奋,另外使他兴奋的是:孩子在隔壁屋子里睡觉,而他们却如火如荼地在干如此危险的事情。

他睡着了。夜里的某一刻他醒来,发现她仍在那张狭窄的床上,躺在他身边。他虽然精疲力竭,仍试图挑起她的情欲。她没有回应;当他强加于她的时候,她在他怀里像死去一般。

整个做爱过程中没有那种他可以称之为快感或者甚至激动的东西。他们仿佛隔着一条被单在做爱——他悲哀的灰色破烂的被单。达到高潮的时候,他像投身入湖似的又投入睡眠。他下沉时,巴维尔浮上来迎接他。他儿子的脸绝望地扭曲着:他的肺憋得要炸开了,他知道自己快死了,知道自己已经没有希望了,他呼唤他的爸爸,因为他所能做的只有这件事,世上最后的一件事。他急迫地想把卡在喉咙里的话语喊出来。他下降到那女人身体里黑暗的旋涡中,而旋涡里却冒出这个极端丑恶的幻象。在他身上炸裂,控制了他,继续快速旋转。

他再次醒来时,天已大亮。屋子里没有人了。

他烦躁不安地度过了整个白天。一想起她,欲念就使他像年轻人似的激动得发抖。但控制他的不是二十年前那种使人喉咙发紧的甜美。他觉得自己像是一片被一往无前的力量所裹挟的树叶或者翅果,给带到了最高的气流,头晕目眩地越过汪洋大海。

晚饭时,安娜·谢尔盖耶夫娜显得若无其事而疏远,她把注意力集中在孩子身上,专心致志地听她瞎扯白天学校里的事。当她非对他说话不可时,她冷淡而有礼貌。她的冷淡反而激起了他的热情。难道那孩子全然没有注意到他偷看她母亲的喉咙、嘴唇和手臂的渴望的眼光?

他等屋里静下来,表明马特廖娜上床睡觉了。九点钟时,隔壁房间里的灯火熄灭。他等了半小时,又等了半小时。接着,他用手掌挡着烛光,脚上只穿着袜子,蹑手蹑脚地出了房门。烛光投下巨大晃动的影子。他把蜡烛搁在地板上,朝凹室走去。

在暗淡的光线下,他辨出安娜·谢尔盖耶夫娜躺在床远端,背冲着他,手臂像舞娘似的优美地越过头顶,黑色的头发蓬蓬松松。马特廖娜蜷作一团,躺在床近端,她嘴里含着大拇指,一条胳膊松松地搂着她妈妈。他的第一印象是她醒着,护着妈妈,冷眼看他;但是当他弯下腰时,却听到了她的深而均匀的呼吸。

他轻轻呼唤:"安娜!"她没有动静。

他回到自己的房间,试图安静下来。他暗忖道,今晚她有充分的理由独自待着。但是他怎么也无法说服自己。

他再一次蹑手蹑脚地穿过房间。两个女人都没有动。

57

他再一次产生了那种诡异的感觉,认为马特廖娜在看他。他再凑过去一些。

他没有搞错。他看到的是两只睁大的、一眨不眨的眼睛。他背脊上流过一阵寒气。她居然睁着眼睛睡觉,他对自己说。但不可能。她只是醒着,一直没有睡;嘴里含着大拇指,十分警惕地观察着他的一举一动。他屏住气凝视,只见她的嘴角微微上翘,像是蝙蝠的胜利的微笑。那条胳膊松松地搂着她母亲,也像是蝙蝠的翅膀。

他们一起又过了一夜,那以后大门才关上。那一夜,她事先没有招呼,很晚来他的房间。他通过她又一次进入了黑暗以及他儿子和别的溺毙的人一起浮沉的水域。"别害怕,"他想悄声对他儿子说,"我和你在一起,我同你分担苦楚。"

他醒来时发现自己伸开四肢趴在她身上,嘴巴挨着她的耳朵。

"你知道我去了哪儿吗?"他轻声问。

她从他身体底下抽身出来。

"你知道你把我带到了哪里吗?"他悄悄说。

他迫切希望在她面前炫耀那孩子,表现他青春的活力,他明亮的眼睛、白皙的下巴和好看的嘴巴。他要让孩子再穿上那套白衣服,让孩子的胸膛里发出深沉的声音。"看哪,世界上少了一个什么样的宝贝!"他要大声呼喊,"看哪,我们丧失了什么!"

她翻过身,背朝着他。他迫不及待地上上下下抚摩她长长的大腿。她阻止了他。"我必须走了。"她说着下了床。

第二天晚上她没有来,同她的女儿待在一起。他给她写了一封信,放在桌子上。他早晨起来时,房间里空无一人,信仍搁在老地方,没有打开。

他去店铺。她在柜台后面;但是一看到他,就溜到后屋去了,让老雅科夫列夫接待他。

傍晚,他等在街上,像拦路贼似的,尾随着她直到家门口。他在门道里抓住她。

"你为什么躲着我?"

"我没有躲着你。"

他捉住她的手臂。门道里很暗,她挎着篮子,脱不了身。他用身体顶着她,嗅到了她头发的胡桃气味。他想吻她,她扭过头,他的嘴唇擦过她的耳朵。她被他顶住的身体没有丝毫回应的迹象。真丢人,他暗忖道:我这是自取其辱。他让开一步,但又在楼梯上赶上她。"再说一句话,"他说,"这是为什么?"

她转过身来对着他。"那还不明显吗?非要我说出来不可吗?"

"什么明显?没有什么明显的东西。"

"你在遭罪。你在恳求。"

他退缩一下。"没有的事!"

"你有要求。那没有什么惭愧的。不过现在已经结束。这样继续下去对你没有好处,我这样被利用对我也没有好处。"

59

"利用？我可不是利用你！我心里可没有别的想法！"

"你利用我到达另外一个人。别不高兴。我只是把自己的想法解释清楚，并没有指责你的意思。但是我不想被拖入得更深了。你自己有妻子。你应该等到再同她相处的时候。"

自己的妻子。她干吗把他妻子扯进来？他想说：我的妻子太年轻了！以我现在的情况来说，太年轻了！但是他怎么说得出口呢？

然而她说的是大实话，比她知道的更真实。他回德累斯顿时拥抱的妻子将会有所改变，将会有他带回去的这个微妙而风情万种的寡妇的痕迹。他通过妻子将会到达这个女人，正如通过这个女人到达——到达谁呢？

他的想法是不是流露了出来？她脸上突然气愤地一红，甩掉了他抓住她袖管的手，上了楼梯，丢下他不管。

他随即也上了楼，把自己关在房间里，试图平静下来。他心脏的猛烈跳动逐渐慢下来。巴维尔！他一再轻声念出这个名字，仿佛把它当作咒语。但是那个不可阻挡地呈现在他眼前的形象不是巴维尔，而是另一个人，谢尔盖·涅恰耶夫。

他不再否认他和死去的孩子之间出现了一条裂痕。他生巴维尔的气，觉得自己被出卖了。他感到意外的不是巴维尔被拉进虚无主义者的圈子，也不是巴维尔在信里只字不提这件事。可是涅恰耶夫牵涉在里面，情况就不同了。涅恰耶夫不是少不更事的学生，也不是幼稚的虚无主义者。他是那个天字第一号的虚无主义者撤到亚洲的荒漠后，遗留在俄罗斯精神里的蒙古人。而巴维尔什么都不是,只是他军队里的一个步兵!

他想起一本流传日内瓦的、名为《革命者手册》的小册子,据说是出自巴枯宁之手,但思想内容和遣词造句显然都是涅恰耶夫的。"革命者是在劫难逃的人,"小册子开宗明义地写道,"革命者没有个人利益,没有感情,没有依恋,甚至没有名字。他全心全意只有一个激情:革命。他在内心深处已经同社会秩序、法律和道德切断了所有联系。他之所以继续生存在社会中,只是为了要破坏它。"随后又说,"他不指望任何怜悯。他每天都准备迎接死亡。"

他准备迎接死亡,他不指望怜悯:这些话说说容易,但是有哪一个孩子能理解它们的全部内容?巴维尔不能;甚至涅恰耶夫,那个不被喜爱的、不可爱的年轻人,恐怕也不能。

他回想起涅恰耶夫本人的模样:独自站在日内瓦接待大厅的角落里,惹人注意地、狼吞虎咽地在吃东西。他摇摇头,想抹掉那个形象。"巴维尔!巴维尔!"他悄悄呼唤那个不在的人。

门口有人轻轻敲门。马特廖娜的声音:"开晚饭啦!"

他在饭桌上尽量显得愉快。明天是星期日:他提议去彼得罗夫斯基岛上玩玩,星期日下午岛上有集市和乐队演奏。马特廖娜兴致勃勃地要去;出乎他意料的是安娜·谢尔盖耶夫娜同意了。

他同她们约好,做完礼拜后在教堂会合。早晨他出去时,在昏暗的门道里被什么东西绊了一下:一个盖着发霉的

61

旧毯子的流浪汉躺在那里。他诅咒了一声;流浪汉嘟嘟囔囔地坐了起来。

他到圣格雷戈里教堂时,礼拜还没有结束。他在教堂的柱廊里等候,那个流浪汉又出现了,睡眼惺忪,身上散发着异味。他转过身,责问流浪汉说:"你在跟踪我吗?"

两人相距虽然不到六英寸,流浪汉假装没有听见,也没有看见。他生气地重复了一遍。鱼贯而出的做礼拜的人好奇地瞅着他们两个。

那人偷偷溜了。他走了半个街区后停下来,靠在墙上,假装打哈欠。他没有手套,把毯子卷起来当作手筒取暖。

安娜·谢尔盖耶夫娜和她的女儿从教堂出来。沿着沃兹涅先斯基大道,穿过瓦西列夫斯基岛南端,到公园有好长一段路。还没有到公园,他就明白自己犯了一个错误,愚蠢的错误。音乐台上空荡荡的,滑冰场周围阒无一人,只有几只昂首阔步的海鸥。

他向安娜·谢尔盖耶夫娜道歉。"有的是时间,还不到中午呢,"她愉快地回答,"我们散散步好吗?"

她的好情绪使他觉得意外;更觉得意外的是她主动挽起他的手臂。马特廖娜在她的另一侧,他们大踏步地走着。好像是一家子,他暗忖道:只要有第四个,我们就齐全了。安娜·谢尔盖耶夫娜似乎猜到了他的心思,把他的手臂挽得更紧一些。

他们经过一群聚在芦苇丛里的羊只。马特廖娜拔了一把草,向羊群走去;羊群散了开来。一个握着木棍的村童从芦苇丛中出来,破口就骂。看来一场争吵已经在所难免。

村童忽然改了主意,马特廖娜赶紧溜回到他们身边。

经过一番折腾,她脸上泛起红光。她长大后会成为美人的,他想道:她会让人心碎的。

他不知道他妻子会有什么想法。到目前为止,他干了有失检点的事以后,总感到悔恨,悔恨之后是忏悔的冲动。这些忏悔表面上虽然痛心疾首,细节方面却是语焉不详,妻子听得越来越糊涂、越来越生气,忏悔对他们婚姻的损害远比不忠的事实本身更为严重。

但是在目前的情况下,他并没有罪恶感。相反的是,他坚定不移地相信自己的正确性。他不知道这种正确感后面隐藏着什么;事实上他也不想知道。就目前而言,他心里有一种类似欢欣的感觉。原谅我,巴维尔,他悄悄地自言自语。但这仍旧不是由衷之言。

假如我的生命能从头再来就好了,他想道;假如我能再年轻一次就好了! 也许还有:假如我能利用巴维尔抛弃的生命,利用他抛弃的青春就好了!

他身边的女人又怎么样呢? 她一时冲动委身于他,现在是不是感到懊悔呢? 假如压根儿没有发生过那件事,今天的游玩也许可以标志一场正式求爱的开始。这正是一个女人企求的东西:有人追求她、向她求爱、劝服她、赢得她!即使当她委身的时候,她也不希望做得太直率,而是希望半推半就,处于一种愉快的朦胧混乱的状态。坠落,但绝对不要不可挽回的坠落。不:要的是坠落后又能返回,改造得焕然一新,像处女一般纯洁,准备再一次被追求,再一次坠落。一场同死亡的游戏,复活的游戏。

假如她知道他想的是什么,她会怎么样?愤怒地缩回去?那也是游戏的一部分吗?

他偷偷地瞥了她一眼,那一瞬间,他清晰地领悟到:我能爱上这个女人。除了肉体的吸引力之外,他感到了他只能称之为和她相似的地方。他和她属于同一类型,同一代人。突然间,同代人各就各位:巴维尔、马特廖娜和他年轻的妻子安娜站在一边,他和安娜·谢尔盖耶夫娜站在另一边。一边是孩子,另一边不是孩子,而是那些年纪大得足以在他们做爱的时候体味到死亡滋味的人。因此才有那晚的迫切,才有那种灼热。他怀里的她像是火刑场上的圣女贞德:肉体化为灰烬的时候,灵魂在同禁锢它的枷锁搏斗。同时间的挣扎。孩子永远不会理解的事情。

"巴维尔说你在西伯利亚待过。"

她的话使他从沉思中惊醒过来。

"待了十年,我是在那里认识巴维尔的母亲的。在塞米巴拉金斯克。她的丈夫原先在海关工作。去世时巴维尔只有七岁。她也去世了,那是前几年的事——巴维尔一定告诉过你。"

"于是你又结婚了。"

"不错。巴维尔是怎么说的?"

"他只说你的妻子很年轻。"

"我妻子的年纪同巴维尔差不多。有一段时间,我们住在一起,我们三个,住在梅夏斯卡娅街的一套公寓里。对巴维尔说来,那段时间并不快活。他同我的妻子有些对立。事实上,当我告诉巴维尔,她准备和我结婚时,巴维尔去找她,相当认真地对她说,我年纪太大了。此后,他总是管自己叫作孤儿:'孤儿再要一片烤面包''孤儿没有钱了'等等。我们把它当作玩笑,其实不是。结果导致了家庭不和。"

"我能理解。但是他当然值得同情。他一定感到正在失去你。"

"他怎么可能失去我呢?打从我成为他爸爸那天开始,我从来没有对不起他。难道我现在有对不起他的地方吗?"

"当然没有,费奥多尔·米海伊洛维奇。但是孩子的占有欲很强。他们同我们大家一样,也有妒忌的一面。当我们心生妒忌的时候,我们虚构对我们自己不利的故事,产生自己的想法,我们自己吓自己。"

她的话像三棱镜一样,只要稍稍转动一下角度,就会反射出差别很大的含义。她是不是有意这样?

他瞥了马特廖娜一眼。她穿着一双镶着毛茸茸的羊皮边的新靴子。她用力踩着潮湿的草地,留下一行脚印。她若有所思地皱着眉头。

"他说你利用他传话送信。"

他心里一阵刺痛。巴维尔连那件事都记得!

"确有其事。我们结婚前一年,在她命名日的那天,我让他替我给她送去一件礼物。这件事很不应该,事后我非常懊悔。简直不可原谅。当时我没有多加考虑。这是不是最糟糕的事?"

"最糟糕的?"

"巴维尔有没有告诉过你比那更糟糕的事？我很想知道,我知道错在什么地方,就能请求原谅了。"

她神情奇特地瞅着他。"那句话问得不地道,费奥多尔·米海伊洛维奇。巴维尔有过孤寂的时候。他会说出来,我就听。有时候会说一些事情,不永远是愉快的事情。也许那是件好事。他把过去的事情说出来以后,也许就不老是沉思冥想了。"

"马特廖娜!"他转向那孩子,"巴维尔有没有对你说过——"

安娜·谢尔盖耶夫娜打断了他的话。"我敢肯定巴维尔没有对她说过,"她说着转向他,低声而狠狠地说:"你不该问孩子那种问题!"

他们面对面停在旷野里。马特廖娜板着脸,抿紧嘴,望着别处;安娜·谢尔盖耶夫娜瞪着眼。

"有点冷了,"她说,"我们回去好吗?"

第七章 马特廖娜

他没有陪她们回家,自己在一家客栈里吃了晚饭。客栈的后屋有人在玩纸牌。他看了一会儿,喝了酒,但没有加入牌局。他回到幽暗的公寓空荡荡的房间时,已经很晚了。

他独自一人,百无聊赖,开始怀念德累斯顿和那里舒适而有规律的生活,怀念虽然有些痛楚,但并不使人感到不愉快,在那里,他的妻子小心翼翼地保护着他的清静,按照他的习惯安排家庭生活。

他待在六十三号很不自在,恐怕永远也不会觉得舒服。他不仅是最短暂的过客,他继续住下去的借口连自己都说不明白,别人更难理解,同一个性格变化无常的女人和一个可能很快就讨厌他的孩子生活在如此密切的环境里开始使他觉得紧张。同马特廖娜一起的时候,他敏锐地注意到他的衣服散发气味,他的皮肤干燥并且有皮屑脱落,他说话时假牙托会略略发响。他的痔疮没完没了地使他觉得不舒服。以前他的体质像铁一般坚强,帮他熬过了流放西伯利亚的日子,现在开始垮塌;他这副衰老的模样对于一个讲究整洁的孩子一定特别讨厌,因为在她眼里他代替的是一个有神一般力量和美貌的人。同她一起玩耍的伙伴问起这个不愿收拾行李离开的阴郁的客人时,不知道她会怎么回答?

你在恳求:他想起安娜·谢尔盖耶夫娜的话时不禁退缩了。老是充当受人怜悯的对象!他跪下来,把前额抵在床沿上,想去叶拉金岛和冰冷的墓地找巴维尔。至少巴维尔不会不理睬他。他可以指望巴维尔,指望巴维尔,得到他冰凉的爱。

父亲——儿子的褪色的拷贝。他怎么能够指望一个见过风华正茂的儿子的女人对父亲加以青睐呢?

他想起西伯利亚一个难友的话:"我们为什么有年老的时候,哥儿们?是为了让我们重新变小,小得可以钻过针眼。"农民的智慧。

他一直跪着,但是巴维尔没有出现。最后,他长叹一声,费力地爬上床。

他醒来时充满了惊异。屋子里虽然仍旧很暗,他却觉得自己好像睡足了七夜。他精神饱满,不可战胜;他脑子的组织仿佛都清洗干净了。他几乎不能自制了。他像是复活节时的小孩,激动得希望全家都醒来,好让他同他们分享欢乐。他要那女人醒来,他要他们两人在公寓里欢跳:"基督复活了!"他要高声呼喊,听到她回应"基督复活了!"并且用她手里的彩蛋击碎他手里的彩蛋。他们两人握着彩蛋转着圈子跳舞,马特廖娜穿着睡衣,睡眼惺忪,在他们膝下磕磕绊绊,兴高采烈地凑热闹;还有第四个鬼魂,面露笑容,移动着一双大脚,笨拙地在他们当中穿来穿去:像是孩子的聚会,其中有刚出生的,也有从坟墓里出来的。城市上空天色刚亮,院子里的雄鸡开始啼鸣,欢迎新的一天。

欢乐像天色那样破晓！但只是一瞬间的事。它不仅像是云彩飘过崭新的灿烂天空，而且像是辉煌的太阳出现的一刹那又出现了一个太阳，一个影子太阳，一个在太阳表面移过的反太阳。征兆两个字带着它全部不祥的重量掠过他的心头。破晓的太阳不是无所事事，而是准备经历日食的全过程；欢乐之所以辉煌只是为了显示欢乐泯灭以后是什么模样。

他急急忙忙一下子跳下了床，之后的几分钟像是一条必须赶紧通过的黑暗过道。他必须在丢人现眼的癫痫发作之前穿好衣服，离开公寓；他必须找一个体面的人看不到他、听不见他的地方，让他尽可能太平地把发作应付过去。

他出了房间。过道漆黑一片。他像盲人那样朝前伸出双手，摸索到楼梯口，扶着栏杆，一步步地下去。到了二楼的楼梯平台上，他感到一阵莫名的恐慌。他坐在角落里，捧着头。他的手不知摸到过什么东西，气味很不好闻，但他顾不上擦拭。让它发作吧，他绝望地想道；我已经尽力了。

一声呼喊从楼梯上传下去，又响亮又可怕，把睡觉的人都吵醒了。至于他自己，他什么也没有听到，他已经神志不清；时间不够了。

他醒来时周围的黑暗如此浓重，几乎感觉眼球都受到了压迫。他身在何处，自己是谁，丝毫没有概念。他人清醒，意识完全，仅此而已。他似乎是一分钟前刚刚出生，来到一个长夜漫漫的世界。

镇静，意识仿佛要消除自己的惊慌，嘱咐他说：你以前来过这里——不必惊慌，有什么快回来了。

一个物体穿过空间垂直落下来,进入他身体。他就是那个物体。空气在急速流动:他就是那个感觉到急速流动的人。有一个被恐惧卡得透不过气来的喉咙:那就是他的喉咙。

让它死吧,他想道,让它死吧!

他想动动胳膊,但那条胳膊压在身体底下,动弹不了。他傻乎乎地想把它抽脱出来。一股难闻的气味,他的衣服潮乎乎的。回忆像冰块在水中形成似的,终于凝固起来:他是谁?他在什么地方?与回忆同来的迫切希望是赶快离开这里,免得别人看到他这副狼狈模样。

他在世界各地都背着癫痫发作的包袱。他从来没有对别人透露过他花了多少时间来倾听它们的警告,试图解读它们的征兆。我为什么受到诅咒?他打心底里呐喊,用杖击地,要岩石回答。但他不是摩西①,岩石并没有裂开。那种恍惚状态本身没有启迪。它们绝不是显灵。它们什么都不是——只仿佛是旋风从他身体里一口一口吸出来的生命,生命被吸掉后只留下了黑暗的记忆。

他站起来,摸索着走完最后一段楼梯。他在颤抖,浑身发冷。他到外面空地上时,天色已经破晓。晚上下了雪。积雪上面有一抹迷蒙搏动的深红色。颜色不在雪上,而来自他眼睛;他无法摆脱。他的眼皮抽搐得难受,他便用冰冷的手捂在上面。他的脑袋很疼,仿佛里面有一个拳头在握

---

① 《圣经·旧约·出埃及记》第十七章记载:摩西率领以色列人离开埃及,在旷野上口渴难熬,耶和华吩咐摩西用杖击石,水从磐石中流出。

紧放开。他的帽子不知掉在楼梯上什么地方了。

他光着脑袋,穿着弄脏的衣服,在雪地上艰难地走到石桥附近的救世主小教堂,躲了起来,直到他确信马特廖娜和她的母亲已经离开家里。然后回公寓,烧了热水,脱光衣服,洗了洗身子。他把内衣也洗了,晾在盥洗室里。他想:巴维尔算是运气,不是我亲生的,不至于受癫痫毛病的罪。他突然体会到这些话的讽刺意味,把牙咬得咯咯发响。他头痛欲裂,眼中看到的一切仍旧蒙着一层红雾。他穿着晨衣躺下来,摇摇晃晃睡着了。

一小时后,他醒来了,心情烦躁,生着闷气。眼球一跳一跳的疼痛似乎回到了脑袋里。他的皮肤像纸一般脆弱,一碰就痛。

他光身披着晨衣,在安娜·谢尔盖耶夫娜的房间里轻手轻脚地走动,一会儿打开小橱,一会儿翻翻抽屉。所有的物件都摆放得井井有条,整整齐齐。

他发现抽屉里有一帧用大红绒布包着的照片,照片上的安娜·谢尔盖耶夫娜比现在年轻,旁边的一个男人大概就是画家科连金。科连金穿着星期天做礼拜时穿的最好的衣服,但看上去憔悴、衰老、疲惫。对于这个热情年轻、黑里俏的女人来说,他们的婚姻能是什么样的呢?这帧照片为什么塞在抽屉角落里?他把照片放回去时故意弄脏了玻璃,在那个已经去世的人的脸上留下了他的拇指印。

小时候,家里来了客人,他老是喜欢暗中监视他们的行动,鬼鬼祟祟地窥探他们的隐私。现在,他仍把这个弱点同他的拒绝接受限制的逆反心理联系起来,越是不让他知道的事他越想知道,越是不让他看的书他偏偏要看,选择职业也是如此。可是现在他不大倾向于对自己宽容。他在小罪小恶的魔鬼的控制之下,自己心知肚明。事实上,安娜·谢尔盖耶夫娜不在家的时候,他这样翻找她的物品,居然得到一种快感的颤抖。

他关上最后一个抽屉,漫无目的地转悠,不知道下一步要干什么。

他打开巴维尔的小提箱,穿上那套白色衣服。到目前为止,他穿这套衣服是对死去的孩子作出表示,是反抗和爱的姿态。可是他现在对着镜子只看到一个猥琐的冒牌货,此外还看到某种偷偷摸摸、淫秽下流的情景,出现那种情景的地方往往是锁上门、窗帘拉严实的房间,房间里面戴假发、穿裙子的、有受虐狂的男人光着屁股等候鞭打。

中午已过,他还觉得疼。他平躺下来,用一条胳膊遮住眼睛,仿佛要挡开打击。周围一切都在旋转;他感觉像是跌落到无边的黑暗。他回复原状时,又失去了自己是谁的意识。他认识我这个字,但是当他盯着瞧的时候,它又像沙漠中的一块石头那样神秘莫测。

那只是一个梦罢了,他暗忖道;我随时都会清醒,一切又会回复正常。有那么一会儿,他自得其乐地信以为真。然而真相随即涌现在他面前,搞得他不知所措。

房门吱呀一响,马特廖娜探头进来,看到他的模样,显然吃了一惊。"您病了吗?"她皱起眉头问道。

他没有心思回答。

"您干吗穿那套衣服?"

"我不穿,谁穿?"

她脸上闪现出不耐烦的样子。

"你知道巴维尔这套衣服的故事吗?"

她摇摇头。

他坐起来,招手让她来到床脚那儿。"到这儿来。故事很长,不过我可以讲给你听。前年我还在国外的时候,巴维尔到特维尔他姨妈家暂住。只是度夏。你知道特维尔在哪里吗?"

"在莫斯科附近。"

"在去莫斯科的半路上。相当大的城镇。特维尔有个退休军官,一个上尉,他的妹妹帮他管家。妹妹名叫马利亚·季莫费耶夫娜。是个跛子。神志也不大健全。是个好心人,但不会照顾自己。"

他发现自己很快就适应了讲故事的节奏。像活塞引擎一样,只会一种动作。

"不幸得很,上尉,马利亚的哥哥,是个酒鬼。他喝醉后老是虐待她。事后又忘得一干二净。"

"他把她怎么啦?"

"他打她。就是这样。旧时的俄罗斯式的殴打。她并不恨他。也许她头脑简单,认为世界就应该这样:就是挨打的地方。"

他引起了她的注意。现在他拧紧螺丝了。

"说到头,那大概是一条狗或者一匹马心目中的世界。马利亚凭什么和别人不同?马匹并不理解它生到这个世界上是拉车的。它认为是来挨打的。它把车子当成是拴住它的大东西,不让它在挨打的时候逃跑。"

"别这样……"她悄声说。

他知道:她真心实意地排斥他所描绘的世界的模样。她要往好处着想。但是她的想法是试探性的,没有反弹的。他对她毫不容情。这就是俄罗斯!他想耳提面命地告诉她。在俄罗斯,做一朵纤弱的花是行不通的。在俄罗斯,必须做牛蒡或者蒲公英。

"一天,上尉来串门。他算不上是巴维尔姨妈的朋友,但还是来了,把他妹妹也带了来。也许他酒喝多了。当时巴维尔不在家。

"一个莫斯科来的客人,一个不太了解情况的年轻人,同马利亚攀谈起来,引得她打开了话匣子。或许他只是出于礼貌,没话找话,避免冷场。另一方面,或许他在搞恶作剧,逗她玩。马利亚越来越兴奋,不着边际地妄想起来。她推心置腹地告诉客人说她订了婚,或者用她自己的话说,'有了婚约'。'您的未婚夫是本区的吗?'他问道。'是的,是附近的。'她回答说,还朝巴维尔的姨妈腼腆地一笑。(要知道,马利亚长得五大三粗,大嗓门,动作笨拙,绝对算不上年轻漂亮。)

"为了保持颜面,巴维尔的姨妈假装祝贺她,还假装祝贺上尉。上尉自然很生他妹妹的气,一回家就狠狠地揍了她一顿。"

"那么,订婚是不是实有其事呢?"

"不,根本不是真的,全是她自己想出来的。现在弄清楚了,她深信那个要同她结婚的男人不是别人,正是巴维尔。我不知道她怎么会产生这个想法。也许某一天他朝她笑了一笑,也许随便说她的帽子好看——巴维尔心地善良,这正是他的优点之一,不是吗?于是她也许对他产生了幻想,回家后随即认为自己爱上了他,他也爱上了自己。"

他说话时斜眼看着那孩子。她扭动着身体,过一会儿把拇指放进自己嘴里。

"你可以想象,特维尔的社交界听到马利亚和她子虚乌有的追求者的故事时有多么逗乐。现在我给你说说巴维尔的情况。他知道后马上出去定做了一套漂亮的白色衣服。下一步是拜访勒布亚特金家,他穿着新衣服,带着鲜花——我想大概是玫瑰花吧。一开头勒布亚特金上尉对这件事并没有好感,巴维尔把他争取了过来。他虽然二十岁不到,对待马利亚十分体贴,十分有礼貌,完全像个绅士。整个夏天他经常去拜访,直到离开特维尔、回彼得堡为止。这对谁都是教育,尊敬妇女的教育。对我也是如此。巴维尔就是那样的孩子。那就是那套白衣服的来历。"

"马利亚呢?"

"马利亚?据我所知,马利亚仍旧在特维尔。"

"她知不知道?"

"知不知道巴维尔的事?也许不知道。"

"他为什么自杀?"

"你认为他是自杀的吗?"

"妈妈说他是自杀的。"

"没有人会自杀,马特廖莎。人们有可能冒生命危险,但不会真的自寻短见。很可能是巴维尔冒了险,看看上帝对他的爱是不是足以拯救他。他问了上帝一个问题——您会救我吗？——上帝给了他一个答复。上帝说：不。上帝说：去死吧。"

"上帝杀了他吗？"

"上帝说不。上帝有可能会说：好的，我会救你的。但是他选择了说不。"

"为什么呢？"她悄声问。

"他对上帝说：如果您爱我，就救救我。如果您在那儿，就救救我。但是只有沉默。于是他说：我知道您在那儿，我知道您听到了我的声音。我可以拿我的性命打赌，您会救我的。上帝仍旧一声不吭。于是他又说：不管您怎么不声不响，我知道您听到了我的声音。我要下赌注了——就在现在！他扔出了赌注。上帝没有出现。上帝没有干预。"

"为什么？"她又悄悄问。

他那胡子拉碴的脸上露出不自然的难看的笑容。"谁知道呢？也许上帝不喜欢人们试探他。也许对他来说，不受试探的原则比一个孩子的生命更重要。也许原因很简单，就因为上帝耳朵有点背。上帝现在肯定很老了，同地球一样，或者甚至比地球更老。也许他和任何上了年纪的人一样，听力很差，视力也差。"

她遭到挫败，没有问题可问了。现在她就范了，他想道。他拍拍床，让她到他身边来。

她低着头，挨到他身边。他用胳膊搂着她；能感到她在颤抖。他抚摩她的头发和额角。她终于让步了，贴紧他身体,两个拳头放在下巴底下,大声啜泣起来。

"我不明白,"她抽噎着说,"他为什么要死呢?"

他很想说:他并没有死,他在这儿,我就是他;但是他说不出口。

他想到人的呼吸停止后,种子继续在身体里存活一个时期,却不知道它永远不会有结果了。

"我知道你爱他,"他嘶哑地轻声说,"他也知道。你心肠好。"

假如能从身体里把种子取出来,即使只有一颗,让它安家落户,该有多好呀!他想起以前在柏林人种学博物馆看到的一座赤陶土小塑像:那是印度教三主神之一的湿婆,他死去似的仰躺着,浑身发青,而骑在他身上的是个有许多胳臂的可怕的女神,张着血盆大口,目如铜铃,一副心醉神迷的模样——女神在同他交媾,要从他身体里吸出神圣的种子。

他能轻而易举地揣摩出这个孩子的心醉神迷的样子。他的想象力似乎没有尽头。

他想到一个冰冻的死婴,埋在雪地底下的一具铁棺材里,在等待冬天过去,春天来临。

强奸只限于这个地步:那姑娘躺在他的臂弯里,他的五个手指用力握紧她的肩膀,都发白麻木了。但她满可以赤身裸体,摊开四肢躺着。正如那些生性顺从愿意献出自己的姑娘之一。他想起他在这里和在德国玩过的雏妓;他想起一些刻意寻找这类姑娘的男人,因为他们在浓妆艳抹和挑逗性的衣服下面发现了某些激怒他们的东西,发现了某

77

种不可侵犯性、某种处女的特性。她简直是在出卖圣母,那些男人之一曾经这样说过,因为他在姑娘分开两腿,托着乳房,向他凑过来的姿态里发现了一点天真的味道。在那气味污浊的极小的房间她散发出一丝淡淡的、绝望的春天和花的气味,使他无法忍受。他咬紧牙,故意要触到她的痛处,一而再,再而三地弄疼她,并且自始至终望着她的脸,想在皱眉蹙额、忍受痛苦的表情之外,看到动物开始明白自己的生命处于危险时突然睁大眼睛的惊恐表情。

幻象、癫痫发作、想象的张口结舌都过去了。他最后一次抚摩了她,抽回胳膊,恢复先前同她相处时的样子。

"您打算立一个神龛吗?"她说。

"我没有想过。"

"您可以在角落里立一个神龛,点一支蜡烛。然后您可以把他的照片搁在里面。您愿意的话,我可以在您不在这里的时候,一直替您续上长明蜡烛。"

"神龛是永久性的,马特廖莎。我走后,你妈妈要把房间租出去的。"

"您什么时候走?"

"我还没有定下来,"他避免被她套出话来,接着说,"对死去孩子的悼念是没有底的。你是不是希望听到我说这句话?我说了。是这样的。"

不知道是因为她觉察到他口气有了变化,或者因为他发现了一根敏感的神经,她明显地退缩了。

"假如你死了,你妈妈会悼念你一辈子的。"接着,他自己感到惊异的是他又补充说,"我也如此。"

是真的吗？不，还不至于；不过也许很快就会变成真的。

"那么我可以替他点一支蜡烛吗？"

"当然可以。"

"并且保持长明吗？"

"是的。不过你为什么认为蜡烛如此重要？"

她忸怩不安，过了一会儿才说："免得他待在黑暗里。"

说来也奇怪，有时候他也这么想过。一艘航行海上的船只，风雨大作的夜晚，失足落水的孩子。孩子拍打着波浪，勉强浮在水面上，恐惧地喊叫，吸几口气，孩子朝驶去的船只喊叫。那条船曾是他的家，现在不是了。他盯住船尾的一盏灯，黑夜和海水的荒原中的一点亮光。我只要能看到那点亮光，就没有迷失。

"现在我可以点燃蜡烛吗？"她问道。

"你想点就点吧。但是不要把照片放在那儿，暂时不要。"

她点燃了一支蜡烛，把它放在镜子底下。然后，她表现出一种使他大为惊异的信任感，回到床上，把头枕在他的胳膊上。他们一起望着稳定的蜡烛火焰。下面的街道上传来小孩玩耍的嬉笑声。他的手指握紧她的肩膀，把她搂得紧紧的。他能感觉到柔软年轻的骨头像鸟翼似的折叠起来。

第八章 伊万诺夫

他像每晚入睡时那样,带着努力达到巴维尔的意图入睡了。但是刚睡着似乎就立刻被一个声音叫醒了——声音来自楼下街道,十分微弱,只闻其声不见其人,声音耐心地一再重复:伊萨耶夫!伊萨耶夫!

只是风吹芦苇的声音罢了,他想道,心安理得地继续睡他的觉。夏天,风拂动芦苇,蓝天上点缀着高空的云,他沿着小溪闲荡,吹着口哨,有意无意地用手里的荆条抽打芦苇。几只织布鸟呼啦一声飞了起来。他停住脚步,站着倾听。蚱蜢的叫声也停止了;只听得他自己的呼吸声和芦苇在风中摇曳的飒飒声。伊萨耶夫!风在呼喊。

他惊跳一下,立刻完全清醒了。那是夜晚最寂静的时刻,整幢屋子悄没声息。他走到窗前,窥视着外面的月光和黑影,等待喊声再起。终于来了。和依旧在他耳朵里回响的喊声有着同样的音高、同样的长度和同样的抑扬顿挫,但那根本不是人类的呼声。是一条狗的哀叫。

叫喊着要进来的不是巴维尔——而是一个跟他毫无关系的东西,是一条在叫喊爸爸的狗。好吧,让那个狗爸爸,或者不管谁,到外面寒冷的黑暗里抱起他的粗野的臭孩子。让他抚慰它、唱催眠曲、哄它入睡吧。

狗又嚎叫了。没有旷野和银白色月光的迹象:是一条狗,不是狼;是一条狗,不是他的儿子。于是呢?于是他必须振作起来!既然不是他儿子,他就不应该回去睡觉,而必须穿好衣服出去应答召唤。假如他指望儿子像小偷那样在夜里回来,只注意倾听小偷的叫唤,他永远不会见到儿子。假如他指望儿子用意料不到的声音说话,他永远不会听到。只要他指望他所不指望的东西,他不指望的东西就不会发生。因此——矛盾中的矛盾,黑暗中的黑暗——他必须答应他意料不到的东西。

在三层楼上的时候,似乎很容易发现那条狗。他下楼到街上时,却搞糊涂了。叫喊声来自左面还是右面?来自街道对面的一幢房子,还是这幢房子的后面?或者来自一幢房子的庭院?哪一幢房子呢?至于叫喊本身,现在仿佛越来越短,越来越轻,而且音色也完全不同了——几乎不是原来的叫喊声了,究竟是怎么一回事呢?

他来回寻找,找到了淘粪工人出入的后街。在后街的一条小巷里,他终于看到了那条狗,用一条细铁链拴在排水管上;铁链缠住了狗的一条前腿;一挣扎前腿就给吊起来。他走过去时,那条狗哀叫着尽可能往后退。它耷拉着耳朵,伏在地上翻滚。一条母狗。他弯下腰,解开纠缠的铁链。狗能闻到人们恐惧时散发出来的气味,但他即使在寒冷的空气里也能闻到狗的极度恐惧。他挠挠狗的耳朵背后。狗仍旧仰躺着,胆怯地舔他的手腕。

难道今后我就做这样的事吗,他寻思道:就盯着狗和乞丐的眼睛？

狗一弓腰,爬了起来。平时他虽然不喜欢狗,但面对这条狗并没有退缩,而是蹲了下来,让它用温暖的、湿乎乎的舌头舔他的脸、他的耳朵和胡子上的盐粒。

他最后再抚摩了一下狗,站了起来。在月光下,他看不清表上的钟点。狗哀叫着急切地抻拉铁链。谁在这么冷的夜晚把狗拴在户外？尽管这样,他没有去解狗的锁链。他猛地转身走开,不去理会背后苦苦哀求的狗叫声。

为什么是我？他匆匆离去时想道。为什么世界上所有的麻烦都要由我承担？至于巴维尔,假如他落到一无所有的地步,至少让他保住他的死亡吧,至少不要把死亡从他那边夺过来,变成他爸爸改过自新的时机。

没有用。他的推理似是而非,不值一顾,连他自己都不相信。巴维尔的死不属于巴维尔——那是文字游戏。只要他在这儿,巴维尔的死就是他的死。无论他去哪里,他都把巴维尔像一个冻得发青的婴儿似的带在身边("谁来救救这个发青的婴儿？"他似乎听到不知什么地方传来的农民的单调的哀求声音)。

巴维尔不会开口,不会告诉他该做什么。"把那个小不点儿抚养大,好好爱护他":假如他知道那些话是巴维尔说的,他准会照办。然而不是。那个小不点儿:那个小不点儿是不是那条被遗弃在寒冷中的狗？那条狗是不是他必须解脱、带它回家、喂养和关爱的东西,还是那个蜷缩在桥下、衣服破烂邋遢、喝得醉醺醺的乞丐？一阵可怕的绝望感向他袭来,同那种感觉联系在一起的事实(怎么联系的,他却不知道)是他不清楚当时有几点钟了,但事实的核心部分是他越来越坚定地确信,今后他再也不会在夜里出来回应狗的叫唤了,而且他确信把他自己按原来的面貌留在后面,成为他还有机会成为的模样的机会已经一去不复返了。我就是我,他绝望地想道,遭到自我的束缚,直到死的一天。不管朝我招手的机会是什么,我都没有接受的资格,现在它消失了。

然而,即使在他关上门的那一刻,他意识到还有机会回到小巷子里去,解开拴狗的铁链,把它带到六十三号的门道里,替它在楼梯底下搭一个窝——尽管他知道只要把它带到这个地步,它就会跟着他寸步不离了,如果他再用链子把他拴起来,它就会哀嚎吠叫,把整幢房子里的人都吵醒。它又不是我的儿子,只是一条狗,他申明说。它跟我有什么关系?他申明归申明,心里却知道答案:巴维尔不会得救,除非他解开拴狗的链子,把它领到他的床上,把那个小不点儿也领来,还有那个男乞丐、女乞丐,以及他尚且不知道的许多别的;即使到了那时候,也不是确定无疑的。

他绝望地大声呻吟。我该怎么办呢?他想道。只要我能同我的心保持联系,是不是就能知道呢?但是他与之失去联系的不是他的心,而是真理。或者——从同一思想的另一方面来说——他与之失去联系的根本不是真理:相反的是,真理像瀑布似的劈头盖脸地朝他倾泻下来,几乎要把他溺毙了。接着他又想(翻来覆去,反反复复地想:如今人们必须用这种诡辩的把戏来考虑问题!):在瀑布下溺毙,我需要的究竟是什么?更多的水,滔滔不绝,溺得更深。

他站在白雪覆盖的街道中央,把冻冷的手举到脸上,闻到了狗的气味,他摸摸面颊上冰冷的泪水,尝尝味道。盐,为那些需要盐分的人准备的盐。他料想自己今晚不会去救那条狗,甚至明晚也不会,如果有明晚的话。他在等候迹象出现,他确信(他不敢用比确信更自负的词)那条狗根本不是什么迹象,只不过是许多在夜里吠叫的狗中间的一条罢了。但是他也知道,只要他利用狡黠的手段来区别作为事物的事物和作为迹象的事物,他就不会得救。那就是他将遭到挫败的逻辑;他感觉到它那颠扑不破的硬度,像狗咬铁链崩断牙齿似的已经智穷计尽了。当心,当心,他提醒自己:拴在链子上的狗,第二条狗,本来什么都不是,不是启发,只是与狗相似的动物!

　　他握着拳头,把手插在口袋里,耷拉着脑袋,两条腿僵直得像是棍棒似的,站在街心,觉得狗的唾沫在他胡子上冻成了冰。

　　这一刻,六十三号幽暗的门道里是不是有人在偷偷地监视他?他不能肯定那个黑影是不是监视者的身体;但即使他认为是监视者的脸的那块颜色较淡的影子,也可能只是墙上的污渍。他盯的时间越长,越觉得有一张脸在回盯着他。真的是人脸吗?他想象中全是躲在黑暗通道里的、胡子拉碴、眼睛闪闪发亮的人。然而,当他走进漆黑的门道时,他十分敏锐地感觉到另一个人的存在,背脊上顿时直冒凉气。他停住脚步,屏着呼吸,侧耳倾听。接着,他划了一根火柴。

　　有个人蹲在角落里,在火柴光下眨巴着眼睛。那人虽然用羊毛围巾包着头和嘴,肩上披着毯子,他立刻认出就是他在教堂柱廊里遇到的乞丐。

"你是谁?"他说,气得嗓音都嘶哑了,"你能不能别缠着我?"

火柴熄灭了。他又划了一根。

那人坚定地摇摇头。他从毯子下面伸出一只手,推开围巾。"你没有资格指使我。"他说。空气里有一股子臭鱼味。

火柴又熄了。他开始上楼。但是悖论令人生厌地又冒头了:期待你意料不到的人。好吧;是不是应该把每一个乞丐当作回头的浪子,拥抱他,带他回家,热情招待他呢? 是啊,那正是帕斯卡①会说的:把赌注押在每一个人、每一个乞丐、每一条癞皮狗身上;只有那样才能确保那一个、那个真正的儿子、夜里的小偷,不至于漏网滑脱。希律②也会同意:要十拿九稳,把小孩统统杀光。

把赌注押在所有的号码上——那还能算是赌博吗? 没有冒险,不在骰子抛出手的时候听从来自某个地方的声音,那还有什么神意可言? 上帝肯定知道,上帝会怜悯那个本质上的赌徒! 当丈夫跪在妻子面前,忏悔说他赌博把家里最后的一个卢布都输掉了,然后捶打自己的胸膛,吻她的裙摆——妻子把他扶起来,替他擦干泪水,不声不响地出去把她的结婚戒指当掉,拿了钱回来("这儿有钱!"),让他去赌

---

① 帕斯卡(1623—1662),法国数学家、哲学家、概率论创立人之一,著有《致外省人书》《思想录》等。
② 见本书第9页注释。

场,最后再赌一次,把输掉的统统捞回来——这样的女人肯定是和神意相通的,居然敢把赌注押在一文不名的男人身上,即使把质当结婚戒指的钱再输掉,仍还会半夜三更再次出去,弄了钱回来,让男人再赌一把!

楼上的那个女人(一时间他似乎忘了她的名字,甚至把她同德累斯顿的他的善良的房东太太混淆起来)是不是也有这种和神意的沟通?他不了解她最早的情况,只知道她最近的、最秘密的情况:她是如何委身的。根据女人委身的情况,男人是不是能揣摩出她怎么把自己托付给命运之神呢?这种女人是不是以放纵为特征,不考虑放纵会带来欢乐或者痛苦,只把感官的肉体作为载体,仅仅是因为我们不能过灵魂脱离肉体的生活?有没有她所代表的一种做爱的形式:肉体互相紧贴,互相交流,互相通过对方深入那除了床单像鸟翼的拍击声以外什么也听不见的黑暗?

他同她一起度过的那些夜晚突然纷至沓来地涌现出来,纠结在他心里的一切都变得像箭一般,笔直地指向她。风情万种的欲望压得他透不过气。他想:她,她就是那个人,就是我要的人。因此……

因此,他暗自一笑,匆匆下楼,摸索到那个雇佣暗探寄身的角落。"来吧,"他冲着暗地里说,"我替你准备了一张床铺。"

"这里是我的岗位,我必须守在这里。"那人狡诈地说。

现在任什么都不能妨害他的好心情了。"我向你保证,你等候的人会来的,甚至会上三楼。他会敲门,耐心等着,不肯走开。"

有一段长时间的忙乱和纸张的窸窣声。"您还有火吗?"那人问道。

他划了一根火柴。那人把东西匆匆塞进一个口袋,站了起来。

他们在暗地里像两个醉汉似的磕磕碰碰爬上楼梯。到了他的房门口,他低声嘱咐那人别出声,然后拉住他的手,引他进去。那只手胖乎乎的叫人腻味。

进了房间,他点亮了灯。那个陌生人的年纪很难估计。他的眼神很年轻;但是稀疏的姜黄色头发和有斑点的头皮使他显得疲惫和衰老,他的举止则带着郁郁不得志的模样。

"伊万诺夫,彼得·亚历山德罗维奇,"那人并拢脚后跟,微微欠身,自我介绍说,"退休公务员。"

他朝床那边做个手势。"你睡那张床。"

"您一定纳闷,"那人按按床铺说,"有我这种经历的人怎么会充当守望的(我们这一行管我们干的活儿叫作守望)。"他躺下来,伸展开手脚。

他有一种不愉快的预感,觉得自己同一个唠叨的乞丐缠上了,那种乞丐不会玩杂耍或者拉小提琴,而认为必须通过叙述自己的身世来回报人们的施舍。"声音轻一点,"他说,"把鞋脱掉。"

"您就是那个儿子被害的人,是吗?我深表同情。我多少能体会您的感情。不是全部,但能体会一部分。我自己也失去过两个孩子。一下子就走了。脑膜炎热症,医学的名称。我的妻子始终没有从那次打击中恢复过来。如果我们当时有钱,请得起好大夫,他们不一定会死。一场悲剧;但是有谁关心呢？我们周围如今到处都是悲剧。悲剧成了世界的风气。"他坐起来,"假如您能听从我的劝告,费奥多尔·米海伊洛维奇(我这么称呼您,您不在意吧?),假如您能听从一个饱尝辛酸的人的劝告,您就会在悲痛面前让步的。像女人那样痛哭吧！那是女人的一大秘密,是她们胜过我们这种人的有利条件。她们知道什么时候该放声大哭。你我却做不到。我们把它隐藏在心里,直到忍无可忍！接着,我们干出了蠢事,只为了得到一两个小时的解脱。是啊,我们干了一些蠢事,然后后悔一辈子。女人不是那样,因为女人有眼泪作为秘密武器。我们应该向女人学习,费奥多尔·米海伊洛维奇,我们应该学会哭！您瞧,我不羞于哭泣:到下个月,我遭到打击就满三年了,我不羞于哭泣！"

一点不假,泪水顺着他的面颊流下来。他用袖口擦了一下,但眼泪流得更多。他的哭泣似乎不妨碍说话。事实上,他好像相当高兴。"我相信我一辈子都会为我死去的宝贝伤心。"他说。

伊万诺夫闲扯他的"宝贝"时,他思想开了小差。是不是因为他忝为作家,人们才把他们的烦恼讲给他听？难道他们认为他自己就没有烦恼吗？他极其疲惫,头疼还没有消失。外面的鸟已经开始啁啾,他坐在房间里唯一的一把椅子上,非常想睡——事实上非常想睡在他让出的那张床上。"我们以后还可以聊,"他不耐烦地打断说,"现在先睡吧,有床不睡,不是……"他迟疑了一下。

"白费好心?"伊万诺夫会意地替他说,"您是不是想这么说?"

他没有回答。

"我告诉您吧,您不必为了好心而不好意思,"那人宽厚地接着说,"没有必要。正如您不必羞于悲伤一样。两者都是豪爽的冲动。乍一看,我们的这些豪爽的冲动似乎会使我们丢份,事实上却使我们提高。上帝能看到,一件件都记录在案。上帝能看到我们心灵的罅隙。"

他使劲睁开眼睛。伊万诺夫盘着腿,像一尊偶像似的坐在床中央。不懂装懂!他想道,又闭上了眼睛。他醒来时,伊万诺夫还在,两手托住下巴,趴在床上睡熟了。他张着嘴,像婴儿似的粉红色的小嘴唇里发出轻微的鼾声。

他和伊万诺夫待到上午很晚的时候。伊万诺夫,意外的开始,他暗忖道:我们看看意想不到的事情能把我们带多远!

时间从来没有过得这么慢过,空气中从来没有这么缺乏启示。

最后,他感到厌烦了,叫醒了那人。"该走了,你的班次已经过了。"他说。

伊万诺夫似乎没有听出这话里有刺。他休息得很好,精神焕发。"啊哈!"他打了一个哈欠,"我得去一次盥洗室!"回来后又说,"您这儿有没有残羹剩饭可以分给我当早餐的?"

他带伊万诺夫到公寓去。他的早餐已经摆在餐桌上,但他没有胃口。"你请吧。"他简短地说。伊万诺夫的眼睛放光,口水流到了下巴上。他进食的样子倒很体面,喝茶时拿杯子的那只手还弯着小指。早餐结束后,他朝椅子背一靠,满足地叹了口气。"我们有萍水相逢的机会,我非常高兴!"他感叹说,"世界可是个冷漠的地方,费奥多尔·米海伊洛维奇,我知道您一定也有同感!要知道,我不是在怨天尤人。从较高的层面来说,我们该有的东西都得到了。然而,我有时候纳闷,我们各自是不是也应该得到一个庇护所,一个避风港,那里法律稍微仁慈一些,对我们有所怜悯?我把它当作一个问题,哲学问题,提出来。即使《圣经》里没有提起,难道《圣经》精神就不应该涵盖吗?就是说,我们也应该得到我们没有的东西。您是怎么想的?"

"毫无疑问。可惜这不是我的公寓。你现在非走不可了。"

"等一等。我最后还有话要说。您知道,我昨夜说的有关上帝看到我们心灵罅隙的话不仅仅是闲扯。严格地说来,我不算是虔诚的傻瓜,但那并不说明我没有讲出真理的资格。您知道,真理的到来可以通过神秘迂回的途径。"他意味深长地用指尖敲敲前额,"您第一次见到我的时候,做梦也不会想到我们两人有一天竟会坐在一起文雅地喝茶吧。可是我们这么做了!"

"对不起,我没有领会你的意思,我在想别的事。现在你真的必须走了。"

"不错,我必须走了。我有我的任务。"他站起来,把毯子像斗篷似的朝肩后一甩,伸出一只手,"再见。同您这样有文化的人谈话是件愉快的事。"

"再见。"

他摆脱了那人,舒了一口气。可是房间里仍有一股难闻的鱼味。虽然很冷,他不得不把窗打开一会儿。

半小时后,公寓外有人敲门。千万不要又是那个人!他想着,生气地皱起眉头开了门。

他面前是个孩子,一个穿着见习修女的那种深色罩衣的胖姑娘。她的脸圆圆的,没有表情,颧骨很高,几乎挡住了两只小眼睛,她的头发往后扎得很紧,梳成一条辫子。

"您是巴维尔·伊萨耶夫的继父吗?"姑娘问道,嗓音低沉得出人意料。

他点点头。

她进了屋,随手关上了门。"我是巴维尔的朋友。"她宣布。他期待随之而来的慰问的话,但是没有。相反的是,她两手叉腰,站在他正对面,打量着他,一副镇定戒备的模样,活像是等待比赛开始的摔跤选手。她的胸部均匀地起伏着。

"能让我看看他的遗物吗?"她终于开口说。

"他留下的东西很少。我可以知道你怎么称呼吗?"

"卡特丽。即使很少,也能让我看看吗?我已经来过三次了。前两次,他的那个气人的房东太太不让我进去。我希望您不是那样的人。"

卡特丽。芬兰人的名字。她的容貌也像芬兰人。

"我想她一定有她的道理。你同我的儿子很熟吗?"

她没有回答这个问题,而是不动感情地说:"你知道,是警察杀了你的儿子。"

时间停止了。他能听到自己心脏的跳动。

"他们杀了他,编造出自杀的说法。你信我的话吗?信不信由你。"

"你为什么告诉我这事?"他不露感情地低声说。

"为什么?因为事实如此。还有什么?"

她不仅好斗,而且好动。她开始把身体的重心从一只脚换到另一只脚,有节奏地摇摆起来,同时合拍地挥着手臂。她身材尽管矮胖,却给人以灵活的印象。难怪安娜·谢尔盖耶夫娜不想同她打交道!

"不行。"他摇摇头,"我儿子留下什么是个人的事,家里的事。请你解释解释你来这里的目的。"

"有什么文件吗?"

"本来有一些,现在不在这儿了。你问这干吗?"接着又说,"你是涅恰耶夫一伙的吗?"

这个问题并没有使她慌乱。相反的是,她扬起眉毛笑了,第一次让人看清了她那咄咄逼人、扬扬得意的眼光。她当然是涅恰耶夫一伙的!一个女战士,她的摇晃是战舞的序幕,是迫切想投入战斗的人的舞蹈。

"即便我是的话,我会告诉你吗?"她大笑着回答。

"你知道警察在监视这幢房屋吗?"

她继续摇晃着身体,目不转睛地盯着他,似乎要他从她的目光里看到什么。

"此时此刻,楼下就有一个人。"他坚持说。

"什么地方?"

"你没有注意到他,但他肯定已经注意到你了。他装成乞丐的模样。"

她开怀笑了。"你认为警察的暗探精明得足以发现我吗?"她说。随即她做了一件惊人的事。她撩开衣服的下摆,小跳了两步,露出了朴素的黑鞋子和白棉袜。

她说得有理,他想道,人们会把她当成小孩;然而是一个被魔鬼控制的小孩。她身体里的魔鬼在撩衣服,在蹦跳,一刻也不得安宁。

"你给我停住!"他冷冷地说,"我的儿子没有留给你的东西。"

"你的儿子! 他不是你的儿子!"

"他是我的儿子,而且永远都是。现在请你走吧。这种谈话让我腻烦了。"

他打开门,示意她出去。她离开时,故意撞了他。他像是被猪拱了一下。

下午晚些时候,他出去时没有看到伊万诺夫的踪影,回来的时候也没有。他凭什么要操心? 如果说观察别人而不被别人看到是伊万诺夫的任务,为什么观察伊万诺夫成了他的任务呢? 在目前这场装模作样的游戏中,即使伊万诺夫扮演了上帝天使的角色——只因为根本不是天使而扮演天使——那么寻找天使的角色为什么要由他担当呢? 让天使来敲我的门吧,他对自己说,我一定尽我的责任,我会给他庇护:这就足以使交易得到履行。可是他即使这么考虑的时候,也知道是自欺欺人,知道他有能力使伊万诺夫完全彻底地摆脱守望的岗位。

于是他烦躁不安,最后实在没有办法了,只能下楼去找那个人。但是那人不在楼下,不在街上,什么地方都找不见。他宽慰地叹了一口气。我已经尽了力了,他想道。

但是他打心底里知道他没有尽力。他有更多的事可做,许许多多。

第九章　涅恰耶夫

第二天,他走在秣市的街道上,忽然瞥见那个芬兰姑娘的矮胖的、几乎是滚圆的身形在他前面。她不是独自一人。她身边还有个瘦长的妇女,走得飞快,以致芬兰姑娘不得不蹦蹦跳跳才能跟上。

他加快了脚步。虽然有时在人群中失去了她们的踪迹,当她们走进一家店铺时,他落后得并不太多。瘦长妇女进去时朝街上看了一眼。她的蓝眼睛和苍白的皮肤给他印象十分深刻。她的眼光却没有在他身上盘桓。

他穿过马路,到对街去等她们出来。五分钟过去了,十分钟又过去了。他开始觉得冷。

黄铜招牌上的字样是拉法伊女帽工场。他推门进去;挂在门上的铃铛响了起来。一个灯光明亮的狭长房间里,一律穿着灰色罩衣的姑娘们坐在两张长桌旁边做缝纫活。一个中年妇女匆匆过来招呼他。

"先生有什么事?"

"几分钟前,我好像看到一个熟人,一位年轻小姐,进到这里来——"他环顾工场,大失所望:无论那个芬兰姑娘还是那个妇女都不见踪影。"对不起,我准是搞错了。"

坐得最近的两个年轻女裁缝看到他的窘相咻咻笑了。拉法伊夫人已经失去了兴趣。"您看到的肯定是学生,"她蔑视地说,"我们这里不做学生的衣服。"

他再次道了歉,准备离去。

"嘿!"他背后有个声音在招呼。

他转过身。有个姑娘指着他左边的一扇小门。"进那扇门!"

他走进一条有墙同街道隔开的小巷。只见一道通向楼上的铁楼梯。他迟疑了一下,上了楼梯。

他发现自己在一条弥漫着烹饪气味的幽暗的过道里。楼上传来吱吱呀呀的小提琴声,是一支吉卜赛曲调。他循着琴声,又爬了两段楼梯,看到一扇半掩着的阁楼门,他敲了几下。那个芬兰姑娘来到门口,她不动声色,没有一点诧异的样子。

"我可以同你谈谈吗?"他说。

她站到了一边。

拉小提琴的是个穿黑衣服的年轻人。他看到有陌生人来,在乐句中间停顿下来,朝那瘦长的妇女瞥了一眼,捡起便帽,一声不吭地走了。

他对芬兰姑娘说话。"我在街上看到你,就跟来了。我们可以私下谈谈吗?"

她在长沙发上坐下来,但没有请他坐。她的脚几乎够不着地板。"讲吧。"她说。

"昨天你提起我儿子的死。我想了解更多的情况。没有报仇的意思。只是为了让自己感到宽慰,我是指为了减轻我的痛苦。"

她探询似的瞅着他。"减轻你自己的痛苦？"

"我来彼得堡不是想亲自调查，"他固执地继续说，"不过你既然提到他死亡的情况，我不能置之不理，我不能推开不管。"

他停下来。他觉得头晕，突然浑身乏力。他闭上眼睛，恍恍惚惚仿佛看见巴维尔朝他走来。巴维尔身边有个姑娘，是他选作新娘的姑娘。巴维尔正要说话，把那姑娘介绍给他；他正在想：好啊，这些年来我尽了抚养儿子的责任，总算到了头，他总算有了归属！他正想冲着巴维尔露出高兴和欣慰的微笑。但是新娘是谁呢？是那个有着锐利的蓝眼睛、长得几乎同巴维尔一般高的、修长的年轻女人吗？

他把自己从幻想中硬拖回来。他的下一句话已经说出了口，在他耳边嗡嗡作响。"我对他有不可推卸的责任。"他说道。

就是这些。这句话戛然而止。继之而来的是静默，越来越漫长的静默。他努力唤起巴维尔和他的新娘的幻象，但出现的偏偏是伊万诺夫，或者至少是他的那双手：苍白、肥胖的指头像蛆虫似的从绿色的羊毛手套里钻出来。那张脸像是在硫黄烟雾中不停地晃动，不给他仔细看清的时间。然而，他得到的印象是一张始终带着微笑的、狡诈的脸，似乎那人知道某些能损害他的事情，并且希望他也知道这一点。

他摇摇头，试图集中思想。但是似乎说不出话了。他像忘了台词的演员似的站在芬兰姑娘面前。房间里是一片沉重的静默。沉重或者静谧,他想道:假如万物都平静下来,飞翔的鸟凝滞在空中,庞大的地球在轨道上停止运转,将会是什么样的静谧啊!癫痫肯定快要发作了:他无法阻挡。他体味着最后的平静。遗憾的是平静不能永久持续下去!很远很远的地方传来一声尖叫,肯定是他自己的声音。还会有咯咯的咬牙齿的声音——这些字在他眼前一闪;然后全部结束。

他清醒过来时,仿佛出过一次远门,在那里变得苍老了。事实上,他像刚才一样,仍旧在那个房间里,仍旧站着,半举着一只手。两个女人也在,仍旧保持着他记忆中的姿态,只不过那个芬兰姑娘有一种戒备的神情。

"我可以坐下来吗?"他含糊地说,仿佛舌头太大,在嘴里转动不灵。

芬兰姑娘腾出一点地方,他在她身边坐下,晕晕乎乎地耷拉着脑袋。"您有什么不舒服吗?"她问道。

他没有回答。他想说什么?他为什么总是这么累?他的脑子似乎蒙了一层雾。如果他是书里面的人物,遇到这种情况,只有心在说话,而书页却是空白时,他会说什么呢?

"我不能告诉你,"他慢慢地说,"同你在一起的时候,我感到非常悲哀和格格不入。你玩的游戏不是我能参加的。吸引你的,一定也吸引过巴维尔的东西,我一点也不感兴趣。如果要我说实话,我说的就是它使我感到厌恶。"

那个高个子的姑娘不声不响地走出了房间。她经过时,衣服的窸窣声和一股薰衣草的香味在他心中激起一阵意想不到的欲望。渴望什么?渴望那姑娘吗?当然不是——或者不完全是。不如说是渴望青春,渴望一去不返的东西,渴望宽衣解带和赤裸的身体的自由。即使这样,他的反应仍使他烦恼。为什么发生在此时此地?可能同他的极度疲乏有点关系,但也可能同巴维尔有关:发现他进入了巴维尔的世界,巴维尔的情欲环境。

"他们给我看了那些标出要处决的人的名单。"他说。

芬兰姑娘目不转睛地看着他。

"那些名单目前在警察手里——希望你了解。他们是从巴维尔的房间里抄去的。我要问的是:你们每个人是不是都分配了一定数目的暗杀对象,有没有某些特殊的人指定由谁去暗杀?如果是第二种情况,是不是事先要对那些人做些考察,熟悉他们的日常生活?你们暗中监视他们在家里的情况吗?"

芬兰姑娘正要开口,但他开始恢复正常,他的声音盖过了她的声音。

"如果这样,如果是这样的话,你们是不是必须和受害人混得很熟,熟得超过你们希望的程度?你们会不会从街上随便招来一个人,比如说,一个乞丐,给他五十个戈比,吩咐他处理一条瞎了眼的老狗,那人找了绳子,做了一个活扣绞索,抚摩着狗,让它安静,然后低声说了些什么,他这么做的时候,觉得感情的暗流开始涌动,从那一刻开始,他和那条狗已经不是陌路的关系了,原本是单纯的工作任务,现在变成了最卑鄙的叛卖——如此卑鄙,以致当他把狗吊起来的时候,狗发出的叫声会在他耳边萦绕好几天——狗发出的是诧异的惨叫:怎么会是你?那个念头会不会使你下不了手?"

他说话时,高个子的女人回来了。她跪在房间远处的角落里,在折叠床单、卷垫子。芬兰姑娘活跃起来。她的眼睛发亮,迫不及待地想说话。但是他不停地往下说,不让她插嘴。

"如果一条平常的狗都能做到这一点的话,那么你打算除掉的男人或女人有什么力量使你不惴惴不安呢?我认为挑选要除掉的人民敌人时,不管挑选方式如何科学,去杀他们的人都不可能心安理得。比如说:谁被确定为巴维尔要杀的第一个对象?他被指派去杀的人是谁?"

"你为什么问这话?你想知道什么?"

"因为我打算去那人的家,跪在他家门前,为巴维尔永远没有去成表示感谢。"

"如此说来,你为巴维尔被杀感到庆幸?"

"巴维尔没有死。他原本可能送命,但是他吉人天相,活了下来。"

另一个女人第一次开口。"您过来坐在这儿好吗,费奥多尔·米海伊洛维奇?"她指着窗前的桌子说,那边有两把椅子。

"我的姐姐。"芬兰姑娘介绍说。

"姐妹,但不是同父母所生。"另一个说。她们的笑声轻松随便。

她的腔调是彼得堡地区的,但声音很低沉。受过声乐训练的声音。他觉得以前见过她。歌唱演员吗?他以前常去歌剧院的时候见过?以她的年纪来说,不可能是那个时代的。

他坐了其中一把椅子;她在他对面坐下。桌子很窄。她的脚碰到了他的脚;他挪了一下。

虽然她背对着窗口,他现在明白她为什么抹这么厚的粉了。她的皮肤密密麻麻的都是得过天花后留下的疤痕。真可惜,他暗忖着:她算不上是美人,但长得还算好看。

她的脚又碰到他的脚了,脚背靠着脚背搁在那儿。

他浑身起了一种不安的兴奋。像下棋似的,他想:两个棋手隔着一张小桌子,深思熟虑地走棋。对方像拿起棋子似的提起脚,搁在他的脚上——使他兴奋的是不是这种深思熟虑呢?至于第三个人,那个没有看见的观察者,那个看着别处的傀儡,她是不是也有扮演的角色?深思熟虑和俗气,能引起激动的俗气。她们怎么会如此了解他,了解他的欲望?

一个歌手,女低音歌手:女低音王后。

"你认识我的儿子。"他说。

"他是个追随者。是个吉祥物。"

他了解这个名称的意思,听了很不高兴。在大学生的圈子里,吉祥物是依附他人的人,是跑腿打杂的人。

"他是你的朋友吗?"

她耸耸肩膀。"朋友这个称呼太女人气了。我们不需要朋友。"

女人气:这个词从女人嘴里说出来真够另类的!他有一种感觉:他已经了解的东西比他想了解的更多。那只脚仍旧搁在他的脚上,但现在它的压力给人以迟钝的感觉,迟

101

钝,没有生气,甚至有威胁性。不再是一只脚了,而是一只靴子。巴维尔不会喜欢这种把戏的。巴维尔的幻象重现了,巴维尔朝他走来。他身边的姑娘,他的新娘,变得模模糊糊。巴维尔在微笑,笑容仿佛绽出了光环。他想道:我的朋友!强烈的爱使他心碎。他想道:难道我必须接受这个来代替你吗?

"如果你不需要朋友,但愿上帝保佑你。"他低声说。

他从桌子边站起来,转过身,背对着那两个女人。他不知道自己是什么模样。屋子里没有镜子。他再坐下来的时候,几乎夺眶而出的泪水已经没有了。

"你把我儿子怎么啦?"他嘶哑地问道。

那女人在桌子上探过身去,一对蓝眼睛仔细打量他。通过那层扑粉,在下巴皮肤的凹陷里,他发现了剃刀没有刮掉的胡子。鼻梁上面的眉毛也太浓密。女人的意识会提醒他用镊子拔掉。敢情那芬兰姑娘也是个男孩,肥胖的小男孩?这两个人突然叫他感到恶心。

她,或者他,在说话。毫无疑问,就是涅恰耶夫本人。伪装突然变得透明了。记忆也突然变得十分清晰:和平大会的大厅里,会议间隙的时候,涅恰耶夫一个人坐在角落里,一面狼吞虎咽地吃着三明治,一面瞪眼冷对一屋子的大人:好吧,你们敢笑就笑吧,你们讥笑中学生吧!他脸上的表情像是一个裤子褪到膝盖,坐在马桶上被人撞见的孩子,毫无防御能力,但仍旧倔头倔脑。笑吧,总有一天我会同你们算账!

他想起姆罗切科夫斯基的情妇,奥博连斯卡娅公主说的一句话:"他也许是无政府主义的小捣蛋鬼,不过他首先应该治治他脸上的青春痘!"

"考虑到警察对你儿子的所作所为,"涅恰耶夫说,"你不愤怒,真使我感到惊奇。福音书上说过,应该以眼还眼,以牙还牙。"

"你这个家伙,福音书上没有那种话!你说巴维尔什么来着?你干吗穿这么可笑的衣服?"

"你肯定不信自杀一说。伊萨耶夫确实不是自杀——那是警方捏造的谎言。他们无法用法律来对付我们,于是干出这些下流的谋杀。你肯定有了怀疑——否则你干吗到这里来?"

那个男人假装的温柔都消失了:说话也用本来的嗓音。他来回走动时,身上的蓝色衣服窸窣作响。里面穿的是什么呢?长裤还是光着腿?长衣服里面光着两条腿走动,互相擦来擦去是什么样的感觉?

"你认为我们就没有危险了吗?你认为我在自己的城市,在我出生的城市里,喜欢乔装打扮,轻手轻脚地走路吗?你知道在彼得堡的街上作为一个女人的感觉吗?"他被愤怒所左右,嗓门越来越高,"你知道你不得不听到的是什么话吗?男人们跟在你背后,悄悄地说一些你难以想象的脏话,而你却没有对付他们的办法!"他控制住自己的情绪,"也许你完全能够想象。也许我说的情况你再熟悉不过了。"

芬兰姑娘端了一盆土豆过来,放在膝上,开始削皮。她神色安详;看上去真像一个小老太太。"天气转冷了。"

她说。

两个都是疯子！他想道。我在这儿干什么？我必须回到巴维尔那儿去！

"劳驾……劳驾把你讲的有关我儿子的事情再给我说说。"他说。

"很好，我给你讲讲你儿子的事吧。官方的结论是他属于自杀。如果你相信，你未免太容易受骗了，傻到了家。我没有记错的话，你自己以前不是也参加过革命吗？你一定明白，斗争从来就没有停止过。难道你已经单独媾和？在斗争第一线的人不断地遭到追捕、拷打、杀戮。我很希望你了解这些情况，把它写下来。特别是因为在我们可耻的俄罗斯报刊上人们永远不会看到有关你儿子和他一类人的真相。"

涅恰耶夫的声音低了一些，紧张一些。"你儿子的遭遇随便哪一天也可能落到我身上，或者我们另一个同志身上。你说你一点不了解。你不妨到街上去，到集市上去，到人们相聚的小酒店去，你就会发现人们了解。他们会了解的！到了最后审判日，人民不会忘记谁为他们受苦、为他们牺牲，也不会忘记谁袖手旁观！"

愤怒的基督，他心想，那就是他模仿的对象。《圣经·旧约》里的基督，把放高利贷的人赶出神殿的基督。甚至连服装也合适：不是套裙，而是长袍。模仿、冒充、亵渎。

"别威胁我！"他回答说，"你有什么资格以人民的名义说话？人民不是报复心很强的。人民不会把他们的时间花在阴谋策划上面。"

"人民知道他们的敌人是谁,当敌人完蛋时,人民不会为他们浪费眼泪!拿我们来说,我们至少知道应该做什么,并且我们已经在做了!也许你以前知道,可是你现在只会嘀咕、摇头、哭泣。那是软弱。我们可不是软弱的人,我们不相信眼泪,我们不把时间浪费在夸夸其谈上面。有些事能谈,有些事不能谈,只能做。我们不空谈,我们不哭泣,我们不是没完没了地考虑这考虑那,我们只是行动!"

"好极了!你们只是行动。但是你们从哪里得到指示?你们听从的是人民的声音,还是你们自己的声音,只不过稍加伪装,不需要自己承认?"

"又一个聪明的问题!又是浪费时间!我们对聪明已经厌倦了。聪明的日子已经屈指可数。聪明是我们要消灭的对象之一。平常人的日子来临了。平常人并不聪明。平常人只希望实打实地办事。办完一件事后,再由平常人决定下一件办什么,决定是否允许聪明继续存在!"

"聪明的书和那一类东西是不是允许继续存在呢?"芬兰姑娘生气勃勃地、甚至兴奋地插嘴问道。

巴维尔会不会是这种人的朋友呢,他厌恶地想道,时时刻刻都在煽起自以为是的狂热的人?这地方像是罗耀拉[①]时代的一个西班牙女修道院:出身良好的姑娘们有的在那里鞭打自己,口吐白沫,狂喜地在地上打滚;有的斋戒禁食,没完没了地祷告,祈求救世主接纳她们。这些人都是极端

---

① 罗耀拉(1491—1556),西班牙教士,原为军人,1534 年创立天主教耶稣会,会规规定会士绝对服从会长,听命于教皇。

主义者,感觉论者,他们渴求死亡的狂喜——不论是杀人或是自己死去。而巴维尔也在他们当中!

他突然想到巴维尔最后一刻的情景:一个风华正茂的热血青年的身体猛摔到地上,急促的呼吸,骨头的断裂,特别是震惊,由于结局是如此真实,没有第二次机会而感到的震惊。他在桌子底下痛苦地绞扭双手。一个人的身体拍在地上:死亡,一切事物的终结!

"我要证明……"他说,"把你说的有关巴维尔的话证明给我看。"

涅恰耶夫更凑过来一些。"我可以带你到现场去,"他慢慢地吐出每一个字,"我可以带你去现场,让你亲眼看看。"

他站起来,跌跌撞撞地走到房门口。他摸到了楼梯,下了楼,随即在小巷里摸不到出口了。他随便敲敲一扇门。没有人应。他敲了第二扇门。一个趿拉着拖鞋的、面带倦容的女人开了门,侧身让他进去。"不,"他说,"我只想问一下怎么出去。"那女人一言不发,关上了门。

过道尽头传来嗡嗡的说话声。有扇门开着;他进去,发现房间的天花板非常低,给人一种鸟笼的感觉。三个年轻人坐在扶手椅里,一个大声读报。他进去后,读报的人停下来。"我在找出口。"他说。"一直走!①"读报人说着挥挥手,继续读他的报纸。他在读一篇关于学生和宪兵在哲学院外面冲突的报道。他抬起眼睛,发现闯进来的人没有动。

---

① 原文均为法文。

"一直走,一直走!"①他吩咐说;两个伙伴笑了。

这时,芬兰姑娘来到了他身边。"天哪,你探头探脑,竟然跑到这种古怪的地方来了!"她并无恶意地训他说。她挽着他的胳膊,仿佛把他当作盲人似的领着他,先下了一段楼梯,然后沿着一条没有照明的、堆满箱笼的通道,来到一扇上了闩的门前,打开了门。他们到了街上。她向他伸出手。"我们就这么约定了。"她说。

"什么?我们有什么约定?"

"今天晚上十点钟,等在喷水池的豆青角上。"

"告诉你,我不会去的。"

"很好,你不会去。不过你也可能去。难道你没有家庭感情吗?你不至于出卖我们吧,你会吗?"

她提问的口气像开玩笑,似乎认为他根本不可能对他们造成损害。

"因为,你明白,有人说你到头来会出卖我们的,"她接着说,"他们说你生性就靠不住。你说呢?"

假如他手里有根棍子,他真想揍她。但他两手空空,这么一个圆乎乎的身体该在哪里下手呢?

"了解人的本性并不起作用,不是吗?"她沉思地往下说,"我的意思是不管你怎么想,指导人们行动的是人的本性。人的本性难改,即使绞死他也没用。正如狼吃了羊而把狼吊死一样。吊死狼也改变不了它的本性,不是吗?把出卖耶稣的人吊死——并不能改变任何事物,不是吗?"

---

① 原文均为法文。

"谁也没有把他吊死,"他不高兴地反驳说,"他是自己上吊的。"

"性质一样。结果一样,不是吗?我指的是,不管是别人把他吊死或者他自己上吊,结果是一样的。"

他们的闲谈中隐约出现了某些可怕的东西。"谁是耶稣?"他轻声问。

"耶稣?"天色昏暗了,这条空荡荡的寒冷的小街上只有他们两个人。她难以置信地瞅着他。"难道你不知道耶稣是谁吗?"

"你说我是犹大,那么谁是耶稣?"

她笑了。"那只是一种说法。"她说。接着,她仿佛自言自语地又说:"他们什么都不懂。"她再次伸出手,"十点钟,喷水池。假如没有人接头,就说明出了事。"

他没有同她握手,扭头朝街上走去。他听到背后有压低的说话声。说什么来着?犹太人?犹大?他猜测是犹太人。非常奇怪:人们是不是认为"犹太"这个词是从"犹大"衍化出来的?但是他为什么不愿意碰她呢?是不是因为她可能认识巴维尔,同他太熟了——事实上甚至有肉体关系?他们,涅恰耶夫之流,是不是共同拥有女人的?共同拥有女人的情况简直难以想象。更有可能的是那些男人共同被她拥有。包括巴维尔。他不愿意朝那方面去想,但是办不到。他在想象中看到那芬兰姑娘一丝不挂躺在许多鲜红色的靠垫上面,她叉开两条肥胖的大腿,摊开两臂炫示她的乳房和圆圆的、没有毛的、几乎还不成熟的肚子。巴维尔则采取跪姿,准备被交媾和消耗。

他摇摇头不再去想。妒忌的想象!父亲像一只灰色的老耗子似的,事后爬到做爱的现场看看有没有什么剩给他的东西。在黑暗中坐在尸体上,竖起耳朵倾听,然后啮咬,再倾听,再啮咬。是不是由于这个原因那帮以好父亲、大耗子马克西莫夫为首的警察报复心切地搜捕彼得堡的自由青年?

他回想起他和安妮娅①结婚后巴维尔的表现。那时巴维尔已经十九岁,但坚决不接受她,安娜·格里戈里耶夫娜,分享他父亲的床铺。他们住在一起的那一年里,巴维尔始终保持着一种想法,认为安娜只是他父亲的伴儿,正像老太婆可能有的伴儿一样:只是个管管家务、采购食品、跑跑洗衣店的人。他们晚上玩了纸牌,他说要上床睡觉时,巴维尔不让安娜跟他去:而非要安娜再同他玩一盘不可("就我们两个人玩!")。即使当她红着脸试图退出时,他仍旧显出不理解的样子("这儿又不是农村,你不需要天亮就起来挤牛奶!")。

父子之间是不是总有这种情况:用玩笑来掩饰最剧烈的竞争?这是他感到凄凉的真正原因:因为他生活的基础,他和儿子之间的竞争,已经消失?难道潜伏在革命底下的不是人民复仇这个组织,而是儿子的复仇——父亲们妒忌儿子们的女人,儿子们策划窃取父亲们的钱箱?他厌烦地摇摇头。

---

① 安妮娅,陀思妥耶夫斯基第二位妻子安娜·斯尼特金娜的昵称。

第十章　制弹塔

他到家时,马特廖娜十分紧张地在走廊上等着他。"警察来过了,费奥多尔·米海伊洛维奇,他们在找一个杀人凶手!"

时间停止了,他僵站着不动。"他们为什么要来这儿?"这些话虽然出自他口,但他似乎觉得是远处传来的、别人的微弱声音。

"他们到处寻找,整幢房子都找遍了!"

他从安娜·谢尔盖耶夫娜那里听到的情况比较详细。"他们盘问,是不是有谁知道最近在附近出现过的一个乞丐。我认为我肯定见过,可是记不清了。有人说他在这幢房子里避过。"

这时候,他原可以透露说伊万诺夫在她的公寓里过了一夜,但他没说,却问道:"他有什么罪名?"

"警察的口风很紧,马特廖莎说他杀了人,但那只是传闻。"

"不可能。我知道那个人,我同他长谈过。他不是杀手。"

结果证明不仅仅是传闻,确实是一桩罪行;受害者是那个乞丐,街那头的小巷子里发现了他的尸体。是看门人告诉他的,他听后大为震惊。伊万诺夫:那个总是在临终病榻或者葬礼墓穴旁边出现的面目可憎的家伙,不像是短命的。

"他们肯定他不是冻死的吗?"他问道,"为什么一定是凶杀呢?"

"哦,凶杀是不会错的,"看门的老头摆出一副消息灵通的样子回答说,"让我感到意外的是,他们有什么必要为这么一个无足轻重的家伙大动干戈。"

吃晚饭的时候,马特廖娜大谈特谈凶杀案。她过度兴奋:她的眼睛发亮,话也说得没有条理。至于他呢,他有他的事情要讲,不过要等到她妈妈让她平静下来,上床睡觉之后再说。

他认为她已经睡着后,开始把他同涅恰耶夫见面的情况告诉安娜·谢尔盖耶夫娜。他声音压得很低,他知道大人的悄悄话——总是同奸诈和吸引人的事有关——能穿透孩子最深的睡眠。

安娜听说过涅恰耶夫这个名字,但不清楚是谁。不过她马上提出劝告,并且十分坚决。"你必须赴约。不知道真实情况,你心里不会踏实的。"

"可是我已经知道发生的事情。我不需要再知道什么了。"

她做了一个不耐烦的手势。他的不够热情使她难以理解:她只能把它当作冷漠。他怎么才能使她明白呢?要使她明白,他首先要用水底传出的声音说话,孩子的来自黑暗深处的清晰的恳求声。"亲爱的父亲,唱给我听!"声音会这么呼唤,她会听到。他在内心某个地方非但会发现那个声音,还会辨出具体的字眼。此时此刻,他辨不出字眼。他有一种感觉,认为会在一首古时的歌谣里发现那些字眼。但歌谣不记载在书本上:而在他够不到的俄罗斯人民的心中。或者在一个孩子的心中。

"巴维尔不是报复心很强的人,"他终于结结巴巴地说,"不管谁杀了他,这件事已经过去了,脐带已经剪断,他同那人没有了联系。我要以他为榜样。我不要受到报复心理的毒害。"

他还有好多话可说,可是现在不行。比如说,巴维尔不喜欢复述他跌落的经过情形。巴维尔感到特别孤独,需要别人为他唱歌,安慰他,向他保证绝对不会把他抛在水底不管。

他同那女人之间有片刻沉默。星期天以来,他们两人还是第一次单独相处。她显得疲惫。她无力地垂着肩膀和手,脖子上显出了褶皱。他再一次清楚地体会到她比他的妻子老,他们虽不能算是老一代的人,不过也相差不远了。他希望自己不必非注意到这一点不可。他从涅恰耶夫那里回来,没有过多少时间;涅恰耶夫年轻,像魔鬼一样精力旺盛,那些次要的魔鬼都很年轻。

他一阵冲动,抓住了她的手。她诧异地抬起眼睛。

"我不是嗾使你报仇,"她款款说道,"你对巴维尔的看法是正确的:他没有报复的本性。但是他有正义感。你得守约。了解尽可能多的情况。不然你心里永远得不到安宁。"

他仍旧握住她的手。从她手上他感觉到一种回应他的、只能称之为体贴的压力。

"正义,"他深思地说,"一个冠冕堂皇的词。人们真能在正义和复仇之间画一条分界线吗?"当她似乎不理解时,他又说,"那岂不是涅恰耶夫的独创性吗——他管他的组织叫作人民复仇,而不叫作人民正义。他至少是诚实的。"

"是吗?难道那就是人民希望得到的信息:他们追求的是复仇,而不是正义?我不这样认为。为什么人们都认真对待涅恰耶夫?为什么随便哪一个人,学生、容易激动的年轻人,都把他当一回事?说到头,他有什么力量?"

"当然,不是生的力量,而是死的力量。只要有一种精神,小孩也能像成人一样杀人。也许这又是涅恰耶夫的独创性:他说出了我们想都不敢想的有关我们的孩子的话;他让席卷年轻俄罗斯的那种沉默而严峻的力量发出了声音。我们不问不闻;他便带了斧子来了,非让我们听到不可。"

她的手本来生气勃勃,现在突然变得死气沉沉。感情丰富的女人,他想着,松开了她的手。同她的女儿一样。也许还同样容易受到伤害。

他要抱她,把她搂在怀里,修复破裂的东西。他应该终止这种只会使她感到排斥和疏远的谈话。但是他没有。

"说到头,你永远不能通过宣扬一种与人们格格不入的,或者对他们毫无意义的精神,来号召人们拥护你的事业。当然,他不是那样解释的。他自称为唯物主义者。那只是时髦的行话罢了。实际上,他就是希腊人所说那种恶鬼附身的人。恶鬼对他发号施令。那才是他力量的源泉。"

他又想道:现在我必须打住了。然而,枯燥的、致命的言语依旧纷至沓来。他知道他已经同她失去了联系。

"巴维尔身上肯定也有恶鬼,不然的话,巴维尔为什么响应他的召唤?认为巴维尔没有报复心理是好事。对死者有好评是好事。不过对他来说有点言过其实。我们不能感情用事——在日常生活中,他同任何别的年轻人一样,也是有报复心理的。"

她站起来。他自以为知道她要说什么话,而且出于颜面考虑,已经准备好为自己辩解。他以为他听到的将是:你自称是巴维尔的父亲,但是我不相信你爱他。可是他估计错了。

"我对那个无政府主义者涅恰耶夫一点都不了解,我只能接受你告诉我的话,"她说,"但是单凭我听到的话,我很难区别你和涅恰耶夫两人中间谁更希望巴维尔属于复仇党。我和巴维尔毫无关系,我当然不是他的母亲,但是为了他和他的名声,我应该提出异议。你同涅恰耶夫争斗,不应该把他也卷进去。"

"涅恰耶夫不是无政府主义者。那是人们一贯的误解。他是另一种人。"

"无政府主义者,虚无主义者,不管他是什么,我都不要听了!我不希望争斗和憎恨给带进我的家!马特廖娜现在已经够激动的了;我不希望她受进一步的影响。"

"不是无政府主义,也不是虚无主义,"他固执地接着说,"你们给他贴上标签的时候,忽略了他的独特之处。他并不是以思想的名义采取行动。他觉得身体里有什么蠢蠢欲动时,才采取行动。他是感觉论者。是感觉的极端主义者。他在生活里要把感觉能力发挥到极致,要把肉体认识发挥到极致。因此他才说出天下没有什么不可以做的事情这类话——如果他不在乎解释自己的行为,他为什么要说这种话呢?"

他停了下来。他又一次自以为知道她要说什么;或者即使没有说出口,他也知道她想说的是什么:那么你呢？难道你就很在乎吗？

"你认为他为什么选择斧子作为武器?"他说,"假如你想想斧子,假如你想想它的含义——"他找不到适当的词,便绝望地举起手。斧子,人民复仇的工具,老百姓的武器,粗糙,沉重,无法对付,挥动时使足全身力气,拿出一生积聚的怨恨,劈下去时带着邪恶的欣喜。

两人沉默了片刻。

"有些人的感觉不是通过自然的方式形成的,"他终于平和地说,"谢尔盖·涅恰耶夫一开始给我的印象就是这样——比如说,不能同女人发生正常关系的男人。不知道那是不是造成他种种怨恨的原因。也许未来的情况就是这样:感觉不再通过老的方式形成。老的方式要耗尽了。我指的是爱。爱将要耗尽了。于是必须寻找别的方式。"

她说话了。"够啦。我不想再谈了。九点多了。你要走的话——"

他站起来,鞠了一躬,走了。

十点钟,他如约来到喷水池。一阵阵劲风夹带着雨点,激起运河里的黑水。空荡荡的堤岸上,灯柱给刮得叮当直响。屋顶和阳沟传来汩汩的水声。

他在一幢房屋的门口避雨,心情越来越烦躁。如果我着了凉,这就是直接的诱因。他很容易感冒。巴维尔从小也是这样。巴维尔住在她这里时有没有得过感冒?是她亲自看护他,还是由马特廖娜照料?他想象马特廖娜端着一杯热气腾腾的柠檬茶,唯恐泼洒出来,小心翼翼地进房间的情景;他想象巴维尔黑发的脑袋靠在白布套的枕头上微笑的模样。"谢谢你,小妹妹。"他似乎听到了巴维尔粗哑的男孩的嗓音。极其平常的男孩的生活!反正附近没有人,他低下头,像一头病牛似的呻吟起来。

这时候,她站到他面前,好奇地打量着他——不是马特廖娜,而是芬兰姑娘。"您不舒服吗,费奥多尔·米海伊洛维奇?"

他不好意思地摇摇头。

"既然没有不舒服,就跟我走吧。"她说。

正如他担心的那样,她带他沿着运河,朝细木工码头和老制弹塔走去。因为风大,她提高了嗓门,友好地同他攀谈起来。"您要知道,费奥多尔·米海伊洛维奇,"她说,"您今天下午谈论人民的那番话是不会为您加分的。以您的经历来说,您让我们感到失望。不管怎么说,您为了信仰去过西伯利亚。我们因此尊敬您。甚至巴维尔·亚历山德罗维奇也尊敬您。您现在可不能松劲啊。"

"甚至巴维尔?"

"不错,甚至巴维尔。你们那一代人吃过苦,现在巴维尔也作出了牺牲。您没有理由不骄傲地昂起头。"

她似乎有一面小跑一面聊天的本领。他却胁腹作痛,气喘吁吁。"慢一点。"他上气不接下气地说。

"你呢?"他终于说,"你怎么啦?"

"我怎么啦?"

"你自己怎么啦?你将来能昂起头吗?"

她在一盏疯狂地摇晃的街灯下停下来。光和影在她脸上交叉晃动。以前他把她看作一个拿伪装闹着玩的孩子,没有把她当一回事,现在看来是错了。尽管她的身材不成样子,他现在在她身上发现了一种冷静的女人的品质。

"我在这里待不了多久,费奥多尔·米海伊洛维奇。"她说,"谢尔盖·根纳德维奇也一样。我们大家都是这样。巴维尔的遭遇随时都可能落到我们任何一个人头上。因此别开玩笑了。如果您拿我们来开玩笑,要记住您也是在开巴维尔的玩笑。"

今天他第二次产生了要揍她的冲动。她显然也感觉到了他的愤怒:事实上,她仰起头,看他敢不敢打她。他为什么这么容易发怒?他怎么啦?他是不是变成了那种不能控制自己脾气的老头?或者更糟糕的是:如今绝了后,他非但老,而且脾气也坏得像愤怒的孤鬼游魂。

早在彼得堡建城之初,细木工码头上就有了那座制弹塔,但废弃已久。尽管有一块禁止闲人入内的告示牌,附近胆子较大的男孩把它当成了游乐场所,他们通过安装在墙上的螺旋形防护铁圈爬上离地一百英尺高的熔炉室,甚至爬到更高的砖砌烟囱。

钉有许多圆头钉的大门是上闩锁住的,但是后面的小门早就被肆意破坏的人踢开了。一个男人在小门的阴影里等候他们。他含混地向芬兰姑娘打个招呼,她便跟他进去。

空气里有一股子粪便和发霉的气味。暗地里传出一连串低声骂人的脏话。等候他们的那个男人划了一根火柴,点燃了提灯。几乎就在他们脚下,有三个人挤在一起躺在一个麻袋布垫子上。他扭过头,望着别处。

提灯的是涅恰耶夫,他穿着掷弹兵军官的黑色长大衣,脸色苍白得不自然。难道他忘了洗去化妆粉?

"我爬高要昏眩,还是在下面等吧,"芬兰姑娘说,"由他带领您去那里。"

塔的内墙有盘旋而上的梯级。涅恰耶夫把提灯举得高高的,开始攀登。在封闭的空间里,他们的脚步响声很大。

"他们是从这里把您的继子带上去的,"涅恰耶夫说,"也许事先已经把他灌醉了,容易行事。"

巴维尔。这里。

他们一步一步往上爬。他们下面的水池已经被黑暗吞没。他一天一天地追溯到巴维尔死去的那天,数到二十就记不清了,重新再数,数到二十又记不清了。是不是那么多天以前,巴维尔也爬过这些同样的梯级?他为什么数不清了呢?梯级数,天数——它们之间仿佛有点联系。每登一级楼梯就从巴维尔的数目中减去一天。同时进行顺数和倒数——这一来他是不是就糊涂了呢?

他们登上楼梯顶,到了外面一个宽阔的钢板平台。他的向导把提灯挥了一圈,说道:"走这边。"他瞥见了锈迹斑斑的机器。

他们在塔外一个有齐腰高的围栏的平台上,高高地俯瞰着码头。一边的墙上安有滑车和铁链提升装置。

他们开始感到风的推力。他脱掉帽子,抓紧扶手,尽量不往下看。他对自己说:这一切只是一个隐喻——意识丧失、不在现场、心不在焉的另一种说法。没有什么新鲜的。癫痫病人全都知道:接近边缘,朝下面张望,灵魂的震颤,思索像钟声一样疯狂地在脑袋里不断回响:时间将有终结,希望不再存在。

他把扶手抓得更紧,摇摇头想驱散眩晕。隐喻!多么荒谬!有的是死亡,只是死亡。死亡就是死亡。不是任何东西的隐喻。我根本不应该同意来这里。我今后不会再看到这种幽灵似的景象了:在雨中闪光的圣彼得堡的屋顶,码头前沿地带的一排小灯。

他咬紧牙不断对自己重复说:我不应该来。但是那些"不"字像伊万诺夫的情况那样开始崩溃了。我不应该在这里,所以我应该在这里。我什么都看不到,所以我什么都看到了。这是什么毛病,是什么推理的毛病?

他的向导把提灯留在塔楼里面。他强烈地感到身边这个年轻人的存在,毫无疑问,属于那种精悍的、不知疲倦的力量型。那个年轻人随时都可以抱住他的腰,把他拥起来,从高空抛下去。但这个平台上的他是谁呢,摔下去的他又是谁呢?

他慢慢转过身去面对那个比较年轻的人。"如果巴维尔被带到这里来杀掉,确是事实的话,"他说,"那我可以原谅你带我来这里。如果这是个骇人听闻的阴谋,把他推下去的人正是你自己,那我警告你,你是不会得到宽恕的。"

他们两人相距不到十二英寸。浮云遮掩了月亮,风夹带着雨点一阵阵抽打着他们,然而他深信涅恰耶夫不会在他面前退缩。他的对手很可能把各种把戏从头到底都玩遍了:无论他说什么话都不能使他感到意外。再不然,他就是魔鬼,能把诅咒像雨点似的从身上抖搂。

涅恰耶夫开口了。"您说出这种话来真应该害羞。巴维尔·伊萨耶夫是我们的同志。他没有家人的时候,我们就像是他的家人。您去了国外,把他留在国内。您同他失去了联系,你们几乎成了陌生人。如今您不知从什么地方冒了出来,对他唯一真正的亲人横加指责。"他把斗篷在脖子周围拉紧一些,"您知道您让我想起谁吗?您叫我想起一个提着旅行包、不知从哪里冒出来的远房亲戚,到葬礼上来要求分得从未谋面的人的遗产。您是巴维尔·亚历山德罗维奇的隔了四五代的远亲,不是他的父亲,甚至不是他的继父。"

这句话刺痛了他。他粗暴地试图从涅恰耶夫身边挤过去,但他的对手挡住了门口。"不要对我的话充耳不闻,费奥多尔·米海伊洛维奇!您丢失了伊萨耶夫,我们救了他。您怎么能以为我们害了他的性命呢?"

"你要用你永生灵魂的名义起誓!"

说这话时,他自己都觉察到了夸大做作的口气。事实上,整个场景——两个男人在街道上空月光照耀的平台上,顶着大风和阵雨,扯开嗓子互相指责——显得虚假夸张。可是哪里找得到真诚的语言,找得到巴维尔含笑倾听、点头同意的语言呢?

"我不会用我不相信的东西的名义起誓,"涅恰耶夫倔强地说,"但是您凭理智应该知道我说的是真话。"

"那么伊万诺夫又是怎么回事呢?难道也要理智告诉我,你在伊万诺夫之死的问题上也是无辜的吗?"

"伊万诺夫是谁?"

"伊万诺夫是那个专门监视我住的那幢房屋的家伙所用的名字。也就是巴维尔居住过的地方。你的女朋友来看我的地方。"

"哦,警察探子!您结交的那个人!他怎么啦?"

"昨天发现他死了。"

"是吗?我们损失了一个,他们损失了一个。"

"他们损失了一个?你居然拿巴维尔同伊万诺夫相提并论?你是这样计算的吗?"

涅恰耶夫摇摇头。"别把个人牵连进来,这只会使问题复杂化。同警方合作的人树敌很多。他们遭到人民的唾弃。这个伊万诺夫死了一点也不奇怪。"

"我不是伊万诺夫的朋友,我也不喜欢他的工作。但这不能成为杀害他的理由!说到人民,那简直是胡扯!人民不会干这种事。人民不会策划暗杀。他们也不躲躲闪闪。"

"人民知道谁是他们的敌人,敌人死去时,他们不会浪费眼泪!"

"伊万诺夫不是人民的敌人,他只是个口袋空空、同千千万万别的人一样要养家糊口的男人。如果他不是人民的一分子,谁又是人民呢?"

"你很清楚,他同人民不是一条心。把他称作人民的一分子完全是扯淡。人民是由工农组成的。伊万诺夫同人民没有联系:他不是工农出身。他是个没根没底的人,还是个酒鬼,很容易被收买,很容易掉过头来反对人民。像您这样的聪明人竟会落进这么简单的圈套,真使我感到惊讶。"

"聪明也好,不聪明也好,我不接受这种荒谬的推理!你干吗把我带到这个地方来?你说要给我看看巴维尔被谋杀的证据。证据在哪里?到了这里并不是证据。"

"当然不是证据。这里是谋杀发生的现场,事实上不能算是谋杀,而是国家布置的处决。我把您带到这里来,是让您亲眼看看。现在您已经有机会看到了;假如您仍旧不信,那您就不可救药了。"

他抓紧围栏,凝视着下面无底的黑暗。无穷无尽的时间隔在这里和那里之间,漫长得难以想象。在这里和那里之间的时间段里,巴维尔是活着的,比以前任何时候都更鲜活。我们坠落时的生命力最为强烈——让人想到都会心痛的真理!

"您不愿意相信,自然就不信了。"涅恰耶夫说。

相信:另一个词。相信,是什么含义?我相信下面人行道上的尸体。我相信血和骨头。收拾破碎的身体,把它抱在怀里:那就是相信的含义。相信和爱——是合二为一的东西。

"我相信复活。"他说。这些话不假思索地脱口而出。他的声音里已经没有那种疯狂的大叫大嚷的调子。他说了这些话,听了这些话,感到一种瞬间的欣喜,造成欣喜的不全是话语本身,而是脱口而出、好像是由别人说的那种方式。巴维尔!他想。

"您说什么?"涅恰耶夫凑近一点。

"我相信肉体的复活和永生。"

"那不是我要问的。"一阵阵的风很强烈,那个比较年轻的人不得不高声嚷嚷才能让对方听见。他的斗篷被吹得在他身上拍打;他紧抓住围栏以免跌倒。

"可那是我要说的!"

他到家时虽然已过午夜,安娜·谢尔盖耶夫娜仍等着没有睡觉。她的关心使他既惊异又感激,他把码头上的会晤、涅恰耶夫在制弹塔上的谈话一五一十地告诉了她。接着,他要她把巴维尔死亡那夜的情况再讲一遍给他听。比如说,她是不是肯定巴维尔是死在码头上的?

"人家是这么告诉我的,"她回答说,"我能相信什么别的话呢?巴维尔傍晚出去,没有说去哪里。第二天早上,有人报信说他出了意外,让我去医院。"

"他们怎么会知道来通知你呢?"

"他口袋里有身份证件。"

"后来呢?"

"我去医院认尸。然后我通知了迈科夫。"

"他们是怎么向你解释的?"

"他们没有向我解释,却要我向他们作出解释。我不得不去警察局回答问题:他是谁,他家住在哪里,我最后一次看到他是什么时候,他在我们这里住了多久,他同哪些人交往——诸如此类的问题!他们所能告诉我的只是发现他时他已经死亡,出事地点是细木工码头。我如实通知了迈科夫先生。他后来是怎么通知你的,我就不知道了。"

"他用的是意外事故这个词。他肯定同警察局联系过了。意外事故是警察局用来指自杀的说法。他是打电报来的,因此不能详细说明。"

"那是我所理解的,我是说,那是我所理解的事情的经过。如果真是这样的话,我一直不明白他为什么这么做。他从来没有向我们吐露过。后来发生的事情没有任何先兆。"

"还有最后一个问题。那晚他穿的是什么衣服?他有没有穿奇怪的东西?"

"你指他出去的时候吗?"

"不,你看到他的时候……出事以后。"

"说不好。我记不清了。盖了一条床单。我不想再谈当时的情况了。不过他的神情很安详。我要你知道这一点。"

他真挚地向她道了谢。交谈到此结束。但他回自己的房间后,迟迟不能入睡。他想起迈科夫迟到的电报(为什么耽误这么久?)。拆开电报的是安妮娅;安妮娅来到他的书房,宣布了这个消息,当时的话直至今晚仍像低沉的钟声那样一字一字地在他脑子里回响:"费佳,巴维尔死了!"

他接过电报,捏在手里,呆呆地瞅着那张黄色的纸,他试图让那个法国人说些电报以外的话。死了。永远离开了光明世界,进入了往事的囚牢。有去无回。葬礼已经举行过了。账目,同生命计算的账目,已经结清。停止记账。成了印刷工人说的准备拆掉的活字版。

意外事故:迈科夫用来表示自杀的代名词。现在涅恰耶夫却用另一种说法!他由衷的倾向是怀疑涅恰耶夫,让官方的说法成立。为什么呢?因为他厌恶涅恰耶夫——厌恶他的为人,厌恶他的学说?因为即使在追溯过去时,他也要巴维尔摆脱他的控制?或者因为他有更不光彩的动机:尽可能地回避他必须履行的、为儿子讨个公道的责任?

他认识到因巴维尔之死而直接形成的自己身上的惰性。他逐渐衰老,一天比一天更接近最终必定成为的老人:整日待在角落里无所事事,只是翻来覆去地叨念过去的失误。

他想道:死去的、被埋葬的人是我,巴维尔是活着的人,并且永远会活下去。我现在苦苦思索的是我从坟墓里活过来时是什么形状。

他想起流放西伯利亚时的一个囚犯,一个头发灰白的、伛偻的高个子,那人奸淫了自己十二岁的女儿,然后把她扼死。事后,人们发现他抱着那具毫无生气的尸体,坐在养鸭塘边。他服服帖帖地束手就擒,只坚持要由他自己把死孩子抱回家,搁在一张桌子上——据说他做这一切时带着无限柔情。别的囚犯都不理他,他也不同别人交谈。晚上他坐在自己的铺位上,面带微笑,嘴唇翕动着在念福音书。也许有人认为,时间一长这种自闭现象会有所缓和,他的悔罪会得到接受。但事实上他仍旧遭到排斥,那倒不是因为二十年前犯下的罪行,而是因为他那狡诈疯狂的微笑让人看了血液都会发凉。他们说那种笑容同他犯事时一模一样:他内心没有任何改变。

为什么怀里抱着死孩子、坐在池塘旁边的那个人的模样,现在重新浮现在他眼前?被爱过了头的孩子,成了性行为对象的孩子,容不得她活下去。残忍的温柔。温柔的残忍。像手套一样翻出了衬里的爱,露出了难看的针脚。爱是用什么针线缝起来的呢?他再揣摩那个人的模样,使劲看他的脸部表情,注意力不是集中在心醉神迷地闭着的眼睛,而是在微微翕动的嘴唇。不是强奸,而是劫掠——难道不是吗?做父亲的吞噬了孩子,精心抚养他们,然后把他们当成美味似的吃掉。美味食品店。

那能不能解释涅恰耶夫的报复心理呢:他眼睛睁开后,看到了赤身裸体的父亲们,看到了那帮欲望暴露无遗的父亲。那个老涅恰耶夫,根纳季老爸,是什么样的人呢。有朝一日(肯定会有那一天的),消息传来说他的儿子死了,他会不会坐在角落哭泣,或者窃笑?

他摇摇头,仿佛想摆脱恶魔的骚扰。什么损害了他悲哀的完整性,坚称那只是伪装呢?真理在他身体里某个地方迷了路。仿佛在他脑子的迷宫里,然而似乎也在他身体的迷宫里——脉管、骨骼、肠子、器官——一个极小的孩子在摸索着寻求光明,寻求出路。他怎么才能找到他身体里那个迷路的孩子,让他发声唱出他悲哀的歌曲呢?

吹响骨笛。他想起一个老故事,说的是一个年轻人被杀害后遭到肢解,遗骸散了一地,风吹一根股骨发出悲音,指出杀害他的凶手。事实上,他如今逐一回想起这些从姥姥那里听来的老故事,当时并不了解故事的意义,只是无意识地储藏起来,以备后用。人民早在有历史以前就建立并照管着巨大的埋葬故事遗骨的洞穴。让巴维尔找到通向我股骨所在的地点,在那里向我吹奏吧!爸爸,你为什么抛下我,让我待在黑暗的森林里?爸爸,你什么时候能来救我?

圣像前面的蜡烛燃烧得只剩下一汪烛油;供奉的花枝叶也蔫得耷拉下来。小姑娘立了神龛后已经把它忘了,或者弃置不顾了。她是不是认为巴维尔不再同他说话了,因为他也迷了路,他现在听到的只是魔鬼的声音?

他抠出烛芯,扶直点燃,自己跪了下来。圣母的目光一直注视着她怀里的婴儿,婴儿的眼睛则从圣像上注视着他,还告诫地伸出一根细小的手指。

第十一章 散　步

　　他们上次亲热后的一个星期里,安娜·谢尔盖耶夫娜和他之间形成了一道尴尬拘礼的屏障。她对他的态度十分不自然,以致他觉得那一直在旁边观察倾听的孩子肯定得出了结论,认为她希望他离开这个家。

　　他们为了谁才维持这种敬而远之的门面呢?当然不是为了他们自己。只能是为了两个孩子的观瞻——目前的这个孩子和已经不在的孩子。

　　然而他渴望再次把她搂在怀里。他不信她对他会无动于衷。他觉得他像是一条转着圈子追逐自己尾巴的狗,圈子越转越小。他和她一起在赎罪的黑暗中时,仿佛有一种征兆,觉得他的四肢松弛,灵魂得到了释放,而目前的灵魂是在肩膀、髋部和膝盖几个部位同他的躯体联结在一起的。

　　他的饥渴的核心是一个欲望,第一夜并不完全明确,现在似乎集中在她的气味上面。她和他似乎是野兽,他从她周围的空气中嗅到了什么,受到了吸引:秋天的气息,特别是胡桃的气息。他开始理解动物以及小孩受到气息和氛围吸引或排斥的生活习性。他仿佛看见自己像雄狮似的趴在她身上,用嘴拱她后颈的头发,把鼻子伸到她的腋窝里,用面孔蹭她的胯部。

房门没有安锁。在那种时候,孩子溜达着进了房间并不是不可思议的事情,很有可能瞥见他正处于这种淫欲的状态——淫欲这个词叫他厌恶,却是非常贴切的。再说,不少孩子有梦游的毛病:她可能半夜里起来,仍在睡梦中摸进了他的房间。另外,这种私密的气味会不会母女相传呢?爱上母亲后,会不会也渴念女儿呢?迷乱的念头,迷乱的欲望!必须同他一起埋葬,除了一个人以外,谁都不让知道。那个人是巴维尔。因为现在巴维尔在他身体里面,巴维尔从不入睡。他只能祈求曾经会使孩子感到厌恶的弱点现在给他带来微笑,愉快而宽容的微笑。

或许涅恰耶夫也会这样,一旦渡过了通向死亡的黑河后,就不再残忍凶狠,而学会重新微笑。

于是,第二天傍晚,他去雅科夫列夫的店铺对面等安娜·谢尔盖耶夫娜。她出来时,他穿过街道迎上前去,体会到了她见到他的惊喜。"我们去散散步好吗?"

她把暗色的披巾在下巴底下围紧一些。"不知道。马特廖莎等我会着急的。"尽管如此,他们仍去散步了。风已停息,空气干冷。街上人们熙熙攘攘,但谁也没有理会他们。他们很可能是一对普通夫妇。

她本来提着一个篮子,他接了过去。他喜欢她走路的模样,步子跨得很大,双手抱在胸前。

"我很快就要离开这里了。"他说。

她没有回应。

他妻子的问题微妙地横在他们两人之间。他提到离开时,感觉像是一个棋手故意把一枚卒子让对方吃,无论吃掉与否,这一着棋都会引起复杂的变化。男女之间的事情是不是都这样,一方在算计,另一方遭到算计?算计是不是欢乐的一个要素:作为另一方阴谋算计的对象,被引进一个角落,受到温柔的压力,直到屈服?她在他身边行走时,是不是也以她的方式在算计他呢?

"我在这里等调查结束。我甚至不需要等到裁决出来。我要的只是文件。其余的都无关紧要。"

"到时候你回德国吗?"

"是的。"

他们已经到了堤岸上。过街时,他扶着她的胳膊。他们并肩靠着岸边的栏杆。

"由于巴维尔在这个城市的遭遇,"他说,"我不知道应该恨它呢,还是觉得同它的关系更密不可分。因为它现在成了巴维尔的家。他再也不会离开了,再也不能随自己高兴去外面旅行了。"

"胡说八道,费奥多尔·米海伊洛维奇,"她斜眼看他,笑笑说,"巴维尔与你同在。你就是他的家。他在你心中,无论你去哪里,他都与你同行。"她用戴手套的手轻碰他的胸口。

他心头怦然一跳,仿佛她的指尖直接碰到了他的心脏。这个动作是卖弄风情呢,还是直接发自她内心?现在把她搂在怀里是世界上最自然不过的事情了。他觉得他的目光确确实实地在吞没她那俊俏的、仍旧带着笑意的嘴唇。她在那种目光下没有丝毫畏缩。她不是少妇。也不是孩子。

他们两人的目光越过巴维尔的尸体,发出了挑战。一个念头突然闪过:他不在这里就好啦!那念头随即消失在角落里。

他们在街头小贩那里买了一些准备晚饭吃的鱼肉小馅饼。马特廖娜开的门,可是一看到同她母亲一起的是谁时,她扭头就走。饭桌上,她心情烦躁,缠着妈妈听她讲学校里一个同学同她争吵的冗长杂乱的事情。当他插嘴,替那个姑娘稍作辩解时,她哼哼鼻子,不屑同他搭话。

他知道她有所察觉,正努力要把她母亲从他这边拉回去。为什么不呢?这是她的权利。不过只要她不在这儿就好了!这次他没有抑制他的念头。假如孩子不在场,他决不浪费时间多说一句话。他会熄灭烛火,在黑暗中互相再次找到对方。他们会把那张大床占为己用,那张寡妇床——她说那张床上多久没有男人睡过来着——有四年了吗?

他想象中见到了安娜·谢尔盖耶夫娜十分性感的模样。她的衬裙高高地捋了上去,裸露出乳房。他躺在她两腿中间:两条白皙的长腿夹住了他。她的脸转向一边,闭着眼睛,呼吸急促。虽然同她交媾的男人是他自己,但这一切仿佛是从床边的角度看到的。在想象的场景中占主导地位的是她的大腿:他两手挽着她的腿,使劲往自己的胁腹上压。

"来吧,把你盘子里的东西吃掉。"她敦促女儿。

"我不饿,我嗓子痛。"马特廖娜带着哭音说。她把盘子里的食物翻弄了一会儿,然后推开盘子。

他站起来。"晚安,马特廖莎。希望你明天感觉好一点。"孩子懒得回答。他走了,让她一个人去折腾。

他想起了幻想情景的来源:多年前他在巴黎买的、同安妮娅结婚时连同其他色情艺术品一起销毁的一张明信片。一个黑色长发的姑娘仰卧在一个留着八字胡子的男人身体下面,图片说明是花体大写字母拼写的"吉卜赛爱情"。但是图片上那姑娘的两条腿胖乎乎的,肌肉松弛,脸冲着那个用两臂撑起上身的男人,没有任何表情。安娜·谢尔盖耶夫娜的大腿,他记忆中的安娜·谢尔盖耶夫娜的大腿,比较瘦一点,结实一点;夹紧时意味深长,使他不由得联想到她不是孩子,而是一个急切的成熟女人。因为成熟,所以在死亡面前是没有遮拦的("没有遮拦"几个字坚持要冒出来)。那个身体乐意体验生活,因为它知道它不可能长生不老。这个想法既使人激动,也让人困扰。对于那两条大腿来说,谁被夹在中间无关紧要;从上方或者从旁边看去,图片里的男人既是他,又不是他自己。

他床上有一封信,靠枕头立着。他一时犯了糊涂,以为是巴维尔偷偷进屋放的。信上是孩子的笔迹。"我想画巴维尔·亚列山德罗维奇的模样,"信上这么写着(名字里的"历"错成了"列"),"可是画得不好。如果您愿意,可以放在神龛里。马特廖娜。"信纸背面是一个高额头、厚嘴唇的年轻人的铅笔画像,稍稍有点弄脏了。图画很粗糙,那孩子一点不懂明暗法;不过在嘴巴,尤其是在大胆的眼神上,她捕捉到了巴维尔的神情。

"是啊,"他悄声说,"我要放在神龛里。"他吻了一下画像,把它搁在烛台前,点了一支新的蜡烛。

一小时后,他仍旧瞅着烛光时,安娜·谢尔盖耶夫娜轻轻敲房门。"你的衣服洗好了。"她说。

"进来。坐下。"

"不,不行。马特廖莎烦躁不安——我想她身体怕是不舒服。"话虽这么说,她还是在床上坐了下来。

"他们,我们的这两个孩子,让我们规规矩矩。"他说。

"让我们规规矩矩?"

"注意我们的品行。把我们隔开。"

他们中间没有饭桌隔开是一种宽慰。柔和的烛光也让人感到舒适。

"你非走不可,我很难过,"她说,"不过离开这个伤心的城市也许对你好一些。对你家里也好一些。他们一定很想念你。你一定也想念他们。"

"我会成为另外一个人。我的妻子会不了解我。她也许以为她了解我,其实不然。我能预见,对于所有的人来说,都不同了。我会想念你的。可是以什么身份呢?——问题在这里。安娜也是我妻子的名字。"

"在她之前我就用这个名字了。"她的答话干脆利落,没有玩笑的意思。他又一次领悟到:如果说他爱这个女人,那么部分原因是她年纪不轻了。她已经过了他妻子还没有达到的那条线。且不谈亲爱的程度谁高谁低,她同他的距离更近一些。

情欲的拉力又来了,比先前更强大。一星期前,他们互相拥抱着,就睡在这张床上。此时此刻,难道她没有想吗?

他探身过去,把手按在她的腿上。洗好的衣服仍在她怀里,她低下了头。他挨过去一点。用拇指和食指扶住她光溜溜的脖子,让她的脸转向他。她抬起眼睛:霎时间,他觉得看到了一双猫的眼睛,警惕、热情、贪婪。

"我得走了。"她嗫嚅说。她一扭头,挣脱了他的手走了。

他迫切地要她。不是在这张狭窄的小孩床上要她,而是在隔壁屋子里的那张寡妇床上。他想象她现在躺在女儿旁边的模样,她的眼睛睁着,水汪汪地发亮。他第一次理会到她是他从来没有在书中描写过的那种女人。他熟悉的那些女人并不是没有各自的激情,但那种激情只限于皮肤和神经。她们引起的感觉是表层的,电击似的强烈、直接。可是同她一起时,他进入了一个会流血的、感觉发自脏腑深处的身体。

这种特点能不能转移到别的女人身上,或者在她们身上加以培养?比如说,在他妻子身上?他既然在她身上发现了这种感觉的特点,是不是可以放手去别处寻找呢?

多么可耻的背信行为!

假如他对自己的法语水平更有信心,他可能把这种引起恐慌的兴奋心情倾注在一本不能在俄罗斯出版的书里——十个人署名,三百页厚、可以在两三个星期里匆匆赶出来的书,连誊写员都不需要。一本夜里看的书,信手写来,不受任何限制,无所不用其极。一本永远不会有人认为作者是他的书。手稿可以从德累斯顿邮寄给巴黎的帕亚尔,偷偷印刷,放在左岸地区①书店柜台下面偷偷出售。《俄罗斯贵族回忆录》。那本书的问世要归功于安娜·谢尔盖耶夫娜,但是她永远不会看到。其中有一章描写回忆录的贵族作者朗诵故事给他情妇的年轻女儿听,故事讲的是一个年轻姑娘遭到勾引,越来越清楚地表明他自己就是那个勾引者。故事充满暧昧的细节和暗示,非但没有勾引到女儿,反而把她吓得夜里睡不着,使她对自己的纯洁产生了怀疑,以致三天后她在绝望之下以极不体面的方式委身于他,任何一个孩子都不会想到,那就是她自己被勾引和委身的故事,而整个过程事先已经在她的脑海中留下了深刻印象。

幻想的回忆。回忆的幻想。

那是不是他向自己提出的问题的答复?那是不是她放手让他去做的事情:写一本有关"恶"的书?目的是什么?把他从"恶"中解放出来,还是让他同"善"断绝来往?

整幢房子现在已经陷入寂静,他发现在刚才长时间的沉思默想中,他一次都没有想到巴维尔。现在巴维尔回到了这里,脸色苍白,呜咽着要找一个躺下来的地方!可怜的孩子!原应由他继承的感觉的欢宴从他那儿被窃取了!他躺在巴维尔的床上,忍不住为隐秘的胜利兴奋得颤抖。

在通常情况下,公寓里上午只有他一个人。可是今天

---

① 左岸地区,在法国巴黎塞纳河左岸,即南岸,为大学生、作家、艺术家聚居之地。

马特廖娜没有去上学,她面色潮红,干咳,呼吸困难。有她在公寓里,他更不能把思想集中在写作上了。后来,他发现自己只顾听她光脚板在隔壁屋子里的走动声,有时候他敢发誓说,他觉得那孩子的目光钻进了他的后背。

中午,看门人送来一个通知。他立刻认出了灰色的纸张和红色的火漆封印。终于等到了结果:通知是让他去司法调查科找 P.P. 马克西莫夫督导,了解有关 P.A. 伊萨耶夫的事。

他从蜡烛街到火车站去订了一张车票,然后从火车站到警察局。候见室里挤满了人;他在值班桌那里报上姓名,然后等候。四点钟刚敲响第一下,值班警官便搁下笔,伸了一个懒腰,熄掉灯,开始把剩下的来访人引出房间。

"这是怎么回事?"他提出异议说。

"星期五,早下班,"警官说,"明天早晨再来吧。"

六点钟,他等在雅科夫列夫店铺外面。安娜·谢尔盖耶夫娜见到他,有点惊慌。"马特廖莎怎么——?"她问道。

"我离开时她正睡着。我半路上去药房买了给她治咳嗽的药。"他取出一个褐色的小玻璃瓶子。

"谢谢你。"

"警察局又传我去问巴维尔文件的事。我希望明天能彻底解决。"

他们默默地走了一段路。安娜·谢尔盖耶夫娜看上去好像心事重重。她终于开口了。"你非要那些文件不可,是不是有什么特殊的原因?"

"你这话问得让我惊讶。巴维尔自己还有什么留了下来？对我来说，没有什么比那些文件更重要的了。那是他对我说的话。"停顿了片刻后，他又说，"你知道他在写故事吗？"

"他写故事。是的，我知道。"

"我想到的是一篇讲逃犯的。"

"我不知道那一篇。有时候，他会把他正在写的东西念给我和马特廖莎听，看看我们有什么反应。可是没有一篇是关于囚犯的。"

"我不知道还有别的故事。"

"有，有故事。还有诗——但他不愿意把诗拿出来给我们看。警察肯定把诗稿抄走了，他们什么都拿。他们在他房间里待了很长时间，到处都搜遍了。我没有告诉你。他们甚至把地板撬起来，查看底下有什么。他们把所有的字纸都拿走了。"

"那么说，巴维尔的时间都——花在写作上？"

她奇特地瞥了他一眼。"你以为他还在干什么？"

他把嘴边的答话咽了回去。

"有一个当作家的父亲，你指望他会干什么？"她接着说。

"写作不是家传的。"

"也许不是。我说不好。不过他不至于打算靠写作谋生吧。也许那只是他同父亲取得沟通的方式。"

他做了一个恼怒的手势。他心想：即使不写故事我也会爱他的！嘴里却说："父亲的爱是不需要争取的。"

她迟疑了一会儿才说话。"有一件事我应该提醒你，费奥多尔·米海伊洛维奇。巴维尔有点崇拜他的生父——亚历山大·伊萨耶夫。本来我不想提这事,但是我估计你会在他的文件里看到一些痕迹。你得学会宽容。孩子们喜欢把他们的父母理想化。即使马特廖娜——"

"把伊萨耶夫理想化?伊萨耶夫是酒鬼,二流子,坏丈夫。他的妻子,巴维尔的生母,几乎没法同他过了。假如他不是先死的话,她会和他分手的。怎么可能把那样的人理想化?"

"当然是通过一层迷雾去看他。巴维尔很难通过迷雾来看你。因为——怎么说呢?——你同他太接近了。"

"那是因为我是把他一天天拉扯大的人。人人都把他抛下不管的时候,是我认了他做儿子。"

"别那么夸张。他的亲生父母不是抛弃了他,而是去世了。此外,如果你有权利选他做儿子,他为什么就没有权利为自己选一个父亲呢?"

"因为他可以超过伊萨耶夫!我们这个时代有一种弊病,年轻人轻视他们的父母、他们的家庭、他们的教养,因为他们对这一切都不满意,除非让他们做斯滕卡·拉津①或者巴枯宁的子女!"

"你的话没有道理。巴维尔没有离家出走。是你离开了他。"

一阵愠怒的沉默。他们到豆青街时,他说了一声对不起就离开了她。

---

① 斯滕卡·拉津(1630—1671),俄国农民起义领袖。

他在堤岸上踱来踱去,思考她说的话。毫无疑问,他的某种可耻的思想露了头,正好被她发现,使他十分恼火。与此同时,他为自己这般小气感到羞愧。他陷入了一种普通的道德纠葛——如此普通,以致事实上他不再为之感到不安,因而更加羞愧。还有一件事也在困扰他,仿佛是鞋子里刚冒出来的钉子尖,他无法弄明白,也不愿意费神去弄明白。

他回公寓时,气氛还有一点紧张。马特廖娜下了床。她把妈妈的上衣套在睡衣外面,但是光着脚。"我烦死了!"她不断地抱怨。她不理他。尽管同他们一起坐在饭桌前,她就是不吃。她身上有一股酸味,呼哧呼哧地喘气,时不时发作一阵剧烈的咳嗽。"你不应该起来,亲爱的。"他温和地说。"你不能吩咐我该做什么,不该做什么,你又不是我爸爸!"她回嘴说。"马特廖莎!"她妈妈喝住了她。"本来就不是嘛!"她重复一遍,噘着嘴不作声了。

他回房间上床睡觉后,安娜·谢尔盖耶夫娜轻轻敲一下门走了进来。他谨慎地起身。"她怎么啦?"

"我把你买的药给她喝了一点,现在她好像平静多了。她不应该下床,但不听话,我拦不住她。我来是为我说的话道歉。同时问问你明天的打算。"

"没有道歉的必要。错的是我。我订了夜车的座位。不过可以改动。"

"为什么?明天你会拿到你要的文件。为什么要改动?为什么要在这里耗下去?说到头,你又不想做永远的房客。这是不是一部书的名字?"

"永远的房客？不，我没有听说过。一切安排都可以改动，包括明天的。没有什么是铁定的。但是要改动眼前这件事，可不由我做主。"

"由谁做主呢？"

"由你。"

"由我？当然不是！你的安排只能由你自己做主，我管不了。我们现在就应该告别了。早晨我见不到你了。我得起个大早，明天是赶集的日子。你可以把钥匙留在门上。"

这个时刻终于来到了。他深吸了一口气。他头脑里一片空白。他开始在这片空白中说话，冒出什么话就说什么，说到哪里就是哪里。

"你带我去看巴维尔的坟墓的那一次，我们到了渡口，"他说，"我注意到你和马特廖莎扶着栏杆在望迷雾——你记得那天有雾吧——我对自己说，'她能把巴维尔带回来。她是——'"他又吸了一口气——"'她是灵魂的向导。'当时我没有想到那个词，现在我知道这个词最确切。"

她面无表情地瞅着他。他抓住她的手。

"我要他回来，"他说，"你得帮助我。我要吻他的嘴。"

他说这话时，自己也觉得这些话多么疯狂。他在疯狂中进进出出，仿佛是一只在打开的窗口飞进飞出的苍蝇。

她显得很紧张，像是要挣脱的样子。他把她的手抓得更紧，拉她回来。

"那是实话。是我对你的想法。巴维尔来这儿不是偶然。冥冥中早就注定他将从这里给带到……黑夜。"

他既相信又不相信自己说的话。他回想起过去的一个情景,那是他在某地画廊里看到的一幅画:一个穿着深色朴素衣服的女人站在窗前,身边有个孩子,两人都抬头望着繁星点点的天空。在他记忆中,比画本身印象更深刻的是雕花的镀金画框。

她的手在他手里毫无动静。

"你完全有权利,"他像追随灯塔光束似的在追随那些言语,看它们把他带向何方,"你能把他带回来。待一分钟。只要一分钟。"

他记起第一次见到她时,她显得多么干枯。像是一具木乃伊,用裹尸布包起来的枯骨,只要轻轻一碰就会碎成粉末。她说话时嗓子里的声音嘎吱发响。"你如此爱他,"她说,"你一定会再见到他的。"

他松开她的手。她像收回一串骨头似的收回了手。不必迎合我!他想说。

"你是艺术家,大师,"她说,"能把他带回到世上来的人是你,不是我。"

大师。他总是把这个词同金属联系起来——锻造钢剑,浇铸铜钟。锻工大师,浇铸大师。生活大师:奇怪的词语。他要让每一个词各得其所,不管多么奇怪,多么孤立,假如有机会的话,那就是巴维尔的同文异构。

"我做大师还差得远呢,"他说,"我有一条贯通全身的裂纹。开裂的钟还有什么用处?开裂的钟是修补不好的。"

他的话完全正确。同时他想起塞尔吉耶夫的三一大教堂有一口钟,早在叶卡捷琳娜女皇时代以前就已经开裂。它从没有被取下来重新熔炼。它的声音每天在城市上空回响。人们管它叫圣塞尔吉乌斯的木头假腿。

她的语气里现在带有恼怒了。"我同情你,费奥多尔·米海伊洛维奇,"她说,"可是你得记住,你不是第一个丧失孩子的父母。巴维尔活了二十二岁。想想许许多多幼年夭折的孩子吧。"

"因此——?"

"因此你得承认丧失是普遍规律,不是例外。你得问问自己:你哀悼的是巴维尔,还是你自己?"

丧失。一个冰冷的距离隔在他和她之间。"我没有丧失他,他也没有消失。"他咬紧牙齿说。

她耸耸肩膀。"假如他没有消失,你就应该知道他在什么地方。他当然不在这间屋子里。"

他环视房间。角落里的一束黑影——会不会是他幽灵的影子呼吸的痕迹?"人生活在一个地方不会不留下一点东西的。"他悄悄说。

"不,身后当然不会什么都不留下。那就是今天下午我对你说的话。但他留下的不在这间屋子里。他是从这里离开的,这里不是你能找到他的地方。去同马特廖娜谈谈吧。你离开前要同她言归于好。她和你的儿子非常亲近。如果他身后留下影响,影响就在她身上。"

"你呢?"

"我很喜欢他,费奥多尔·米海伊洛维奇。他是个豪爽的好青年。作为你的儿子,他的日子并不好过。他孤独,对自己没有信心,他必须奋斗才能找到自己的路。那一切我全看在眼里。然而我不是他那一代的人。他同我说话时,不能像同马特廖莎说话那样自在。他和她一起两小无猜。"她停顿了一下,"我一直有一种感觉——我们现在无话不谈了,不妨说说——巴维尔的童心给压抑得太早了,他根本没有足够的玩耍时间。我不知道你小时候是不是也有这种情况。也许没有。不过你为了睡懒觉这种小事而生他的气,仍旧使我惊讶。"

"为什么惊讶?"

"因为我指望你,作为一个艺术家,应该表现出更多的同情。有的孩子夜里做梦,有的孩子等到早晨才做。你在弄醒一个做梦的孩子前要多加考虑。巴维尔和马特廖娜一起时,他的童心有流露的机会。现在让我高兴的是这种情况曾经出现,而且他没有错失过。"

他回忆起巴维尔的模样,那时他七岁,穿着灰色格子花纹的外套,戴着耳罩,靴子大得不配脚,在雪地里疯疯癫癫地叫喊奔跑。回忆的图像角上还出现一些东西,他把它撇到一边。

"巴维尔和我初次见面是在塞米巴拉金斯克,那时他已有七岁,"他说,"他对我并没有好感。我是他和他母亲将与之共同生活的陌生人。我是那个将把他的母亲从他身边夺走的男人。"

他的寡妇母亲。寡妇的儿子。寡妇子。

他想把它撇到一边去,但他说话时不停地在他眼前出现的,是一个他只能称之为侏儒的丑陋的小家伙,那家伙红头发、红胡子、不比三四岁的小孩高多少。巴维尔仍在雪地里奔跑叫嚷,蹦蹦跳跳。那个侏儒站在一边观看。他穿着一件铁锈色的紧身大衣,领口敞开;似乎不觉得冷。

"……对一个孩子来说太难了……"她说的话他只听到一半。这个侏儒似的家伙是谁?他更用心地瞅那张脸。震惊之下,他终于领悟了。坑坑洼洼的皮肤,在寒气中肿得发硬、颜色发青的瘢痕,天花瘢痕里长出来的稀稀拉拉的胡子——又是涅恰耶夫,涅恰耶夫变小了,涅恰耶夫在西伯利亚纠缠着他的年幼的儿子!这个幻象有什么意义?他暗自轻轻呻吟,安娜·谢尔盖耶夫娜立刻住口。"真对不起。"他道歉说。但是他已经使她生气了。"你肯定要收拾行李。"她说,在他的道歉声中离开了。

第十二章 伊萨耶夫

他被带进上次那间办公室。不过,桌子后面的警官不是马克西莫夫。这人没有介绍自己,指了指椅子。"你的名字?"那人问。

他报上自己的名字。"我想我是来见马克西莫夫督导的。"

"会见到的。职业?"

"作家。"

"作家?什么样的作家?"

"我写书。"

"什么样的书?"

"故事,故事书。"

"给孩子看的?"

"不,不光是给孩子看。我倒希望孩子们能看。"

"没什么不恰当的内容吧?"

不恰当的内容?他思忖着,"反正对小孩没坏处。"末了,他回答说。

"那好。"

"不过,人心总有其阴暗面,"他不太情愿地缀了一句,

"永远没法搞得懂。"

那个人头一次从文件中抬眼看他。"你这话什么意思?"他比马克西莫夫年轻些。是马克西莫夫的助手吗?

"没什么意思。没什么。"

警官放下笔。"言归正传,我们谈谈伊万诺夫的死吧。你和伊万诺夫很熟?"

"我不明白你的话。我想,传我到这儿来,为的是和我儿子文件有关的事情。"

"不会耽搁你那事。伊万诺夫,你和他第一次接触是什么时候?"

"大约一周以前,我第一次跟他说话。他在我屋子门口晃荡,就是我现在住的地方。"

"蜡烛街六十三号?"

"蜡烛街六十三号。外面很冷,我让他进屋躲躲。他在我房间睡了一夜。第二天我听说出了凶杀案,他是嫌疑犯。只是后来……"

"伊万诺夫是嫌疑犯?涉嫌杀人?你认为伊万诺夫是凶手,我这么理解你的话对吗?为什么你会这么认为?"

"请你让我把话说完!整幢楼都在传那件事,要么是传话给我的小孩把事情误传了。我什么都不知道!就算知道了,又有什么关系!那个人死了,事情就是这样。像他那种人早就该死了,我只是奇怪,怎么会有人想去要他的命,他根本就害不了什么人。"

"可他并非像他外表一样,对不对?"

"你是说他的乞丐外表?"

"他不是乞丐,对吗?"

"从某种意义上说,他的确不是;换一种意义上说,他就是。"

"你还是没说清楚。你敢说你对伊万诺夫的任务一无所知吗?这才是你觉得奇怪的原因吧?"

"我觉得奇怪,是有人肯让自己不朽的灵魂置于危险中,去杀他这么个无足轻重、于人无害的人。"

警官带着讥讽的神情瞅着他。"一个无足轻重的人。——这就是你这样的基督徒对他的评价吗?"

这时,马克西莫夫匆忙走了进来。他的胳臂下夹着几个粉红丝带扎着的文件夹。他把夹子搁在桌上,掏出手绢,擦拭着额头上的汗。"里面真够热的!"他咕哝着对他的同事说,"谢谢你,问完了吗?"

原先那个警官一言不发,收拾好卷宗离开了房间。马克西莫夫叹了口气,擦擦脸坐到刚才那个位置上。"太对不住了,费奥多尔·米海伊洛维奇。现在,就让我们谈谈您继子的那些文件吧。恐怕有样东西,我们不得不留下来,就是如我们那个朋友所说的,理应遭到清算的那些人的名单。我相信,您也会同意我的看法。这份名单不该散布到外面去。那样,会让人们惊慌失措的。此外,这份名单和涅恰耶夫的案子也有牵连,所以,我们不能把它还给您。至于其他文件,您都可以拿走,我们已经用完了,可以这么说,该看的我们都已经看了。

"不过,文件永远还给您之前,我还有些话想对您说,如果能蒙您听完。

"如果我只把自己当成政府的公务员,按部就班地处理您这个案子,那么,我就用不着自讨苦吃,压着文件不还您了。可是,在这个案子里,我不光是政府的公务员,我还是个祝福者,打心眼里为您着想的人,如果您允许我用祝福者这个词的话。正因为如此,退还文件这件事上,我总还是有所保留的。让我跟您说说我的看法吧。这些文件,您留着也是痛苦。既然会让您感到痛苦,您也不一定非留着它们不可。若有可能的话,您也许会听从我粗鄙的建议,别去细看某些文字,尤其是某些地方,不看对您没什么坏处。当然,就我对您的了解——我是说从您的书里得到的非常有限的对您的了解——我想我这么说可能会适得其反,只能越发激起您的好奇心。那么我就说一点吧。请您别责备我把这些文件统统读了。我不过是在履行职责。请您也别因为我提前把您的反应说出来了而发火(要是我真的做到了的话)。除非事情发生了什么翻天覆地的转折,你我之间,今后不会再打什么交道了。您完全可以对自己说,马克西莫夫已经不存在了,就像一本书读完了,里面的主人公也从您眼前消失一样。至于我这边,您尽可以放心,对于这个不幸的插曲,我不会走漏一个字。"

马克西莫夫一边说,一边用右手的中指推过那个文件夹。正是那个厚厚的夹子,里面放着巴维尔的文件。

他站起身,拿过夹子,点头致意,准备离开。马克西莫夫叫住他。"能否麻烦您再留一步,我还有点别的问题。您和彼得堡的涅恰耶夫一伙不会碰巧有什么接触吧?"

伊万诺夫。涅恰耶夫。这才是他被传唤的原因!巴维尔、文件、马克西莫夫装模作样的自责——压根都是些次要的问题,诱饵而已!

"我看不出您的问题和我有什么关系,"他冷冷地回答,"我看不出您有什么权利这么问我,指望我会回答您。"

"我的确没有任何权利!冷静点吧。没人指控您什么,就是问问而已。至于这和我有什么关系,我没想到这个问题让您这么难以回答。您已经和我谈过您的继子,我想现在和您谈谈涅恰耶夫也许会更容易些。那天,我们谈话时,您给我的感觉是斟字酌句,一语双关,可以说是话里有话。您现在想到哪儿去了,我说错什么了吗?"

"哪些话,话里有话了?"

"那要看您当时说什么了。"

"您错了。我说话不是制谜,说什么就是什么。巴维尔就是巴维尔,不是涅恰耶夫。"

说完,他转身出门走了。这次,马克西莫夫没有叫住他。

穿过梅夏斯卡娅地区曲里拐弯的街道,他带着文件夹回到了蜡烛街六十三号。他爬上三楼,回到自己的房间,把房门关好。

他解开文件夹上的带子,心里烦躁不安,怦怦乱跳,似乎有锤子在击打他。他没法否认,他讨厌自己这么心急。这心急的样子,仿佛把他带回了童年时光,带回到那个挥汗如雨的漫长下午。他在好朋友阿尔伯特的卧室里,全神贯注读着从阿尔伯特叔叔书架上偷拿来的书。现在,感觉和当年一样,也是全神贯注地读,也是心里充满被当场抓获

（这恐惧本身就是妙不可言）的恐惧。

他记得阿尔伯特曾指给他看两只正在交媾的苍蝇。雄苍蝇趴在雌苍蝇的背上。阿尔伯特把那一对苍蝇圈在掌心里。"看啊。"他叫道。手指尖捏起雄苍蝇的一翼，轻轻一扯，蝇翼就掉下来。可是，那只苍蝇却丝毫不为所动。阿尔伯特扯掉第二只蝇翼。雄苍蝇的背上光秃秃的，它依然我行我素，真够让人奇怪的。阿尔伯特厌恶地把两只苍蝇扔到地上，用脚踩碎了它们。

他想象着，苍蝇的两翼被扯掉的时候，他瞪视着苍蝇的双眼。他可以笃定，苍蝇的眼睛看得见，只是对他视而不见。雄苍蝇的全部身心，似乎都投入到干那事上，投入到那只雌苍蝇身上了。想到这里，他浑身发抖，恨不能把天下的苍蝇统统灭掉。

他不甚了解小孩子对干那事的反应，可干那事却让他倍感恐惧。他周围的人窃窃私语，笑容诡秘，似乎在向他暗示，总有一天他也免不了干那事。"我不干，我不干！"他想大喘一口气。"不干什么？"那些看着他的人问道。人人都瞬间瞪圆了眼睛，迷惑不已地看着他。"天哪，这怪孩子在说什么哪？"

夹子里有一个皮边的日记本、五个学校里用的练习册、二十或是二十五张用别针别着的散页纸张和一沓皮筋扎着的信件。还有一些活页印刷品：布朗基和伊舒金[①]的小品文，皮萨耶夫的散文。西塞罗《论义务》的法文精选本也奇

[①] 布朗基和伊舒金，两人都是当时的俄国革命家。

怪地夹在里面。他把书浏览了一遍。在书的最后一页,他突然发现一些题字,笔迹他认不出来。人民的幸福应为最高准则,而在其下,则用更淡的墨水写着,有其父必有其子①。

格言,一条格言,到底是谁赠给谁的呢?

他拿起那本日记。还未看,就洗扑克牌般地哗哗翻过一遍。儿子的后半生虚无缥缈,唯有这日记中的文字实实在在。他瞄了一眼最早的日期,1866年6月29日,和巴维尔同名的圣徒纪念日。这日记本不消说是件礼物,谁送给巴维尔的礼物呢,他一点也想不起来。1866年,凸现在他记忆中的只是安妮娅。那一年,他认识了安妮娅,和他这个未来的妻子双双陷入爱河。1866年,是他们彻底忽视巴维尔的一年。

好像一下子碰到了烫手的盘子,他机警地、随时准备撤回地打开了日记的第一页。巴维尔在这页上讲述了自己度过的一天。文字颇有些吃力,一看就知道是个日记新手。没有告发,没有控诉。他欣慰地合上了日记本。回到德累斯顿,有空的话我会认真看看,他暗忖道,从头到尾认真看看。

至于那些信件,大多数是他写来的。他打开时间最近的,就是巴维尔死前收到的最后一封。"我给阿波隆·格里戈里耶维奇寄去了五十卢布,"他读道,"我们眼下就能供你这么多了,请不要再去压榨阿波隆·格里戈里耶维奇

---

① 原文为拉丁文。

了。你应该学会自己想办法生活。"

这就是他对巴维尔最后说的话,多么小心眼啊!马克西莫夫看到的就是这些!难怪他提醒他别再读信了!真是可耻!他真应该烧掉这些信,让它们不复存在。

他找到了那个故事。马克西莫夫曾大声念给他听过。马克西莫夫是对的:作为故事的主人公,谢尔盖是失败的。这个青年英雄,因为领导了学生起义被当局流放到了西伯利亚。故事挺长,比马克西莫夫讲给他听的要多些。故事中的地主被杀后,谢尔盖和他的玛尔法有些日子始终在躲避追兵。他们不是藏匿在谷仓里,就是藏匿在牛栏里。给他们提供藏身之处的农民,供他们吃喝,表情麻木地听他们宣讲自己的主义。起初,两个人只是肩并肩躺着,彼此之间还保持着纯洁的同志关系。时间流逝,爱意渐长。那是一种充满感性略带罪恶感的爱意。巴维尔清楚记录下一段激情场景。有一页文字被巴维尔重重勾掉了,那段话描述了谢尔盖对玛尔法的表白。谢尔盖以其少年人热情的口吻,告诉玛尔法在革命斗争中,他对玛尔法的感觉超过了一般同志,她俘获了他的心。写到这儿,下面跟着一段非常有意思的段落。谢尔盖向玛尔法倾诉了自己孤独的童年生活。他没有兄弟姐妹,他对待女人的幼稚笨拙。这一段结束时,玛尔法结结巴巴地表白了自己的爱。"你可以……你可以……"她说。

他往前翻过几页。"我没有父母,"谢尔盖对玛尔法说,"我父亲,我真正的父亲,是一个贵族,因为同情革命才被流放到西伯利亚。我七岁的时候他死了。我母亲改嫁了。她的新丈夫并不喜欢我,稍微大了一点点,他就急急忙忙地把我送进士官学校。我是班里年纪最小的学生。我就是在那里才学会了捍卫自己的权利。后来,他们搬回彼得堡,安顿下来,才把我叫了回来。再后来,我母亲死了,我成了一个孤零零的人,和继父生活在一起。他是个阴郁寡言的人,整天也没什么话。我孤苦无依,仅有的朋友就是一些仆人。我从他们身上体会到人民所经受的苦难。"

这不是真的,完全不是真的!所有这些话都是怎样的歪曲啊!"他那个时候就不喜欢我!"七岁的小儿倘不友好,人尚能为之难过伤心,却依然诚心诚意地想保护他,可当他如此多疑,如此冷漠,怎能叫人爱他爱得起来呢!他像水蛭一样黏着他的母亲,她哪怕离开一分钟,他都怨恨不已。他独自睡觉的那一半时间,总会在隔壁房间里叫他母亲,小小的声音使劲地固执地叫着,叫他母亲过去帮他打蚊子,蚊子咬他了。

他把手稿放到一边,暗忖道,一个贵族的爹爹!可怜的孩子!事实要比这残酷得多,而且是所有的事实里最最残酷的。不过,除了这个会记录的天使,谁会对写不写出全部的残酷真实关心呢?他自己二十二岁的时候,不也是以极大的献身精神那么写吗?

他还想对那孩子说上一点,非常重要的一点,只可惜那孩子已经永远不可能听到了。他想说,如果上天赋予了你写作的力量,那就把这力量的源泉藏在心里吧。你写作是因为你有一个孤独的童年,是因为你匮乏爱。(尽管这不是事实。他还想说——我们是爱你的,我们本来就是爱你的,是你选择了不被我们爱。浑话啊!猴子弹琴都比这要好得多。)我们没法写出所有,他想说——我们可以写出痛苦,写出匮乏,在你心里,你应该很清楚这一点!至于你所谓的真正的父亲,同情革命的真正的父亲,简直是胡言乱语!伊萨耶夫是个小职员,文书而已。要是他还活着,要是你还跟着他,你也不过是步他后尘当一名小职员。那样,你倒不会留下这样的遗憾了。(是啊,是啊,他听到那孩子高高的声音在说——但我会活着!)

身着白衣的年轻人玩着法国人的槌球游戏,而你身佩绿剑站在他们当中,回来吧!可怜的孩子!我想看见你,看见你在彼得堡的大街上,看见你在这里回头,在那里挥手,每次都会令我心潮起伏。无处不在无处在,我的心像俄耳甫斯般被撕扯成碎片。年轻的时光啊,金色的幸运的时光。

你留给我的只是:拾掇起你的遗物,把我破碎的心缝补起来。诗人、七弦琴手、魔法师、复生的主人,这都是我得来的称谓。而事实呢?只是一副冰冷的肩膀佝偻在写字台边,痛苦的心迟缓地思想,一颗如同乌龟一般缓慢思想的心。

我来得太迟了。我没能揭开棺材的木盖,亲吻你光滑冰冷的额头。若是我的嘴唇能够像盲人的指尖那么柔和,哪怕只是轻轻吻过你一下,你就可能不会这样带着怨恨离开。姓着伊萨耶夫的名字死去,我,一个老头子,一个老朝觐者,留下来追随着你,追随着灰色叠加紫色的一片图案,追随着一种回响。

我在这儿,而你的父亲伊萨耶夫却不在。要是你不幸溺毙,你抓住伊萨耶夫,抓到的手只能是一个幻影。在塞米巴拉金斯克的市政厅里,在楼梯后面的盒子里,在灰扑扑的陈年文件里,你或许还能看到他的签名。除了这点线索可供回忆,你记得的那个拥抱着自己寡妇和孩子的男人,你再也找不到他的任何踪迹。

第十三章 化　装

　　处理完巴维尔文件这件事,他没有理由再滞留在彼得堡。火车八点钟出发,周四到德累斯顿,他就能和妻儿团聚。随着出发时间逼近,他越来越不相信自己能忘却神龛上的那些照片。他不相信自己会吹熄蜡烛,让巴维尔的房间落在一个陌生人手上。

　　可他今晚不走,那又什么时候走呢?"永远的房客"——安娜·谢尔盖耶夫娜从哪儿找到这个字眼?他在等待一个鬼魂。他能等上多久?除非他再找一个女人,扎下根永远不走。那样的话,他的妻子怎么办?

　　他心里乱七八糟。他搞不清自己想要什么。他只知道,八点钟悬在他脑袋上,仿佛宣判了他的死刑。他终于去找了公寓的看门人,讨价还价了半天,让看门人找了个送信的,拿着他的车票去了趟车站,把车票改到了第二天。

　　回来后,他吃惊地发现自己的屋门大开着。屋内有个女人背对着他站着,正在神龛那里找着什么。他瞬间感到一阵内疚,以为是妻子追到彼得堡来了。但马上,他就认出来人是谁了,嗓子眼里爆发出一声抗议的叫喊。谢尔盖·涅恰耶夫,穿着和那天一模一样的蓝衣服,戴着一模一样的无檐帽!

马特廖娜这时走了进来。他还没开口,马特廖娜就先发制人。"你不该这么悄悄溜进来!"她大声叫道。

"可你们两个在我的房间里干什么?"

"我们正好在——"情绪高昂的马特廖娜刚想说,涅恰耶夫打断了她。

"有人把警察引到我们那儿了,"他边说边走近了他几步,"我希望不是你。"

在薰衣草的味道下面,他闻到一股男人的汗臭。涅恰耶夫的喉咙处,脂粉一道道的,中间冒出根根胡子楂。

"真是卑劣无耻的指控,太卑劣了。我再问一遍:你在我的房间里干什么?"他转向马特廖娜,"还有你——你生病了,应该待在床上才对!"

马特廖娜没理,自管自把巴维尔的手提箱拖了出来。"我说了他会有巴维尔·亚历山德罗维奇的衣服,"还没等他反驳,她又接着说,"是的,他会有的! 巴维尔用自己的钱买的那套衣服。巴维尔是他的朋友!"

马特廖娜打开手提箱,拿出那套白衣服。"找到了!"她挑衅地说。

涅恰耶夫瞄了一眼衣服。他把衣服摊在床上,解开自己的衣服扣子。

"劳驾解释一下——"

"没时间了。我也需要一件衬衫。"

他把胳膊拽出衣袖。衣服掉了下来,堆在他脚边。他站在那堆衣服前,棉布内衣和黑色皮靴脏不可耐。他没穿

157

袜子,两条腿瘦骨嶙峋,毛茸茸的。

马特廖娜没有丝毫不好意思。她开始帮涅恰耶夫穿巴维尔的衣服。他想抗议,可是,那年轻人根本就没把他这样的老家伙放在眼里。耳朵听不进他的话,他又能说什么呢?

"你那个芬兰朋友干什么去了,她没和你在一起啊?"

涅恰耶夫匆忙穿上夹克。夹克太长,肩膀处太宽,他穿着根本不像巴维尔穿着那么合身,那么好看。绝望中,他为儿子感到一丝骄傲。不应有的感觉!

"我必须离开她,"涅恰耶夫说,"赶快离开很重要。"

"换句话说,你抛弃了她,"他没等涅恰耶夫回答,接着说,"赶紧洗洗你的脸吧。你看起来像个小丑。"

马特廖娜迅速跑了出去。她回来的时候,手里拿着块湿布。涅恰耶夫用湿布擦了擦脸。"额头那儿也要擦擦,"马特廖娜说,"这儿。"她从涅恰耶夫手里拿过湿布,擦去了他眼眉上粘着的脂粉块。

小妹妹。她也是这样对待巴维尔吗?什么东西在啃咬着他的心。是嫉妒。

对他的嘲弄,涅恰耶夫没有发火。"我需要钱。"他说。

他掉头对着孩子。"你有钱吗?"

马特廖娜冲出屋子。他们听到椅子在地板上拖拉的声音。回来的时候,她手里捧着一个钱罐,里面装满了硬币。她把硬币悉数倒在床上,数了起来。"还是不够。"涅恰耶夫没完没了嘟哝着。"五卢布十五戈比。"马特廖娜大声宣布。

"我还需要多点。"

"那就到街上去讨啊。别指望我能给你。走啊,以人民的名义讨你的救济去吧。"

两人怒目相向。

"你干吗不把钱给他?"马特廖娜质问他,"他是巴维尔的朋友啊!"

"我没钱给他。"

"你撒谎!你告诉妈妈你有很多钱。你为什么不分给他一半?换了巴维尔·亚历山德罗维奇,就会分给他一半。"

巴维尔,上帝啊!"我没那么说过,我没有那么多钱。"

"快,给我!"涅恰耶夫抓住他的胳膊,两眼闪闪发亮。他再一次嗅到了这个年轻人的心虚。色厉内荏,可怜的家伙!接着,他谨慎地关上了同情的门。"绝对没有。"

"你为什么这么吝啬?"马特廖娜大声嚷着,毫不掩饰她的蔑视。

"我不是吝啬。"

"你就是吝啬!你对巴维尔吝啬,现在又对他的朋友吝啬!你有很多很多钱,可你都给自己留着。"她掉头对涅恰耶夫说,"他写书能挣几千个卢布,可他都给自己留着!这是真的!巴维尔告诉我的!"

"胡说八道!巴维尔根本不知道钱的事。"

"真的!巴维尔看过你的抽屉!他看过你的账本!"

"该死的巴维尔!巴维尔压根就看不懂分类账,他看到的只是他想看到的!我负债已经多少年了,你想都想不到!"他转头对涅恰耶夫说,"这场谈话太荒谬了。我没钱给你,我想,你最好还是马上离开这儿。"

涅恰耶夫反而变得不紧不慢起来。他甚至笑了。"这场谈话一点也不荒谬,"他说,"恰恰相反,对我大有裨益。我一直对那些做老子的颇为怀疑。他们真正的罪恶就是贪婪。他们从不承认这一点。他们想把任何东西都据为己有,钱袋子到死都舍不得松手。钱袋子就是他们的一切。他们根本就不去想结果会是什么。我不相信你继子说的话,因为我听说你是个赌徒。我想赌徒是不大在乎钱的。不过,赌博也有它的另一面,是不是?我本该认识到这点的。你应该是那种人,赌起来永不餍足,总是贪图更多的钱。"

滑稽的指责。他想到德累斯顿的安妮娅为了让孩子有吃有穿,精打细算地过日子。他想到自己翻过来穿的袄领子,袜子上的洞。他想到年复一年地写信,自己放低自己,求斯特拉霍夫、克拉耶夫斯基、柳比莫夫、斯特罗夫斯基把稿费预支给他。客啬鬼陀思妥耶夫斯基①——太荒谬了!他摸了摸自己的口袋,掏出最后几个卢布。"给你,"他大声说道,把钱递到涅恰耶夫的鼻尖上,"就这么多了!"

涅恰耶夫冷冷看着他伸出的手,猛然一动把钱抢了过来。有一枚卢布掉到地上,滚落到床下。马特廖娜赶紧把它钩了出来。

他试图把自己的钱抢回来,即便和这个年轻人搏斗一番也在所不惜。可涅恰耶夫轻轻把他挡在一边,和先前一

---

① 原文为法文。

样飞快地把钱塞进自己的口袋。"等等……等等……等等，"涅恰耶夫喃喃说，"你心里，费奥多尔·米海伊洛维奇，你心里，看在你儿子的分上，你是想把钱给我的，我知道。"他后退了一步，整了整衣服，似乎在炫耀他的胜利。

装腔作势！伪君子！真不愧是人民复仇的人！不过，他的心头此刻竟爬上一丝暗喜，他无法抗拒的暗喜。他熟悉那种感觉，那是挥金如土的丈夫心头自有的暗喜。当然，这不是什么光彩的事，他本应为自己不计后果的行为感到羞耻。每次，当他输得精光回到家中，向妻子坦白交代，低着头听她数落时，他都赌咒发誓不再去赌了。他说这些话都是真诚的。可是，只有上帝能看得见，在他心底，在这真诚的下面，他明白自己是对的，妻子是错的。钱就是用来花的，若论花钱的方式，还有什么比赌博更为纯粹的呢？

马特廖娜此时伸出手。她的掌心里是那区区的五十戈比硬币。她似乎不能断定该把钱给谁好。他把她的手往涅恰耶夫那边轻轻推了推。"给他吧，他需要钱。"涅恰耶夫把钱装进了口袋。

好了。给完了。现在轮到他落到一无所有的境地；轮到涅恰耶夫低头听从他人的蔑视了。可让他说什么呢？没有，没有任何可说的。

涅恰耶夫也不在乎等下去了。他扎紧他的蓝衣服。"把这个找个地方藏起来，"他命令着马特廖娜——"别藏在楼里——找个别的地方。"他把帽子和假发递给她，把裤腿别到干净的小靴子里，套上大衣，边穿边心不在焉地拍着脑袋。"时间浪费得太多了，"他喃喃说道，"你已经——"

他拿起放在椅子上的皮帽子,向门口走去。接着似乎又想起点什么似的转回身来。"你是个有意思的人,费奥多尔·米海伊洛维奇。你若有个女儿正当年,我不会介意娶她做老婆的。我敢说她肯定会是个与众不同的姑娘。至于你的继子嘛,那就完全不同了,他可一点也不像你。我也说不准我对他做了什么,反正他没有——你知道——完成他所承担的。这是我的看法,不值得。"

"他要承担什么呢?"

"他有点太像一个圣人了。你为他点蜡烛,点得没错。"

涅恰耶夫说话的时候,一只手懒洋洋地拂过蜡烛,引得火苗一阵乱蹿。此刻,他径直把一根手指放到火苗上去,停在那儿。几秒钟过去了。一秒、两秒、三秒、四秒、五秒。他脸不改色,聚精会神。

涅恰耶夫移开手指。"这就是他没担得住的东西。老实说,他胆子太小了。"

涅恰耶夫朝马特廖娜张开手臂,拥抱了她一下。马特廖娜毫无保留地迎了上去,把金黄色的脑袋靠在他的胸口,以此回应着他的拥抱。

"警惕啊,警惕啊!"涅恰耶夫意味深长地低声说道,隔着她的头,朝他晃晃烧过的手指,走了。

过了好大一会儿,他才反应过来涅恰耶夫刚才说的奇怪音节。即便这样,他还是搞不懂那话是什么意思。警惕:警惕什么呢?

此刻,马特廖娜已经到了窗户那边,伸长了脖子朝街上看。她的眼睛很快就噙满了泪花,激动得都不知道悲伤了。"他会平安吗,你说呢?"她问道。他还没来得及回答,她又说,"我可以和他一起走吗?他可以假装自己眼睛不好,我假装领着他走路。"这真的不过是她一时性起。

他靠近她,站在她身后。外面天色阴沉,又开始下雪了。过一会儿,她母亲该回来了。

"你喜欢他吗?"他问。

"嗯。"

"他过着忙碌的生活,是不是?"

"嗯。"

她几乎没在听他说话。多么不公平的比赛啊!他怎能和这些年轻人比呢?他们来无踪去无影,充满冒险和神秘的气息。他们过着忙忙碌碌的生活,的确是忙忙碌碌:马特廖娜才真的应该提高警惕呢。

"你为什么这么喜欢他,马特廖娜?"

"因为他是巴维尔·亚历山德罗维奇最好的朋友啊。"

"真的是吗?"他语气温和地反驳她,"我想我才是巴维尔·亚历山德罗维奇真正的朋友。人人都忘了他的时候,我还继续当他的朋友。我一生都是他的朋友。"

她从窗口边掉过头来,怪异地瞅着他,好像要说些什么。可她会说什么呢?"你只是巴维尔·亚历山德罗维奇的继父。"或者完全不一样,"和我说话的时候,别用这种口气。"

他想把马特廖娜腮边的头发撩到一边。不过,他紧接着就意识到,这举动让他多么尴尬。马特廖娜马上一闪,想从他胳膊下穿过去。他整个地把她拦住,挡着她的去路。"我得去……"她低声说,"我得去把这些衣服藏起来。"

他没动,继续挡了她一会儿,直到感觉到她软了下来,才让开身子。"把它们丢到厕所里去吧,"他说,"那儿不会有人看见的。"

她吸了吸鼻子。"丢到里面?"她说,"丢到……"

"对,照我说的做吧。要么你把它们给我,我去替你扔了。你回床上躺着吧。"

为了涅恰耶夫,不。只是为你。

他用一块毛巾把衣服裹上,悄悄溜到楼下的厕所。可是,到了那里他却改变了主意。衣服扔在人的粪便里,倘若低估了那些收大粪的人,可怎么办?

他朝门外走去。他发现公寓的看门人在小屋子里偷偷打量着他,脑袋跟着他的身影自然而然朝街上扭去。他这才发现,自己出门的时候居然没穿外套。于是,他又趱了回去,重新爬楼梯。几乎是同时,他和住在一楼的阿玛利娅·卡尔洛夫娜打了个照面。她正端着一盘子肉桂蛋糕,好像是在欢迎他。"下午好,先生。"她彬彬有礼地说。他咕哝着回了礼,迅速绕过她上了楼。

他要找个什么呢?找个洞,找个缝,把这些不期而至硬丢给他的东西塞进去。从此忘记它们,再也不见它们。简直没有任何缘由,他就变成了现在这种处境,好比大姑娘抱着个死孩子,或是杀人犯拿着把血淋淋的斧子。他不由自主地又开始生起涅恰耶夫的气。我干吗要为你冒这个险呢,他想大声呐喊,你是我什么人哪。可现在说什么都太晚了。他从马特廖娜手中接过这个包裹的瞬间,这个任务就被转移了。他再也没有回头的余地了。

走道的尽头,有个房间空着,里面堆了一堆灰泥和碎石。他半心半意地用靴子尖扒了扒。门外,有个正在铲泥的工人,透过敞开的门,一脸怀疑地瞅着他。

至少,他周围不会再有个伊万诺夫跟着他了,不过,说不准伊万诺夫现在又换成了别的人。谁会是这个新奸细呢?这个直勾勾盯着他看的工人吗,还是那个公寓看门人?

他把包裹塞进自己的夹克衫,再一次朝街上走去。冷风凛冽,如同一面冰墙。他在第一个拐角处拐了个弯,接着,又拐了个弯。他走进一条黑洞洞的巷子,就是他见到狗的那条巷子。今天,巷子里没有狗。难道狗在被他遗弃的那个晚上死了不成?

他把包裹塞到一个角落。包裹里别在帽子上的鬈发,一下子随风飘舞起来,滑稽可笑而又预示着不祥。涅恰耶夫从哪儿搞到这些鬈发的——从某个妹妹头上?他到底有几个姐妹呢?她们都心甘情愿把自己少女的鬈发铰下来送给他吗?

他去掉帽子上的别针,徒劳地想把帽子撕成两半,卷一卷后塞到原来拴狗的那条排水管里。他想把衣服也塞进去,却发现管子实在太窄了。

他感觉背后有眼睛盯着他。他掉转头去。二楼的窗户里,果然有两个孩子向下看着他。他们的背后,模模糊糊地站着第三个人,个子要高一些。

他想把帽子从管子里掏出来,却发现压根够不着。他咒骂自己的愚蠢。管子若被堵住了,水岂不就溢出来了,调查一下,就能查到帽子。谁会把帽子塞到排水管里呢——除了心怀不轨的人,谁会呢?

他又想到了伊万诺夫。伊万诺夫,他这么频繁地想到他,以至于他的名字之于他就像那顶帽子之于他。伊万诺夫被人害了。可伊万诺夫没有戴帽子,或是根本没有一顶女人的帽子。因此,这帽子不会查到伊万诺夫身上。从另一方面来说,帽子难道没有可能是杀害伊万诺夫的凶手的吗?女人要去杀个男人多么容易:引诱着他往巷子深处走,背靠着墙壁接受他的拥抱,接着,在干那事的高潮上,摸到男人的肋骨,把帽子针插到他的心脏里就行了——一根帽子针即可,不会流一滴血,只有针孔那么大的一点伤而已。

他跪在刚才的角落里,满地找扯掉的那个帽子针。天太黑,他一无所获。他需要根蜡烛。不过,在这样的风里,又有什么蜡烛能挺得住呢?

他筋疲力尽,拔拔腿都不容易。他病了吗?被马特廖娜传染了?要不就是癫痫发作?这种筋疲力尽的状态就是发作的先兆吗?

他四肢着地抬起头,像野兽那样呼吸着空气。他屏气凝神努力撑持着自己。不过,袭击他的若真是癫痫发作,那真会让他昏过去的。他的感觉和他的四肢一样冰冷麻木。

第十四章 警 察

他把钥匙撂在家里,只能去敲门。安娜·谢尔盖耶夫娜打开门,满脸诧异地看着他。"你没赶上火车吗?"她问道。紧接着,她就注意到了他那副狼狈不堪的模样——双手发抖,胡子处朝下滴答着水珠。"出了什么事?你生病了吗?"

"我没病,没病。我推迟走了。待会儿再跟你解释。"

屋里还有一个人。那人坐在马特廖娜床边,显然是个医生。年纪轻轻,胡子按流行的德国样式刮得精光。医生的手里托着个棕色瓶子,是从药店里拿回来的。他闻了闻,不以为然地盖上软木塞。"我说了,你女儿得的是支气管炎。"医生盖上自己的背包,把壁龛处的帘子拉上,特意对着他说,"她的肺是好的。还有——"

他打断了医生的话。"她不是我女儿。我只是这里的房客。"

医生不耐烦地耸了耸肩。他掉转头对安娜·谢尔盖耶夫娜说:"还有,我不能不对你说一点——她现在还多少有些兴奋过头。"

"您这话怎么理解?"

"我是说,她要是还像现在这么激动,我们就别指望她能很快恢复。太兴奋了也是病。她必须平静下来。平静下来,用不了几天就可以去上学了。她身体很健康,没什么大毛病。若说治疗的办法,首先是得让她安静下来,平和安静。最好待在床上,别吃得太多,什么样的牛奶也别喝。我走后,给她胸口擦点药水,必要的时候,服些镇静用的安眠药。儿童剂量即可,记住——半匙即可。"

医生刚刚离开,他就想对她解释一下。可是,安娜·谢尔盖耶夫娜根本没有心情听。"马特廖莎说,你冲她吼叫了!"她心绪烦乱,低声打断他的话。"我没吼!"

"你吼了!我从没有对她吼叫过!"他们说话声音尽管很小,可他肯定,帘子后面的马特廖娜在偷听,心里肯定很满足。他把安娜·谢尔盖耶夫娜拉到自己的房间,把门关上。"你听到刚才医生说什么了吧——她是兴奋过头了。在那种状态下,她说的每句话,你都不能信。今天早上这里发生的事,她都告诉你了吗?"

"她说巴维尔的一个朋友来了。你对他很粗暴。你指的是这件事吗?"

"是这件事——"

"那就让我把话说完。你和巴维尔的朋友之间发生了什么事,跟我一点关系也没有。可是,你对马特廖莎发脾气了,你对她不好,这才是我所关心的。"

"她指的那个朋友是涅恰耶夫,不是别人,是涅恰耶夫本人。她跟你提过这个了吗?涅恰耶夫,一个在逃犯,今天就在这儿,在你的屋子里。她放他进来,还袒护他——袒护那个戏子,那个伪君子。她不听我的话。她这么做,我对她发脾气,你能指责我不对吗?"

"不管你怎么说,你没权利对她发脾气!她怎么知道涅恰耶夫是个坏人?我又怎么能知道?你说他是个戏子。你呢?你自己的行为呢?你一直发自内心吗?我才不像你那么看呢。"

"不那么看?我就是发自内心,从前也许不是,但现在是——尤其是现在。这就是事实。"

"现在?为什么突然是现在?为什么我该相信你?为什么你该相信你自己?"

"因为我不想让巴维尔为我感到羞耻。"

"巴维尔,这跟巴维尔没有关系。"

"我不想让巴维尔为他的父亲感到羞耻,即便他看到了这一切。事情已经变化了。现在,任何事情都有一个尺度,包括真相。这个尺度就是巴维尔。至于我对马特廖娜发脾气,对不起,我很遗憾,我会向她道歉。不过,你也不是不知道——"他冲她摊开双手,"马特廖娜不喜欢我。"

"她不知道你在这里干什么,就是这样。她知道巴维尔为什么和我们住在一块儿——我们以前也把房子出租给学生——可一个老年房客就不是那么回事了。而且,从一开始,我就觉得是个麻烦。这么说不是想把你赶走,费奥多尔·米海伊洛维奇。可是,我得承认,你说你打算今天走的时候,我心里真是松了口气。我和马特廖娜两个人,四年来一直过着非常平静的生活。我们从来不会让房客们打破我们的平静。现在好了,自从巴维尔死了,除了乱就是乱。这对小孩没什么好处。家里的气氛,如果不是这么多变,马特廖娜也不会生病。医生说得对:她太兴奋了,兴奋会让小孩容易得病。"

"我很抱歉给你们添乱。我对每件事都深感抱歉。今天晚上,我不能按原计划走——有几条原因,但都不太重要。我最多再在这儿待上一两天,等我的朋友把钱寄到了,我就结清账走人。"

"回德累斯顿?"

"回德累斯顿,或者换个地方住——我现在还说不准。"

"很好。费奥多尔·米海伊洛维奇。说到钱的事,我们现在就一笔勾销吧。我不想成为你那长长的负债清单上的一员。"

她的话里有些火气,他不太明白。她以前从未这么说过话,好像受了很大的伤害。

他马上坐下来给迈科夫写信。"亲爱的阿波隆·格里戈里耶维奇,你听了会感到奇怪,我现在还在彼得堡。我希望这是最后一次了,得请求你发发善心。事实是,我现在非常窘迫,除了当掉大衣,我没别的办法把房租付清。别告诉我家里人。二百个卢布就能帮我渡过难关。"

他给妻子写道:"我愚蠢地允许了巴维尔的一个朋友说服我借钱给他。迈科夫会再帮我救一下急。这边的麻烦一结束,我就打电报给你。"

他就这样把自己的过错转移了,转移到费佳①仁慈的

---

① 费佳,费奥多尔·米海伊洛维奇·陀思妥耶夫斯基的爱称。

心肠上了。可事实上,费佳的心肠并不仁慈。费佳的心肠——

门外一阵拍门声,拍得很响。他赶在安娜·谢尔盖耶夫娜开门之前,就到了她的身边。"肯定是警察,"他低声说道,"只有他们才会这个时候上门。让我去对付他们。你去陪陪马特廖娜。他们最好不要问她什么问题。"

他打开楼门。站在他面前的是那个芬兰姑娘。她的两边,各站着一个穿着蓝色制服的警察,其中一个是头目。

"是这个人吗?"那个头目问道。

芬兰姑娘点点头。

他让开路让他们进来。两个警察推着姑娘走了进来。芬兰姑娘的模样变了,变得让他大吃一惊。她的脸色极为苍白,胳膊被绳子捆着,像个木偶似的往前走。

"我们能到我的房间里去吗?"他说,"这儿有个小孩生病了,怕被打扰。"

那个头目大踏步穿过房间,一把拉开帘子。安娜·谢尔盖耶夫娜暴露出来,她弯腰护着自己的女儿。马特廖娜头晕目眩,眼睛睁得老大。"别打扰我们!"安娜·谢尔盖耶夫娜嘘声说道。那个头目把帘子慢慢拉上。

他领着一行人走进自己的房间。芬兰姑娘走路拖拖拉拉的,样子他很熟悉。不过,紧接着,他就发现她的脚踝处上了脚镣。

警察头目看了看神龛和照片。"这是谁?"

"我的儿子。"

他错了。神龛这里已经变样了。意识到这一点,他的血液陡然变冷。

讯问开始了。

"谢尔盖·根纳德维奇·涅恰耶夫今天来过这里吗?"

"有个人来过,我怀疑是涅恰耶夫,可他用的不是这个名字。"

"那他用的是什么名字?"

"一个女人的名字。他打扮成一个女人,里面穿着深蓝色的衣服,外面套着深色的大衣。"

"这个人为什么要来找你?"

"他来要钱。"

"没别的原因?"

"就我所知,没别的原因。我压根不是他的朋友。"

"你把钱给他了吗?"

"我不想给他。可他拿走了我所有的钱,我挡不了他。"

"你是说他抢劫了你?"

"他违背我的意愿把我的钱拿走了。我想,再把钱拿回来是不太明智的。如果您愿意的话,也可以说那是抢劫。"

"有多少钱?"

"三十卢布左右。"

"还做了别的事吗?"

他大着胆子瞄了芬兰姑娘一眼。她的嘴唇无声地打着哆嗦。无论警察会对她怎么样,只要落到他们手上,她的行为举止就全变样了。她站在那儿,像屠宰场等待宰杀的动物,只等着利斧砍落下来。

"我们谈了我的儿子。涅恰耶夫是我儿子的朋友,其中一类朋友。所以,他才认得这所房子。我儿子过去住在这里。否则,他也不会来。"

"'否则他也不会来'——你这话什么意思?你是说他来是想来见你儿子吗?"

"不是。我儿子的朋友中,没有谁会再想见到我儿子的。我的意思是说,涅恰耶夫到这儿来,不是因为他想从我这里讨同情,而是因为他和我儿子过去的友谊。"

"是的。我们了解你儿子所有不正当的关系。"

他耸了耸肩。"也许不是不正当。也许根本没有关系——也许只是朋友关系。没必要再讲下去了,反正也没法对证。"

"你知道涅恰耶夫离开这里后到哪儿去了吗?"

"不清楚。"

"给我看看你的身份证明。"

他把自己的护照递了过去——他自己的护照,不是伊萨耶夫的。警察头目把护照收起来别到帽子里。"明天早晨,您要到萨多沃伊街的警察局去做个详细的陈述。以后,每天中午之前到局里报到,一周七天,直到通知你不去为止。这之前,你不能离开彼得堡,听清楚了吗?"

"那我滞留此地发生的费用谁付?"

"那不关我的事。"

他示意同伴押上囚犯走。可到了前门,始终一言不发的芬兰姑娘,此刻却停脚不前了。"我饿了!"她苦巴巴地

173

说。两个警察抓住她,想把她推出门去。她的脚搭在门柱上死活不动。"我饿了,我想吃东西!"

她的叫声有些悲苦,有些绝望。尽管安娜·谢尔盖耶夫娜离她更近,这个诉求无疑是对着孩子说的。孩子已经悄无声息地溜下床了,手指头含在嘴里,站着看光景。

"我去拿!"马特廖娜说,闪电般地冲向橱柜,拿了一块三角形的黑麦面包和一根黄瓜来。她还拿来了自己的钱包。"你都可以拿走!"她激动地说,把食物和钱一股脑儿塞到芬兰姑娘的手中。接着,她退后一步,低下头,很奇怪地行了个老派的屈膝礼。

"不能给钱!"警察严厉地制止她,让她把钱包拿回去。

芬兰姑娘一个谢字也没说。瞬间的反抗后,她马上恢复了平静。他心里想,就好比火星一下子熄灭了。他们是不是真的一直在打她——或者比这更坏?马特廖娜多少知道些什么吗?这是她大发同情心的缘由吗?可一个小孩怎能知道这些事情呢?

警察走了后,他回到自己的房间。吹灭了蜡烛,摆好了圣像和照片。手拿蜡烛照了照地板,把摊开在梳妆台上的三条旗拿走。他返回到楼下。安娜·谢尔盖耶夫娜坐在马特廖娜的床边,做着些缝缝补补的针线活。他把旗子扔到床上。"我要是和你女儿说话,我肯定又要发脾气,"他说,"所以,你替我去问问她吧,这东西是怎么到我房间里去的。"

"你在说什么呀?这是什么?"

"问她。"

"是面旗子。"马特廖娜闷闷不乐地说。

安娜·谢尔盖耶夫娜把旗子摊开放到床上。旗子展开后有一米长,显然是经常使用,旗子的三种颜色——白、红、黑的等宽竖条——已经褪色变淡了。这旗子一直是挂在那儿的——一直是挂在拉法伊女帽工场的屋顶上的。

"这是谁的旗?"安娜·谢尔盖耶夫娜问。

他在等着孩子的回答。

"人民的。它是人民的旗子。"末了,她很不情愿地说了出来。

"够了。"安娜·谢尔盖耶夫娜大声说。她亲了亲女儿的额头,"该睡觉了。"她把帘子拉上。

五分钟后,她到了他的房间。手里拿着那面旗,旗子已经折小了。"你来说说吧。"她说。

"现在你拿的,是人民复仇的旗子,起义用的旗子。你要是想让我把那些颜色代表什么意思告诉你,我会告诉你的。要不,你就去问问马特廖娜她自己,我敢说她知道。我想不出有什么行为比这更具煽动性,更能牵累人。马特廖娜趁我不在时,把旗子放在我屋里,还打开了放着。警察可是会看到的。我真搞不懂,她心里究竟在想些什么。她疯了吗?"

"不要用这样的字眼说她!她不知道警察会到这儿来。至于这面旗,要是这么麻烦的话,我马上就拿走烧了它。"

"烧了它?"他无比惊讶地站着。多么简单!他干吗不把那套蓝衣服烧了呢?

"可我要告诉你,"她接着说,"这事到这儿就算是到头了,绝对要到头了。你把马特廖娜卷到麻烦里了。这些事情本来和小孩子无关。"

"我不同意你这么说。不是我把她卷进来的,是涅恰耶夫。"

"这没什么区别。如果你不在这儿,涅恰耶夫也不会到这儿来。"

第十五章　地下室

夜里下了很大的雪。刚一出门,刺眼的白色让他一阵眩晕。他停下来,身子佝偻着,感到整个人天旋地转,不是从左到右,而是从上到下地发晕。若是动一动的话,他觉得自己马上就会摔出去,跌个跟头。

这只有可能是癫痫发作的前奏。几天来,他在头晕心悸、疲倦上火中轮回,癫痫已经在不知不觉中露出苗头。倘若不是病,那就是说他目前的整个生活状态就是一场癫痫发作。

他立在六十三号的门口,聚精会神体会着身体内部的病痛发作。耳边听不到任何声响,直到胳膊被人紧紧抓住。他睁开眼睛,心惊肉跳,涅恰耶夫正和他脸对着脸。

涅恰耶夫咧嘴笑了,露出一排牙齿,脸上的酒刺在冷天里红彤彤的。他试着挣脱开来,可涅恰耶夫却把他抓得更紧了。

"愚勇,"他说,"你能走,你早该离开彼得堡了。不走,他们肯定会抓到你。"

涅恰耶夫一手抓着他的上臂,一手托着他的手腕,拉起了他。两个人肩并着肩,沿着蜡烛街走,就像一条不情愿的狗伴着它的主人。

"你心里大概就是希望被他们抓住的吧。"

涅恰耶夫戴了顶黑色的帽子,帽檐耷拉着,好像是在摇头晃脑。他耐着性子开口说话,声音像是唱歌。"你总是把人们的行为动机往坏处想,费奥多尔·米海伊洛维奇。人民没有那么坏,你想想看,我干吗想要他们抓住我,把我锁起来呢?还有,我们两个人像对父子那样出来散散步,谁会朝我们多看两眼呢?"涅恰耶夫反驳他说,给他一个明显快活的笑容。

他们走到蜡烛街的尽头。涅恰耶夫轻松地领着他走到街右边。

"你的朋友被抓进去了,你怎么想?"

"我的朋友?你说的是那个芬兰姑娘?她不会交代的,我相信她。"

"你要见了她,就不会这么说了。"

"你见过她了?"

"警察把她带到楼里来指认我。"

"没关系。我一点也不害怕她。她很勇敢。她会完成她的使命的。她找机会和你房东的小女孩说话了吗?"

"和马特廖娜?为什么该是她?"

"没什么原因,没什么。她喜欢小孩。她自己就是个孩子,非常单纯,非常正直。"

"警察讯问过我了。他们还要继续问我。我什么都没隐瞒。我今后也不会隐瞒。我要警告你,你不能利用巴维尔要挟我。"

"我没必要利用巴维尔要挟你。我利用你就行了,利用你自己要挟你自己。"

他们走到萨多沃伊街,到了秣市地区的中心。他定住脚不往前走了。"你曾经给过巴维尔一个名单,你想暗杀的人的名单。"他说。

"我们已经讨论过那个名单了——还记得吗?很多名单中的一张,很多名单的拷贝。"

"我问的不是这个。我想知道——"

涅恰耶夫朝后仰了仰头,笑了。嘴里冒出一股热气。"你想知道你是不是也在其中吧!"

"我想知道,这是否是巴维尔和你争吵的原因——因为他看到你把我也列进去了,他拒绝你这么做。"

"你想得太离奇了,费奥多尔·米海伊洛维奇!你当然不会在名单里!你是个很有价值的人。不管怎么说,在我们之间,什么名字上了名单没有任何意义。问题在于,名单上的人应该知道复仇在等着他们,他们应该两脚发颤才是。人民都会明白这样的事,双手赞成这样的事。人民对个别人的事是不会感兴趣的。从古至今,人民都在受苦受难,现在,人民要求这样,他们要翻身做主。所以用不着担心。你的时辰还没到呢。事实上,我们很高兴能和像你这样的人合作干事。"

"像我这样的人?像我这样的什么人?你们指望我能给你们写小册子吗?"

"当然不是。你的天分可不是用来写小册子的。你太老实了,不适合干那个。来吧,我们走走。我想带你去个地方。我要在你心里播下种子。"

涅恰耶夫抓起他的胳膊。两个人重新沿着蜡烛街走。两个穿橄榄绿大衣的警察骑马过来。涅恰耶夫让了路,乐呵呵地抬手敬礼。两个警察朝他点点头。

"我看过你的《罪与罚》,"他重新捡起话头,"就是那本书,让我有了这个想法。那是本很棒的书。我从来没读过类似这样的书。好多次我都被镇住了,拉斯柯尔尼科夫的病等等。你肯定听说过,这本书很受人们的欢迎。还有,我要告诉你——"他的一只手拍了拍胸脯,接着又举向前面,好像要把自己心掏出来。这古怪的姿势看来打动了他自己。他的脸红彤彤的。

他这是第一次看到涅恰耶夫这么举止冲动,心中暗暗吃惊。一颗淳朴的心,他暗忖道,因为激动而混乱起来,好似弗兰肯斯坦①医生制造的怪物活了。他头一次觉得有些怜悯涅恰耶夫,怜悯这个不招人喜欢的呆板之人。

现在,他们走到秣市地区的深处了。狭窄的街道两边,挤满了小贩的台子和推车。涅恰耶夫领着他,穿过这些街道,穿过臭烘烘的人群。

他们在一个门口停住。涅恰耶夫从口袋里拉出一条蓝色的羊毛围巾。"我必须委屈你一下,把你的眼睛蒙上。"他说。

"你要把我带到哪儿?"

---

① 玛丽·雪莱创作的哥特式浪漫故事和科学幻想小说相结合的小说《弗兰肯斯坦》中,弗兰肯斯坦是一个专攻秘术的人,造出了怪物,后因怪物而死。

"我要给你看些东西。"

"可你要把我带到哪儿？"

"带你到我现在住的地方去，带你到人民中间去。这对我们两个来说，做起来很容易。你以后可以脑袋清醒地报告说，你不知道到哪儿才能找到我。"

眼睛蒙上了。他又回到那片眩晕中。涅恰耶夫领着他走。他跌跌撞撞，不断被路人碰来碰去。他一度失足跌倒，不得不求助于涅恰耶夫。

他们从街上拐到一个院子里。一家小酒馆里传来歌声、吉他的叮咚声和快乐的吆喝声。他闻到一股下水道和鱼渣的味道。

他被领着，手碰到一道栏杆。"小心脚下，"耳边响起涅恰耶夫的声音，"这里很黑，不蒙你的眼也看不见。"

他像个老头似的拖拉着脚走路。空气阴湿寒冷，耳边一片寂静。什么地方在慢慢地滴答着水。他们似乎走到一个洞里。

"这里，"涅恰耶夫说，"小心头。"

他们停住。涅恰耶夫揭开他的眼罩。他们正站在一个楼梯前，没有灯光。前方是一扇门，门关着。涅恰耶夫先敲了四下门，接着又敲了三下。他们等着。除了滴水的声音什么也听不到。涅恰耶夫重复了一下刚才的敲门程序，还是没有反应。"我们得等着了，"他说，"过来。"

他敲了敲楼梯对面的另外一扇门。把门推开，自己让到一边。

他们走进一间地下室。地下室的屋顶很矮，他不得不弯着腰。屋子里唯一的采光是一扇小窗,和头顶齐平,用纸糊着。地板是光秃秃的石头,即便是站着,他也能察觉到一股寒气透过靴子。地板的四角上爬满了管子,四处是潮湿的泥巴和砖头的味道。还不止这些,墙面上有片片的水渍,似乎还有水在往下流。

有根绳子从这头拉向那头,穿过整个地下室。绳子上晾的东西和屋子一样灰扑扑湿漉漉的。晾衣绳下面有一张床。床上是三个小孩,姿势一模一样地坐着。膝盖顶着下巴,胳膊抱着膝盖,赤脚穿着亚麻罩衫。最大的是个女孩,头发油腻蓬乱,上嘴唇挂着一团鼻涕,此刻,她正有一搭没一搭地舔着鼻涕。其他两个孩子,有一个才刚能走路。三个孩子一动不动,一声不吭。好奇的眼睛透过阴冷的空气盯着两个入侵者。

涅恰耶夫点了支蜡烛,放在壁龛上。

"这就是你住的地方?"

"不是。可这并不重要。"涅恰耶夫开始来回踱步,给人的印象像是笼中困兽。他想象着巴维尔和他肩并肩的样子。巴维尔是不会被逼成这样的。他似乎不难理解巴维尔为什么要让涅恰耶夫当自己的引导者了。

"告诉你带你到这儿来的原因,费奥多尔·米海伊洛维奇,"涅恰耶夫开口说道,"隔壁屋子里,我们有个印刷厂——手工印刷。厂子自然是非法的。可惜拿钥匙的那个白痴出去了,他说过要留在家里的。我想把这个印刷厂让给你用,在你离开彼得堡之前。不管你说了什么,我们几个小时就能散发出去,有几千份吧。这么快的速度,在我们干大事这样的紧急关头,你来帮帮忙就效果奇佳了。你是大名鼎鼎的人,尤其是在学生当中。你若是准备好要写,就以你的大名把你继子捐躯的故事写出来吧,学生们出于正义的激愤,肯定会闹到街上去的。"涅恰耶夫停住脚步,殷切地看着他,"我很遗憾巴维尔·伊萨耶夫死了。他是个好同志。但是,我们不能老往过去看。我们必须用他的死点燃一团火。巴维尔会同意我这么做的。他也会要求你把脾气用到好的地方。"

说到这儿,他似乎察觉到自己扯得有点远了,赶忙言不由衷地纠正道:"我是说把脾气和悲伤用到该用的地方。这样,他就死得值了。"

点燃一团火:要求得太多了!他转身要走。可涅恰耶夫抓住他,把他拖了回来,"你还不能走!"涅恰耶夫咬牙切齿地说,"你怎能抛弃俄国回到那可鄙的资产阶级世界里去呢?你怎能无视这样壮观的场面,"——涅恰耶夫朝地下室上方挥了挥手——"烧透这个国家的星火燎原的壮观场面?你能不为之心动吗?你的心里,就没有燃起一丝火星吗?难道你对眼前的一切都熟视无睹吗?"

他掉过头,目光把阴暗潮湿的地下室扫了一遍。他看到什么了呢?三个饥寒交迫的孩子正在等着死神的光临。"你看见的,我也看见了,"他说,"看得比你还清楚。"

"不!你以为你看到了,可你没看到!视力光靠几只眼睛是不行的,还得靠正确的理解。你看到这间地下室里的悲惨景象,一个连老鼠和蟑螂都不愿光顾的地方;你看到三个饥饿的孩子悲伤哀愁;要是你再等等,等他们的母亲回来,你还会看到她上街卖身所得带回来的面包渣。你看到的是彼得堡最最底层的穷人是怎么过日子的,可你还是等于没看见,这些只不过是局部!你没有认识到那些暴力,那些决定这些人现有生活的暴力!暴力:这就是你没有看见的东西!"

涅恰耶夫的手指顺着脚边的地板向外(他弯腰触到地,手指头都摸湿了),穿过黯淡的窗户直指天空。

"到那儿算是到头了。可你指望他们从哪儿入手?他们会从政府、从财政部、从股票交易所、从商业银行入手。他们会从欧洲的大臣官员那里入手。暴力的链条起于那儿,辐射到各个阶层,到最后就是这样的地下室,就是这样赤贫的地下生活。如果你能写出这些,你对这个世界的认识才算是清醒了。不过,当然——"他苦笑了一下——"如果你这么写的话,你就别指望能够出版了。他们只能让你写写穷人默默忍受痛苦的故事,让你心里满足一下,称赞你写了穷人,至于真实的现实,他们是绝不会让你出版的!所以我才会为你提供这个印刷厂。开始行动吧!告诉他们你的继子为什么会献出生命。"

献出生命。也许是他神志恍惚,也许仅仅是疲劳,他搞不清巴维尔怎么献出生命,又是为谁献出生命的。他也没有被这番激烈的言辞所打动。他没心情倾听这样的夸夸其谈。"我只看我看到的,"他冷冷地说,"我看不过来那么多链条。"

"那你还是等于蒙着眼睛!非要我给你上一课吗?看到这些贫病饥饿痛苦不堪的面庞,你感到震惊了。但是,贫病饥饿不是敌人,它们只是真正的暴力在世上显示力量的途径。饥饿不是一种力量——饥饿是一种媒介,就好比水是一种媒介。穷人生活在饥饿中,就好比鱼生活在水中,真正的暴力要到权力中心,到发生利益勾结的地方才能找到源头。你说过,你害怕你的名字出现在我们的名单上。我再次向你保证,我向你发誓,名单上没你。上我们名单的,都是些坐在权力网中心的蜘蛛和水蛭。一旦我们消灭了蜘蛛,毁掉了蜘蛛网,像这样的孩子就解放了。全俄国的孩子就都能从地下室里走出去了。有吃的,有穿的,有住的,人人都居有定所,有工作——很多的工作!可目前,我们首要的工作,就是先要把地面上的这些银行夷为平地,接着是股票交易所、政府机构,把它们统统铲光,永不得再建。"

那几个孩子,起初似乎还在听,不一会儿就失去了兴致。最小的那个已经扶着墙溜到姐姐那儿去了,这时辰躺在姐姐的大腿上睡着了。那个姐姐看起来比马特廖娜还要小,木讷沉闷,让他颇为惊讶。她已经到了对男人说"是"的年龄了吗?

他们的安静观看也颇为奇怪。涅恰耶夫从进门后就没跟他们说过话,要不就是因为知道他们的名字打几个手势就够了。城市贫穷的典型标本——他们对涅恰耶夫是否还意味着更多?非得要我给你上一课吗?他想起奥博连斯卡娅公主的尖刻的评论:年轻的涅恰耶夫已经想当一名校长了,可他连起码的资格考试都通不过,为了报复,他只能去闹革命,反对考他的人。从心底里,涅恰耶夫只是个迂腐的教师？就像他的精神导师让-雅克①？

还有那个链条，他还不能肯定涅恰耶夫指的那个链条是什么。他不必等别人告诉他银行家是蓄钱的，银行家的贪婪把心都变枯了。可涅恰耶夫似乎始终在坚持别的什么东西。究竟是什么呢？一串串数字能够穿过窗户纸打动这些饿着肚皮的孩子吗？

他的头又开始眩晕起来。给你上一课。他深深地吸了口气。"你有五个卢布吗？"他问道。

涅恰耶夫心不在焉地摸着口袋。

"这个小女孩，"——他朝那个孩子点点头——"如果你给她好好洗个澡，把头发剪剪，再买一套新衣服，我就能指给你一个去处，让她晚上，就是今天晚上，能用你投资的五个卢布挣上一百个卢布。如果你把她养得好点，弄得干净点，不过分使用，允许她生病，至少今后的五年里，她可以继续一晚挣你五个卢布。很容易做到。"

"什么——"

"听我说完。彼得堡的地下室里有足够多的孩子，彼得堡的大街上也有足够多口袋里有钱的绅士，对年青一代有兴趣，愿意把口袋里的钱捐给城里所有贫穷的小孩。我们所需的是一副冷静的头脑。跟在这些人的孩子后面，住在地下室里的那些孩子也会逐渐走到阳光里去的。"

"你这腐朽的比方到底是什么意思？"

---

① 让-雅克，指的是让-雅克·卢梭（1712—1778），法国启蒙主义思想家。

"我说的不是比方。和你一样,我也会为无辜者遭受的痛苦感到愤怒。我不是在批评你,谢尔盖·根纳德维奇。好长一段时间了,我都无法让自己相信我儿子居然追随了你,现在我知道他在你身上看到什么了。你生来就有正义精神,而且还没被窒息掉。我敢说要是这个孩子,你面前的这个小女孩,如果被彼得堡某个浪荡小子引诱到一条巷子里,而你又恰巧碰到他们——如果你一直暗中保护着她的话——你会毫不犹豫地把刀扎进那家伙的后背,救下她的。或者,你救她太晚了,至少也会为她复仇。

"这不是个比方。这是个故事,关于小孩和他们的用处的故事。靠着彼得堡街上一个孩子的帮助,你就能除掉一只水蛭,甚至也许是个银行家大水蛭。在适当的时候,把死者的老婆孩子都赶到大街上去,最后再导致下一轮评价标准的改变。"

"你这头猪!"

"不,在这个故事里,你把我放错位置了。我不是猪,我不是那个像猪一样在巷子里被杀死的人。我再说一遍:这不是比方,这是个故事。故事讲的都是别人的事儿:没有人逼着你在故事中为自己找个位置。不过,如果正义精神不允许你忽略无辜儿童遭遇的话,即便是在故事里,还是有很多办法去惩罚那些捕捉儿童的蜘蛛的,不一定非得装成小孩,比如说,化装成小孩引着一个男人到黑巷子里去。他只要刮掉胡子,脸上扑点粉,穿上件女装,在暗处小心行事就行了。"

涅恰耶夫现在笑了,或者只是露了露齿。"你哪本书里也没写到这些啊！这只是你荒谬的掩饰罢了！"

"也许吧。不过，我还有个问题要问。要是你今天可以自由去除伪装，成为一个你想成为的人，实现你的正义精神（我相信这精神一直藏在你心里），那么明天你该怎么办？一旦群众的激情自行其是，人人又要被重新评价吗？你还能遂心所愿成为你想成为的那种人吗？最终，我们每个人还能遂心所愿成为我们想成为的那种人吗？"

"我们没有必要想得那么多。"

"没有必要想想穿衣服的事？甚至没有必要想想那些狂欢的日子？"

"这样谈话太愚蠢了。没有必要去想那些狂欢的日子。"

"没必要想狂欢的日子吗？没必要想想那些假日吗？"

"只会有重建的日子。人民会有休息的选择，他们会到乡下去帮忙收获。"

"是的，我已经听说过那些收获的日子了。毫无疑问，我们会边干边唱的。不过，我还是想回到我的问题上来。我呢？我在你的乌托邦里该待在什么位置？你们应该允许我打扮成一个女人吧？若是正义精神指引着我，我会把自己打扮成身穿白衣的花花公子，你们会允许我只用一个名字，一个地址，一个年龄，一种身份吗？"

"这不是我能回答你的。人民会给你他们的答复。人民会告诉你他们允许你做什么。"

"可是，你说了什么呢，谢尔盖·根纳德维奇？如果说你不是人民的一员，那你是什么，你有什么前途呢？我还会有这样的自由吗？把自己假扮成随便什么人——比方说，假扮成一个年轻人，为了打发自己无所事事的时光，就写下那些他不喜欢的人的名单，准备给他们以血腥的惩罚；要么就是假扮成一个店主，其工作就是到断头台下收拾锯末？我会有如此这般的自由吗？或者，我该把你在日内瓦所说的那些话铭记在心：我们有足够的哥白尼。倘若有另一个哥白尼崛起，那么，他该把他自己的眼睛挖出来吗？"

"你语无伦次了。你不是哥白尼。"

"说得对，我不是哥白尼。我仰望星空的时候，我看到的只是满天繁星注视着我们，从生到死，不管我们如何伪装，不管我们藏在多么深的地下室里，它们始终都在注视我们。"

"我没有藏起来，我只是隐身在这个城市的人民当中，隐身在产生我的环境当中。只是你看不到这些环境而已。"

"要我照实说吗？是你在胡说八道。也许我没看到天上的那些链条和数字，可我不瞎。"

"没看到这些就等于瞎了！你看到了孩子们在地下室里挨饿；你却拒绝看到决定这些孩子生活状况的环境。你怎能说那叫看见了？不过当然，你和付钱给你的人的确是帮了这些饿得两眼发花的孩子。这就是你和他们喜欢读到的东西：有感情啊，两眼发花的孩子，声音尖细。好吧，让我来跟你说说饥饿的真实感觉。当他们看着你的时候，你知道这些饿得两眼发花的孩子在你身上看到什么了吗？问问他们去！我来告诉你，他们看到的是肥硕的脸颊和津津有味的舌头。要是不知道你很结实会把他们打倒在地的话，这些无辜的孩子会像耗子一样扑倒你，把你嚼个稀巴烂。可你却宁愿自己认识不到这一点。你宁愿看到的是三个天使短暂地拜访一下人间。

"我跟你说得越多，费奥多尔·米海伊洛维奇，我就越难理解你怎么能写出拉斯柯尔尼科夫这个人。拉斯柯尔尼科夫至少还活着，直到他发烧病倒，或是无论怎么样反正是干不动了。你知道你现在给我什么印象吗？你像一头蒙着眼睛的马在原地打转，日复一日生产出一模一样的故事。你有什么权利和我谈论装扮的问题？你不会装扮起来拯救你自己的。你只是一个干巴的老头，一头快活到头了的干巴的老马，除此之外，你什么都不是。你只知道坐在家里写书，写受压迫的人，数你的稿酬，难道还没到你能体会被压迫人民遭遇的时候吗？我看你开始坐不住了，我猜你肯定想快点回家，趁着记忆还没有淡忘，赶紧把这间地下室，把这些孩子写到书里去。你真让我恶心！"

说到这儿，涅恰耶夫停下来，更靠近他一些，死死盯着他。"我扯得远了点吧，费奥多尔·米海伊洛维奇？"他把语气放得柔和些接着说，"我有些过于激动了，揭露了不该揭露的事实——我们已经看穿你了，我们大家，还有你的继子，对不对？为什么不说话？刀子快割到骨头了吧？"涅恰耶夫从口袋里掏出蓝色围巾，"我们再把眼睛蒙上好吗？"

快割到骨头了？是的，也许是这样。不是这番控诉本身，而是他在控诉背后听到的声音：巴维尔的声音。巴维尔对他的朋友抱怨自己，而他的朋友就像保存毒药一样保存着这些话。

他没精打采地把围巾推到一边。"你为什么老想激怒我?"他说,"你带我到这儿来,根本不是让我看什么印刷厂,看什么饿肚子的孩子。你说的那些都是借口。你到底想从我这里得到什么?你想激怒我,让我一出门就去告发你吗?你为什么不放弃彼得堡?放弃这里逃走,像个明白人一样。现在倒好,你把自己当成了离开耶路撒冷的耶稣,要等着一头驴来把你送到迫害者的手心里吧。你希望我去扮演那头驴子的角色吗?你痴心妄想,把自己当成躲藏中的王子了,把自己当成王子和烈士,等着别人来抓你。你想从耶稣那里偷个复活节来。这是你第二次试探我了,我不会受你试探的。"

"别偷换话题!我们讨论的是俄国,不是耶稣。别老想着骂我,你若是出卖我,只有一个原因,就是你恨我。"

"我不恨你。我没有理由恨你。"

"你有理由!你想回击我是因为我打开了人民的眼睛,让他们看到了你真正喜欢的,你和你那一代人真正喜欢的东西。"

"那什么是我们,我和我的那一代人真正喜欢的东西?"

"我告诉你,你的日子走到头了。你不过是想在无声无息地退出舞台时,让整个世界都为你垫背而已。你生气上火,原因在于缰绳传到了比你更年轻更强壮的人手中,而他们将会把这个世界建设得更美好。旧世界才是你们真正喜欢的东西。不要跟我讲故事,讲你是个革命者,为了信仰才到西伯利亚。我知道的事实是,即便是在西伯利亚,你们也被当成贵族来看待。你们完全不能体会人民的苦难,你们只是假装在体会而已。你们这些老家伙让我恶心!要是我到了三十五岁,我发誓我会朝自己的脑袋开上一枪!"

最后这几句话带着偌大的火气,令他忍俊不禁笑了起来。涅恰耶夫脸涨得通红,困惑不已。

"我希望你结果自己之前,能有机会当回父亲。"

"我永远都不会当父亲的。"涅恰耶夫喃喃说道。

"你怎么就知道不会当?说不准你会呢。男人所能做的,就是播下种子,播下种子后,就有了自己的生命。"

涅恰耶夫坚决地摇了摇头。他什么意思?他不想播下自己的种子?他发誓要像耶稣那样当个处男?

"说不准你会呢,"他语调温和地重复说了一遍,"种子变成儿子,王子变成国王。有一天你坐到君主的位置上(如果到那时你还没有把自己的脑袋打穿的话),你的国土上到处都是藏在地下室和阁楼里的小王子,你会怎么做呢?派士兵把他们的头统统砍了?"

涅恰耶夫怒目而视。"你想用这愚蠢的比方让我生气吧。我太知道你自己的爹是怎么回事了——巴维尔告诉过我——一个可怜的暴君,人人都恨得要死,最后被自己的佃农杀死。因为你和自己的父亲相互仇视,所以你才认为世界历史除了父子之间的战争别无所是。你不理解革命的含义。革命就是一切旧的东西的终结,包括父子关系的终结。革命还是继承权和王朝的终结。革命能够更新革命自己,如果它是真的革命的话。每代人都会颠覆旧有的革命,让历史重新开始。这是全新的思想,真正的新思想。纪元一年。完全的自由①。一切都从头开始,一切都推倒重来:法律、道德、家庭、一切一切。监狱里犯人全部得到自由,所有的罪行都被赦免。这思想多么宏大,你,你和你们这一代人是不可能理解的。要么就是你把它理解得太好了,而宁愿它窒息在摇篮里。"

"那么钱呢?当你赦免了犯罪,你会重新分配财富吗?"

"我们会走得更远。当人民略有意愿,我们就会经常发行新币,取消现有的货币。法国人就是犯了这样的错误——他们让旧币在市场上流通。法国人没能革命彻底,就因为他们没有勇气把一切推翻。他们推翻了贵族,却没有消灭旧有的思维方式。在我们的学校里,我们会教育人民思考的方法,找到他们始终受压迫的原因。人人都要重新进入学校,即使是教授也一样。农民将会成为老师,教授将会成为学生。在我们的学校里,我们会造就全新的男人和女人。人人都能带着一颗全新的心灵再生。"

"上帝呢?上帝会怎么想?"

年轻人朝他开怀大笑。"上帝?上帝会羡慕我们的。"

"你相信上帝?"

"当然相信!不信上帝信什么?——总要有个人拿着电筒照亮世界,摧枯拉朽。不,我们会去见上帝,站在他的王位前,让他下来。他会来的!他没有选择,他必须听着。

---

① 原文为法文。

最后,我们会一起踩在同一块地方的。"

"天使呢?"

"天使会把我们围在当中,唱着和散那①的。天使们也会走下来,她们也会得到解放。她们也会像普通人行走在大地上。"

"亡者的灵魂呢?"

"你的问题太多了!亡者的灵魂也是一样,费奥多尔·米海伊洛维奇,如果你愿意的话。我们会让亡者的灵魂重新走在大地上——巴维尔·伊萨耶夫也一样,如果你愿意的话。我们所能做的一切没有任何界限。"

多大的牛皮啊!他都不知道涅恰耶夫还能怎么吹——不知道是他在和涅恰耶夫玩,还是涅恰耶夫在和他玩。所有的障碍似乎一下子都被打碎了:眼泪也好,笑声也好。要是安娜·谢尔盖耶夫娜在这儿——他忽然闪过这个念头——他就能把这些话都对她说说,她就缺乏这样的安慰。

他向前迈了一步,似是使出全身力气把涅恰耶夫紧紧搂在怀里。他拥抱了这个男孩,两条手臂死抱着他的两边,闻着他长满酒刺的皮肤上泛出的酸味,哭着,笑着。他亲了亲涅恰耶夫的左脸颊,又亲了亲他的右脸颊。髋靠着髋,胸对着胸,他一股脑儿黏在他的身上。

楼梯上响起一阵脚步声。涅恰耶夫奋力挣脱出来。"他们回来了!"他大声叫道。他的两眼闪着胜利的光芒。

他转过身去。门口站着一个穿黑衣的女人,一顶白帽

---

① 和散那,希伯来语,意即"拯救",后来该词用于表达赞美。

子不协调地挂在头上。在黯淡的光线下,在泪眼中,他看不出她的年纪。

涅恰耶夫看起来很失望。"啊!"他说道,"请原谅!请进来吧。"

那个女人没动,还是站在原地。她的胳膊下夹着什么东西,用白色的布包着。孩子们的鼻子比他的灵多了。他们没说一句话就一块儿从床上溜下来,迅速绕过两个男人。女孩把布抽开,顿时,房间里弥漫着一股面包的香味。还是没有一句话,女孩就扯下几小块递到她弟弟的手中。他们偎依在母亲的裙子边,眼神空荡荡的,就那么站着嚼着。像动物一样,他想:他们知道面包从哪儿来,可他们并不关心这一点。

第十六章　印刷厂

他朝那个女人鞠了鞠躬。蠢笨的帽子下,一张极其胆怯的脸打量着他。那张脸长满雀斑,有些女孩子气。他察觉到一丝瞬间即逝的性兴趣,不过马上就缩回了。他该打一条黑领带,或者,胳膊上缠一条意大利风格的黑袖章,那他站在这里就会更加引人注目——对他自己也是一样。他不再是个完整的男人:只能算半个。或者,他在领子上别一个涅恰耶夫的像章也好,至少那好的一半比例会多些。

"我必须走了。"他说。

涅恰耶夫轻蔑地看了他一眼。"走吧,"他说,"没人拦着你。"他对那个女人说:"他还以为我不知道他会去哪里呢。"

这没头没脑的话让他生气。"你以为我会去哪里?"

"你想让我告诉你吗?难道这不是你报复我的大好机会吗?"

报复:就在他刚刚想离开的时候,这话简直就像丢在他脸上的一个猪膀胱。涅恰耶夫的语言,涅恰耶夫的世界——报复的世界。自己到底对他怎么着了?可是,这肮脏的话语丢给他,也不是没有缘由。他想起自己第一次和涅恰耶夫见面时他的行为举止——裙子在椅子背上来回摩擦,桌子下的脚压着他的脚。他把自己的身体装扮成那个模样,无耻至极,愚蠢至极。这个孩子对他想要的东西,还有点清醒的认识吗?还是他只想看看,事情到底往哪个方向发展?他像我一样,我像他一样,他暗忖道——只是我没有他那种勇气而已。还有:这就是巴维尔追随他的原因吗:因为他曾想尝试着学习有勇气?这就是巴维尔那天夜里爬到制弹塔上的原因吗?

有一点是越来越清楚:涅恰耶夫不落到警察的手心里,不尝尝警察的苦头,他是不会善罢甘休的。只有那样,他的勇气,他的决心才能受到彻底的检验。他自然会挺过来的,毫无疑问,他不会投降的。不管他怎么挨打挨饿,他都不会屈服,甚至连生病都不会。掉光了所有的牙,他还会笑容灿烂。他会四处拖着他的断腿咆哮着,坚定得就像一头狮子。

"你想让我实施报复吗?你想让我走出去告发你吗?这就是你想要的效果吗?你的这些哑谜和蒙眼游戏就是想要这个效果吗?"

涅恰耶夫兴奋地笑了。他知道他们已经彼此释然。"我干吗要那么想?"他语调舒缓地说道,声音中有股恶作剧的味道。他还斜瞥了一眼那个女人,似乎想把她也拉到这个玩笑里来。"我不像你的儿子,我不是个迷路的年轻人。如果你想到警察那儿去,直说不就得了。别装出一副为我伤心的样子,别装出一副不是我敌人的样子。我知道你那种伤心。我敢说你对女人们用过这伎俩,对女人和小姑娘都用过。"他转头对那女孩说,"你太了解这种伎俩了,对不对啊？这类男人伤害你时眼泪就跟下来了。他们就是想借此润滑自己的良心,满足自己的快乐。"

对这种年纪的人,他见得何其多！甚至比大街上的女人还要多。因为他自有自己的精明。他了解这个世界。巴维尔本也可以了解得更多。污秽丑陋的现实生活,他故事中蹒跚而行的老人——他的名字叫什么来着？卡拉姆津？——远比这个讨厌的自大英雄告诉给他的多得多。屠杀将至——一个严重错误。

"我无意出卖你,"他筋疲力尽地说,"回家找你的父亲吧。要是我还记得的话,你在伊万诺沃什么地方有个父亲吧。找他去吧,跪在他面前,请求他把你藏起来。他会做的。做父亲的会无条件地为你做任何事情。"

涅恰耶夫爆发出一阵狂笑,鼻子笑得呼哧呼哧的。他不再保持平静,大步穿过地下室,把挡道的孩子一把推开。"我父亲！你知道我父亲什么？我可不像你的继子那么傻蛋！我不会死吊着压迫我的人！我十六岁就离开我父亲的家,从没有再回去过。你知道为什么吗？因为他打我。我说,'再打我一下,你就永远别想再见到我了'。他打了,所以,他再也没有见到我。从那天起,他就不是我父亲了。现在,我就是我自己的父亲。我已经转移出来了,我不需要什么父亲来掩藏我。如果我需要掩藏的话,人民会掩藏我的。

"你说做父亲的会无条件地为我做任何事。你可知道我的父亲把我的信都给警察看了吗？我写给我姐姐的信,都被他偷去重抄送到警察那里去了,他们会为此付给他报酬。这就是他的条件。警察们是多么黔驴技穷啊,为了抓住那几根稻草,竟然会为那些东西付账。他们什么也证明不了——无论什么!"

铤而走险。为了被人出卖而铤而走险,为了找到一个出卖他的父亲而铤而走险。

"也许他们的确是没法证明什么,可他们知道,你知道,我也知道,你不是无辜的。你做的事情远远超出策划一个暗杀名单,对不对?你的双手沾满了鲜血,对不对?我不是要求你承认。我只想问,假定你是有理智的,你为什么要这么做?"

"假定?因为,你没有杀人,就不会有人重视你。只有杀人,才能引起别人的重视。"

"可你为什么要让别人重视你?你怎么不能尽你所能做个无忧无虑的年轻人呢?等到一定的年纪就有人重视你了。撇开你那些虚弱不堪错误地重视你的追随者不谈,想想你那个芬兰朋友,作为追随你的结果,她此时此刻在经受些什么。"

"别再喋喋不休地谈我那个所谓的芬兰朋友啦!她被照顾得很好,没受多少罪!别对我说,等我到老了才受到重视。我已经从你身上看到,老了会是什么样子。等我老的时候我就不再是我自己了。"

他本应想象得到巴维尔会产生这种想法,而非从涅恰耶夫这里听到。真可惜!"但愿,"他开口说,"我听说过你和巴维尔在一起。"他没有说出口的话是:就好比两把剑,两把裸露的剑。

涅恰耶夫多么机灵,他预先就警告过他不要难过!可

199

难过恰恰就是他最大的感受：他为一个孩子感到难过。孩子孤独一人，在大海里挣扎，逐渐被水淹没。他错了吗？在涅恰耶夫阴沉而若有所思的注视下，他觉得涅恰耶夫多少有些成心故意——甚至比成心故意还坏，实际上是狡猾？那些话，那些被人深信不疑从心灵传递到心灵的话，究竟要持续到什么时候？这种年纪的人，处在表演做戏的年龄，处在乔装改扮的年龄。巴维尔过于孩子气了，太过时了，在这种事上成功不了。巴维尔笔下的男女主人公，以那种滑稽可笑结结巴巴过时的语言彼此谈心。"我想……我想……"——"你可以……你可以……"可是，巴维尔至少还可以把自己投掷到他人的胸怀里去，而要把谢尔盖·涅恰耶夫想象成一个写手那就太没有可能了。一个自私自利的人，甚至更坏。也肯定是个糟糕的恋人。没什么感情，没什么同情心。那种感情稚嫩迟疑，仿佛一个长不大的侏儒。那是一个属于未来的人，属于下个世纪的人，除了宏大的脑袋宏大的胃口别无是处。孤独啊，孤独！最适合他待的地方就是空荡房间中的王位宝座，头脑中的宝座。思想的巨人，愚蠢的思想。上帝拯救这些信徒吧，上帝拯救被统治的人们吧！

他的思想被楼梯上的咔嗒声打断。涅恰耶夫奔向门口，听了听，接着走了出去。外面一阵压低了的争吵声，一阵钥匙开锁的声音，接着又静悄悄的了。

那个女人依旧戴着那顶小白帽子，坐到床边把最小的孩子揽到怀里。碰到他的目光，她的脸红了，但紧接着就挑衅地抬起了下巴。"伊舒金先生说你能帮助我们。"她说。

"伊舒金先生?"

"伊舒金先生。你的朋友。"

"他为什么会那么说呢?他知道我的处境。"

"我们正为房租的事儿发愁呢。我付了这个月的房费,可后面的就没钱付了。太多了。"

孩子停止了吃奶,在母亲怀里扭动起来。她放下孩子。孩子歪歪斜斜地滑下她的腿离开了房间。他们听到楼梯下孩子小便的声音,一边轻声呻吟着。

"他已经病了好几个星期了。"她抱怨着说。

"让我看看你的乳房。"

她迅速解开第二个纽扣,把一对乳房暴露出来。两个乳头在寒冷中变得硬挺挺的。她用手指托住乳房,轻柔熟练地动了动,挤出一滴奶来。

他只有五个卢布,还是他从安娜·谢尔盖耶夫娜那里借来的。他给了她两个。她一声不吭接过硬币,把它们包在手绢里。

涅恰耶夫回来了。"那么,索尼娅把她的麻烦告诉你了,"他说,"我想你的女房东也许能帮她们。她是个慷慨大方的女人,对吗?这是伊萨耶夫说的。"

"这不可能。我怎能带——"

那个姑娘——她的名字真的是索尼娅吗?——难为情地把脸转了过去。她的衣服是那种廉价的花布面料,根本不适合在冬天里穿。她衣服上的纽扣,自始至终都在前面耷拉着。她已经冷得有些发抖了。

"我们以后才说那个,"涅恰耶夫说道,"我想带你去看看印刷机。"

"我对你的印刷机没有兴趣。"

涅恰耶夫已经拉着他的胳膊,半拖半拽把他拉到门口了。他再一次为自己的默从感到惊讶,仿佛自己处在道德催眠的状态中。巴维尔看到他被杀害自己的人如此利用会怎么想?要不就是巴维尔在引导着他这么做?

他马上就看清楚了那种印刷机。那是种过时的英国伯明翰型的印刷机,他哥哥就曾在这种机型上印刷过传单和广告。印几千份应该是没有问题——一个小时大约能印二百张。

"每个作家力量的源泉。"涅恰耶夫用手掌拍了一下机器说,"你的声明今天晚上就能分发到各家各户,明天就能上街。或者,你愿意的话,我们也可以等你过了边境后再发出去。若有人以此指责你,你就说是伪造的就行了。到那时就没什么关系了——你的声明会见效的。"

屋里还有一个人,比涅恰耶夫年纪大些——头发稀少,面有菜色,眼睛黯淡无神,趴在排字台上,下巴都低到手上了。他根本没有注意到他们,涅恰耶夫也没有介绍一下他。

"我的声明?"

"是的,你的声明。无论你做出什么样的声明。你马上就可以写,这样会节省时间。"

"要是我选择讲出事实怎么办?"

"无论你写了什么,我们都会发出去。我答应你。"

"我要讲的事实不是一台手动印刷机就能讲明白的。"

"让我一个人待会儿。"屋里响起另外那个人的声音。

他没有抬头,始终看着眼前的文字,"他是个作家,他不会那么写的。"

"他该怎么写呢?"

"作家们有他们自己的规则。他们不会和人民平起平坐的。"

"那他们就该学学新的规则。个人那点事都是些奢侈品,我们可以放弃不用。人民不需要个人的东西。"

既然涅恰耶夫有了个听众,他又回到了以前的方式。至于他,他厌倦了这些幼稚的挑衅。"我得走了。"他再次说道。

"如果你不写,我们会替你写。"

"你说什么?替我写?"

"是的。"

"署我的名字?"

"就是署你的名字。我们没有别的选择。"

"没人会同意的。没人会相信你的。"

"学生们会相信——你在学生们当中不乏追随者,我告诉过你了。尤其是他们不得不读大厚书获得启示的时候。学生们会相信任何事情。"

"好了,谢尔盖·根纳德维奇!"另一个人说道,语气非常严肃。那人的眼睛下面有层层的眼袋。此刻,他点燃一支香烟,焦虑地抽着,"和书本作对你得到了什么?和学生作对你得到了什么?"

"不能在一页纸里说完的东西就不值得去说。还有,有些人为什么就可以舒舒服服坐着看书,而另一些人却一点不能读?学生们唠叨得太多了。他们坐而论道,消耗着精力。大学就是个教给你争论永远不干实事的地方。这就好比犹太人切断了力士参孙的头发,争论只是个圈套陷阱而已。他们以为通过争论就能让世界变得更好。他们没明白在他们改进之前,世界早已经变坏了。"

他的同志打哈欠了。看来那人的冷漠刺激了涅恰耶夫。"这是真的!这就是他们需要煽动的理由!如果你让他们放任自流,他们会永远陷入唠叨和争论中,那样,什么事情都会变坏。你的继子就是那样,费奥多尔·米海伊洛维奇:永远在谈论。水深火热中的人民需要的不是谈论,是行动。我们的目的就是让他们行动起来。如果我们能挑动起他们行动,战斗就算胜利了一半。可能他们会被打杀,可能会有新的镇压,可那只会造成更多的痛苦更多的仇恨和更多行动的愿望。这才是良性的循环。不光如此,部分人受苦受难,和所有的人受苦受难,都有什么正义可言?我们所做的全部事情都是在加速这一过程。你会觉得吃惊,一旦我们让历史前进,历史会前进得多么快。历史的循环时间会变得越来越短。如果我们今天就行动起来,未来将在我们知道它之前就展现在我们眼前了。"

"所以,就能允许伪造,就能允许为所欲为了。"

"为什么不?这有什么新鲜的。为了未来,任何事情都是允许的——甚至信徒们都是这么说的。这话要是出现在《圣经》里,我一点都不觉得奇怪。"

"你当然不觉得奇怪。只有耶稣会士才会这么说,他们不能得到宽恕。你也不会。"

"不能得到宽恕？谁知道呢？我们在讨论小册子的问题，费奥多尔·米海伊洛维奇，谁会去关心小册子到底是谁写的呢？言辞就像一阵风，今天刮到这儿，明天吹到那儿。没人能占有言辞。我们讨论的是群众，当然，你也是群众中的一分子。群众不会对作者的身份斤斤计较的。群众是没有智慧的，他们只有激情。你还指什么别的意思吗？"

"我是说，要是你以未来的名义，故意贬低隔壁那些可怜孩子的苦难，你将永远得不到宽恕。"

"故意？这是什么意思？你一直在喋喋不休地讨论人心的内部。历史不是思想，历史并非由人民心灵创造出来，历史是在大街上创造出来的。不要告诉我现在我和你讨论的是思想。那样，只能是另外一个聪明的争论圈套，是迷惑学生们的那种把戏。我不是在讨论思想，即便我是，也没什么关系。我可以这一分钟想这件事，下一分钟想那件事，只要我行动起来，就没有任何问题。人民行动起来，除了行动，你就是错的！你没弄明白你的信仰！你听说过上帝的母亲会去朝圣吗？末日来临之日，一切一切各得其所。地狱之门关闭。上帝的母亲会离开她在天堂的宝座，朝圣于地狱之中，哀求自己受到诅咒。她会跪倒在地，拒绝起身，直到上帝变得仁慈，让人人得到宽恕，即使他是无神论者，即使他是渎神之人。所以，你错了。你和你自己书中所写自相矛盾。"涅恰耶夫眼里闪耀着光芒，丢给他胜利的一瞥。

宽恕所有。只是想到这个，他就头脑发昏。他们将联合起来，父亲和儿子。这话出自一个渎神者肮脏的嘴巴，所以就不该是真实的吗？谁该规定上帝的母亲把自己的避难所安置在哪里？倘若基督被人藏匿，他为什么就不能藏匿在这些地下室里？他为什么就不能在此时此刻身居此地呢，身居吊在隔壁女人乳房上的孩子中间，身居呆滞木讷世故狡猾的小姑娘中间，身居谢尔盖·涅恰耶夫自身中间？

"你在嘲弄上帝。如果你想和上帝的仁慈赌博，你会输掉的。不要再有那样的念头了——听我的话吧！——否则你会下地狱。"

他的声音是如此喑哑，以至于他差点说不出话来。涅恰耶夫的同志，头一次抬起头来，饶有兴趣地打量着他。

涅恰耶夫似乎察觉到了他的软弱。他开口说话，那声音像狗一样撕咬着他。"从基督诞生，已经过去了十八个世纪，将近十九个世纪！我们现在处在一个新时代的边缘，可以自由地思考任何问题。没有什么是我们不能想的！你肯定知道这一点。你肯定知道——这是你笔下的拉斯柯尔尼科夫在病倒之前说的话！"

"你疯了，你不懂怎么读书。"他喃喃说。可他不知该说什么好，因为他明白。他不知该说什么好是因为，在这场辩论中，他不相信他自己。而他不相信自己是因为，他不知该说什么好。一切都坍塌了：逻辑、理性。他瞪视着涅恰耶夫，他只看到一块水晶在荒漠之光下闪烁，自我封闭，固若金汤。

"小心点儿，"涅恰耶夫敲击着一根手指，意味深长地说，"小心你说我时用的字眼儿。我是俄国的：当你说我疯了的时候，你是在说俄国疯了。"

"说得精彩!"他的同志慵懒嘲讽地拍了拍手,说道。

他最后一次试图使自己振作起来。"不,你说得不对。那只是你的诡辩。你只是俄国的一部分而已,只是俄国疯狂的一部分。我只是个——"他的一只手放到胸口上,继而被这做作的姿势感动着。他垂下手继续说,"我只是个关心那种疯狂的人。这是我的宿命,这是我的负担。不是你的。你还是个孩子,还不到背负这种负担的年纪。"

"又说得精彩!"那个人说,拍着巴掌,"他把你给定位了,谢尔盖!"

"那么,我就和你谈谈条件吧,"他继续说,"我终究会写的,为你的印刷厂写。我会讲出真相,按你的要求,在一页纸里讲出所有的真相。我的条件就是要你照实印出,不许改动一个字,把它们发出去。"

"写吧!"涅恰耶夫眼里闪着胜利的光果断地说道,"我喜欢这些条件!给他纸和笔!"

另外那个人把一张写字板放在排字台上,摊开了纸。

他写道:"公元 1869 年 10 月 12 日夜里,我的继子巴维尔·亚历山德罗维奇·伊萨耶夫死于细木工码头的制弹塔处。有谣言说,他的死是帝国警察第三厅所为,这种说法是故意捏造。我相信,我的继子是被他的不仁不义的朋友谢尔盖·根纳德维奇·涅恰耶夫谋杀的。

"愿上帝宽恕他的灵魂。

"费·米·陀思妥耶夫斯基。

"1869 年 11 月 18 日。"

他的手轻微地颤抖着,把手中的纸片递给涅恰耶夫。

"好极了!"涅恰耶夫说,把纸片递给另一个人,"真相,瞎子所看到的真相。"

"印了它吧。"

"印吧。"涅恰耶夫命令着那个人。

那人半信半疑地使劲看了他一眼。"这是真的吗?"

"真的?什么是真的?"涅恰耶夫的尖叫声在整个地下室里回响,"排啊!我们浪费的时间够多了!"

此时此刻很明显,他已经跌到圈套里去了。

"让我改改吧。"他说。他把纸片拿了回来,团成一团,塞进口袋。涅恰耶夫没有试图去阻止他。"太晚了,"他说,"你已经写了,有证人在眼前。我们会把它印出来的,就按我答应你的,逐字逐句印出来。"

一个圈套,一个恶意的圈套。他考虑过了,他终究不是某个派别中的人物,可以轻易插入他的继子和无政府主义者谢尔盖·涅恰耶夫的争吵中去。巴维尔的死只是个诱饵,促使他从德累斯顿来到彼得堡。可他自始至终都是个猎物,被人引诱得无处藏身。此刻涅恰耶夫的话堵着他,让他如鲠在喉。

他怒视着他;可涅恰耶夫毫不退让。

第十七章 毒 药

天空苍白发亮,太阳低低升起,浮出梅夏斯卡娅街拥挤的街巷,他不由自主闭上双眼。痉挛眩晕过去了,他几乎渴望起那种被人蒙住双眼,被一只手牵着走的惬意来。

他厌倦彼得堡这些祸乱。德累斯顿如同平和的珊瑚岛召唤着他——德累斯顿,他的妻子,他的书本,他的稿纸,只有家里才有的上百种小小惬意,更不消说在这当中穿上崭新内衣的快乐了。但是,没有护照,他无法离开!"巴维尔!"他低声唤道,重复着这个充满魔力的名字。可是,从逻辑推理上说,他与巴维尔之间已经彻底断了联系。现在,攫住他的不再是对巴维尔的回忆,甚至也不是安娜·谢尔盖耶夫娜,而是巴维尔的出卖者给他掘出的小阴沟。他不准备向左拐,拐向蜡烛街的方向。相反,他朝右拐去,朝着萨多沃伊街走,朝着警察局走。他焦躁不安,心里巴望着涅恰耶夫在后面盯他的梢,暗中监视他。

接待室像先前那样拥挤不堪。他在队伍中排好。大约二十分钟后,他排到了那张桌子。"陀思妥耶夫斯基,按规定来报到。"他说。

"按谁的规定?"桌子那儿的办事员是个年轻人,身上甚至没穿警服。

他愤怒地朝前挥舞着手。"我怎会知道向谁报到?你们规定我来这儿报到。现在,我要报到。"

"您请坐,有人会接待您。"

他气得唾沫星子乱飞。"我不需要接待,我来这儿就够了!你们已经看到一个大活人站在这里,你们还要我做什么?还有,没座位,你让我坐在哪儿?"

在他的火气面前,办事员明显退缩了。屋子里的其他人好奇地看着他们。

"把我的名字写下来就可以结束了!"他蛮横地说。

"我没法只写下一个名字,"办事员公事公办回答他,"我怎么知道写下的就是您的名字呢?让我看看您的护照。"

他憋不住自己的火气。"你们没收了我的护照,这会儿倒要让我自己生造出一本来!多么荒谬!让我见马克西莫夫督导!"

要是他以为办事员会被马克西莫夫督导的大名吓倒的话,那他就大错特错了。"马克西莫夫督导不在。您最好坐下来平静一下。有人会接待您的。"

"什么时候?"

"我怎么知道?不光您一人有麻烦。"他朝拥挤不堪的房间指了指,"无论如何,投诉的话,按正常的程序走,都要写个书面的东西交上来。没有书面的东西,我们没法办事。听说话,您也是个有文化的人,当然应该明白这一点。"话毕,他就转向队伍中的下一个人。

210

毫无疑问,他心里会这么想,要是此刻能让他见到马克西莫夫,他会用涅恰耶夫去换取自己的护照。要是他犹豫一点儿的话,那只有一种可能,就是他相信被出卖——被他出卖,被陀思妥耶夫斯基出卖——这恰恰是涅恰耶夫所期望的。要么,事情会变得更糟糕,他们会更深地搅和在一起?涅恰耶夫那些多得过分的冷嘲热讽背后,那些讥讽他会去告发的言辞背后,有没有可能是故意迷惑他压制他呢?他每想到一点,就觉得自己被击败了。被击败了,也许是他有意想使自己被击败——被一个玩家击败。而这个玩家,从他认识他的那一天起,甚至更早,就意识到降伏他人的乐趣所在——筹谋、唆使、诱骗——竭尽所知去套牢他。对于自己愚蠢到家的被动,对于自己意识上的半推半就,他还能有什么其他的解释呢?

巴维尔的情况亦是如此?在他内心最最深处,作为继父的儿子,他会易于受到花言巧语般承诺的诱惑吗?

涅恰耶夫说到金融家,把他们比作蜘蛛。可此时此刻,他感觉自己恰恰是涅恰耶夫蜘蛛网里的一只苍蝇。他能想到的蜘蛛,比涅恰耶夫更大的,只有一个人:就是坐在桌子后面的蜘蛛马克西莫夫,吧嗒着嘴唇,盘算着他的下一个猎物。他希望自己能把涅恰耶夫当一顿美餐,活吞了他,咬碎他的骨头,吐出干巴巴的残渣。

这么看来,在一番自我满足之后,他已经堕落到这些渺小至极的报复中去了。他到底能堕落到多么低的地步?他想起马克西莫夫的评论:在这样的年纪,保佑女儿们的父亲吧。倘若有儿子的话,做父亲的最好别在身边,就像青蛙和鱼的关系。

他在脑海里描画了蜘蛛马克西莫夫在家里的情境。他的三个女儿们烦着他,下巴蹭着他,轻轻地嘘他,小心翼翼地对着他看,以不惹急了他为准。

他一直希望阿波隆·迈科夫快些给他答复;可公寓的看门人信誓旦旦地说,他没有收到任何信件。

"你能肯定我的信发出去了吗?"

"别问我啊,问问那个送信的男孩。"

他试图找到当初送信的那个男孩。可是,没有人知道他在哪儿。

他该再写封信吗?倘若迈科夫收到了他的第一封求救信,却对他置之不理,他难道就不会拒绝第二封求救信吗?他并非乞丐。可是,眼前的现实的确令人不快,日复一日,他要仰仗安娜·谢尔盖耶夫娜的施舍度日。这消息会传出去。倘若现在还没有传出,将来到了人人都知道的时候,恐怕会有半打的债主不会再借钱给他的。身无分文的状态也不会保护到他:一个狗急跳墙的债主,很轻易地就能估算出价码,估出他的妻子、他的家庭,甚至他的作家同道为了帮他洗刷耻辱能够凑出的钱数来。

更多的理由需要他逃离彼得堡!他必须重新拿回自己的护照。要是那样还不行的话,他必须冒险用伊萨耶夫的证件再走一趟。

他答应过安娜·谢尔盖耶夫娜去看看那生病的孩子。这会儿,他发现凹室那儿的帘子拉开了,马特廖娜正在床上坐着。

"你觉得怎么样?"他问了问。

她没有吱声,出神地想着心事。

他走近些,把手搭在她额头上。她两颊有些红点儿,呼吸很弱,可并没有发烧。

"费奥多尔·米海伊洛维奇,"她慢腾腾地开口,眼睛没有看他,"死会让人痛苦吗?"

他颇为诧异,诧异于她想问题的角度。"我亲爱的马特廖莎,"他安慰她说,"你不会死的!躺下来睡一小会儿,醒来你就会觉得好些的。用不着几天,你就能回学校上课了——你听到医生这么说了吧。"

他边说,马特廖娜边摇头。"我不是说我,"她说,"会痛苦吗——你知道——当一个人要死的时候?"

他知道这会儿她是认真的。"此时此刻?"

"是的。不是说已经死了,而是面对死的时候。"

"当你知道你会死的时候?"

"是的。"

他心里充满感激。这些天来,马特廖娜一直躲着他,对他不冷不热,孩子气地沉浸在自己的怨恨中。她内心深处藏着对巴维尔的珍贵记忆。她始终在排斥他。现在好了,她重新恢复到先前的样子。

"动物们不会觉得死有多么难,"他的语调舒缓柔和,"我们也许得跟动物们学学。也许,这就是动物们能和我们在大地上共处的原因——它们向我们展示了生和死并没有我们想的那么难。"

他顿住,接着又说下去。

"死亡最让我们害怕的还不是痛苦。最让我们害怕的是丢下那些爱我们的人,独自上路。不过,事实不是那样的,不是那么简单。我们死的时候,心里会装着我们爱的那些人一起走。所以,巴维尔死的时候,他心里装着你,装着我,也装着你的妈妈。现在,他还装着所有我们这些人。巴维尔并不孤单。"

马特廖娜依然呆呆地出神。她若有所思地说:"我不是在想巴维尔。"

他心神不宁。他弄不懂。不过,这种情绪瞬间即逝,他意识到,他不知道的地方太多了。

"那么你在想谁呢?"

"想上周六在这儿的那个女孩。"

"我不知道你指的是哪一个。"

"谢尔盖·根纳德维奇的朋友。"

"那个芬兰姑娘?你是说因为警察把她带走了吗?你大可不必躺在这儿为那件事担惊受怕!"他把她的手拉到自己手里,向她保证似的拍着,"没人会死的!警察不会杀人的!他们会把她遣返回卡累利阿①的,就是那样。最坏的结果就是把她投到监狱里,关上几天。"

她抽回自己的手,掉头看着墙。他逐渐明白一点,即便是到现在,他还没有全搞懂她。她可能不会再要求他作出保证,可能还没能从小孩子的恐惧中解脱出来——实际上,

---

① 卡累利阿,与芬兰接壤的地方。

她是在转弯抹角地告诉他一些他并不知道的事情。

"你是担心她会被处死吗?你所担心的就是这个吗?因为你知道她做过些什么事?"

她摇了摇头。

"那你就必须告诉我了,我再也猜不出来了。"

"他们都发过誓,他们是决不能让人抓住的。他们发誓被抓住之前就先自杀。"

"发誓并不难,马特廖莎,难的是执行它们。尤其是你的朋友已经抛弃了你,你只能靠自己。生命是宝贵的,她保自己的命是对的。你不必责备她。"

她眼睛亮了一下,接着就出神地摆弄起床单来。她边摆弄边喃喃开口,头低着。他几乎听不到她在说什么。"我给了她毒药。"

"你给了她什么?"

她把头发捋到一边。他看清楚她一直藏匿的东西:轻微至极的笑意。

"毒药,"她说,声音依然很轻,"毒药会让人很痛苦吗?"

"可你是怎么给她的呢?"他问道,迅速在记忆中搜寻着什么。

"给她面包的时候给的。没人看见。"

他回想起当时让他颇感诧异的场景:过时的屈膝礼,给囚犯送上食物的一幕。

"她知道吗?"他嘴巴干干的,低声问道。

她点点头。现在,他想起当时那个芬兰姑娘得到食物时是多么僵硬,多么不领情,他不再怀疑。

"可你在哪儿弄到毒药的呢?"

"谢尔盖·根纳德维奇留给她的。"

"他还留下了什么?"

"旗子。"

"旗子和什么?"

"还有些别的东西。他要我保管好它们。"

"给我看看。"

孩子爬下床,跪下,在床垫里摸索了一番。她摸出一个帆布包着的小包。他在床上打开小包,里面是一支美国造的手枪和几个子弹夹。还有一些传单,一只用长丝线扎着的棉布小钱包。

"毒药就在这里面。"马特廖娜说。

他解开丝线,把小钱包里面的东西倒了出来。那是三个装有绿色细粉末的绿色胶囊。

"这就是他给你的?"

她点点头。"她应该给自己脖子上来上一根,可她没有这么做。"她边说边熟练地把丝线圈到自己的脖子上。这样看过去,那吊在她胸口的钱包就仿佛是个奖章似的。"要是她这么做了的话,他们就不会抓到她了。"

"所以你就要给她一根。"

"她是想履行誓言的呀。她会为谢尔盖·根纳德维奇做任何事情的。"

"也许吧。至少,谢尔盖·根纳德维奇是那么说的。说是这么说,要是你不给她毒药的话,也许她更容易不履行对谢尔盖·根纳德维奇发下的誓言,对不对?谢尔盖·根纳德维奇自己也很难履行这个誓言。"

她抽了抽鼻子。他明白那是什么意思了。她现在已被他逼进死角里去了。她不喜欢,可他还要继续说下去。

"难道你认为谢尔盖·根纳德维奇能够很轻松自如地对待死亡吗?你还记得那个被杀死了的乞丐吗?谢尔盖·根纳德维奇杀了他。要不就是他让别人杀了他。他找的那个人服从了他的命令,就像你服从了他的命令一样。"

她又抽了抽鼻子。"为什么,为什么他要杀了他?"

"为了告诉给世界一个口信,我想是这样——就是他,谢尔盖·根纳德维奇·涅恰耶夫,是一个不能被人糊弄的人。要么,就是他要考验他指定去杀人的那个人是不是会服从他。我不知道。我看不到他的内心,我也不想再看到他的内心。"

马特廖娜思索了一会儿。"我不喜欢那个人,"她最后说,"他有一股鱼臭味。"

她坦率地回答他。他的眼睛一眨不眨地盯着她。

"可是,你却喜欢谢尔盖·根纳德维奇。"

"是的。"

他本来想问的,却没能问成的问题是:你爱他吗?你也会为他做任何事情吗?马特廖娜看穿了他的心思,马上就给了他答案。这样,他就只剩下一个问题好问了:"喜欢他胜过巴维尔吗?"

她迟疑不决。他看得出她在掂量。两个她喜欢的人,像两只苹果,一个放在左手,一个放在右手。"不,"她最后说,那口气他只能称之为优雅,"我最喜欢的人还是巴维尔。"

"因为他们差别太大,对不对,他们两个,就好比粉笔和奶酪。"

"粉笔和奶酪?"她觉得这个说法很好玩。

"只是个比方。好比一匹马和一头狼,好比一头鹿和一头狼。"

她疑惑地思索着这几个新鲜的比方。"他们两个都喜欢开玩笑——喜欢玩笑。"她反驳着他,嘴里蹦出这些话。

他摇了摇头。"不,你弄错了。谢尔盖·根纳德维奇一点也不爱开玩笑。当然,他身上有股子精神,可那不是开玩笑。"他低头靠她近些,把她脸边的头发拂到一边,碰了碰她的脸颊,"听着,马特廖莎。你不能瞒着你母亲藏着这些东西。"他指了指那件杀人工具,"我会替你扔了,就像扔掉那衣服一样。不管涅恰耶夫怎么说,你都不能留着这些东西。这太危险了。你明白吗?"

她的嘴巴张着,嘴角颤抖着。马上就要哭了,他暗忖道。可他想错了,马特廖娜抬起头来,他马上觉得一种顽固嘲讽的眼光笼罩着他。她挣脱开他的手,甩打着头发。"不!"他说。她的嘴角挂着嘲弄的挑衅的笑。但很快她就恢复了原样,变成了那个困惑害臊的小孩子。

他简直无法相信方才所见真的发生过。方才所见不是来自他所认知的世界,而是来自另外的存在,这就好比他第一次癫痫发作时的感受,第一次被拨开眼睛被询问何时何地发作的问题。事实上,他一定会诧异,发作是否还是个准确的字眼,自始至终,他是否还没拥有过发作这个词——过去的二十年里,在发作的名义下所发生的每一件事,是否都无法预示今天所发生的事情。身体的痉挛和抖动只是个冗长的前奏,心灵痉挛的冗长前奏。

无辜的死亡。他生命中从未感到这么孤单过,仿佛一个行者,走在宽阔无垠的平原上。头顶上乌云密布,地平线处电闪雷鸣;黑暗叠着黑暗,层层的黑暗。没有任何避难之地。要是他曾经有过目的地的话,他也早已失去了。乌云堆积的时间越长,乌云就变得越厚。让一切都打碎吧!他祷告着:延迟下去有什么用呢?

六点钟。街上依旧熙熙攘攘。他携着包裹匆忙走出门去。沿着格罗霍夫瓦娅街走到丰坦卡运河,他挤进桥上的拥挤人群中。走到桥的正当中,他停下了,俯在桥栏上向下看着。

河水在这个季节还上着冻,只在河中央有弯弯曲曲的一条水道。冰层下面的运河河道上,会有怎样乱七八糟的东西啊!春天来了,河水解冻,人们能在这里捞上五花八门的隐秘罪证:刀子、斧子、血衣、更糟糕的东西。杀人容易,处理遗物很难。事实就是这样。埋葬仪式和葬礼吟诵指引的并非是灵魂,而是难以处置的尸体,祈求它们安息,不要再重返人间。

因此,他小心翼翼地,仿佛一个人捅着自己的伤口般,在内心深处重新接纳了巴维尔。叶拉金岛的雪和土下面,巴维尔躺在毯子底下。他并没有安息。他的身体顽固地存在着。他的身体紧绷着,对抗着冰冷,对抗着永恒。他在等着复活的那天,等着坟墓张裂,棺椁大开的那天到来。巴维尔牙齿打战,做着光秃秃的头骨所能做的,忍受着他必须忍受的。等到太阳重新普照到他,他才有可能松弛紧张的四肢。可怜的孩子!

一对年轻夫妇在他旁边停住了。男人的手臂搭在女人的肩膀上。他慢慢绕过他们。桥下,黑水缓缓流动,水花拍击着一个挂满冰碴的破旧板条箱。他就着桥栏杆把帆布包裹卷了卷,用绳子扎好。有个姑娘瞄了他一眼,就往别处看了。就在那一瞬间,他把包裹轻轻往前一推。

包裹落到了冰上,刚好就在水道的边上。它躺在那儿,吸引着每个人的视线。

他简直不相信出了什么事。他是径直往水里推的呀,可他推错了地方!这是视差在戏弄他吗?难道某些物体并非垂直降落吗?

"现在你可惹麻烦了!"左边有个声音响起,让他心惊肉跳。那是个戴着工人帽子的男子,年纪不小,灰色的胡子,此刻起劲地冲他眨眼。多么恶毒的脸!"至少有一两个星期你会不得安生的,我敢说。你现在想干什么呢?"

到了该发作的时候了,他暗忖道。我的脑袋会涨得满满的。他看到自己哆嗦着,口吐白沫。一群人围在那里。为了大家看新鲜,灰胡子指着冰上手枪躺着的地方。一阵发作,如同上天劈向人间罪人的闪电。可是,那闪电并没有降临给他。"关你什么事!"他嘴里咕哝着,赶紧跑了。

第十八章 日 记

这是他第三次坐下来读巴维尔的文件。他说不清究竟是什么导致阅读如此艰难。不过,他还是专心翻看着,从字里行间的意义,到文件中的书信,到手写的墨水痕迹,到手指压过留下的脏处,不放过任何一个地方。时不时地,他会闭上双眼,嘴唇触碰着那些纸张。多么珍贵:纸上的每一处擦痕,对他来说都是珍贵的,他对自己说。

他还是不太情愿地想到更多。他这种对巴维尔的侵犯中,还有那么点丑陋的东西作祟。他在想到那个孩子的遗作时,实际上有些想歪了。

对他来说,巴维尔的西伯利亚故事已经被破坏了,也许,它是被马克西莫夫的奚落破坏了。他没法假装那种写作本身并不幼稚,并非是拙劣的模仿。巴维尔赋予故事的生机是那样的少!他简直想拿起笔来替他写,划掉那一大段感伤的教条的段落,再添加些必要的生动笔致。年轻的谢尔盖是个自以为是一本正经的人,需要把他放得远远的,需要使他显得更可笑些,尤其是对他那种身体上的刻板律己。而且,那个乡下姑娘能吸引他的,肯定不是这种关系对夫妻生活的承诺(就他所能预见,他们的夫妻生活无非是就着干面包和萝卜咽下的一顿饭,在光秃秃的木板上睡觉),而是他的态度,让自己做好准备去接受一种神秘命运的态度。那种态度来自何方?来自车尔尼雪夫斯基,当然,不会仅仅是车尔尼雪夫斯基,来自福音,来自耶稣——是对耶稣的暗暗模仿,然后又像无神论者涅恰耶夫那样误解滥用,最终形成一套准则指引他去完成杀人的使命。脚跟后面跟着一群猪的风笛手。"她会为他做任何事的。"马特廖莎谈到那个猪姑娘卡特丽时说。做任何事情,容忍羞辱,容忍死亡。所有的羞耻都烟消云散,所有的自尊都烟消云散。在拉法伊女帽工场的屋子里,涅恰耶夫和他的女人们都做了些什么?还有,马特廖娜——她正在为成为后宫一员而梳洗打扮吗?

他合上巴维尔的手稿,把它们推到一边。一旦他要开始写,他不由自主地就会对此产生厌恶。

还有那些日记。他粗粗翻了一遍,头一次发现上面留有铅笔画下的审查记号。那些整齐的小钩不是出自巴维尔的手笔,因此只能是出自马克西莫夫的手笔。他们想要把这些东西送给谁看?也许是抄写员。可是,在他目前的处境下,他顾不了那么多,他只能把这些当成是给自己的指令。

"今天见到 A."他读着日记开始打钩的地方,时间是1861 年 11 月 11 日,几乎正好是一年以前。11 月 14 日:一个神秘"A."。11 月 20 日:"A. 在安东诺夫家里。"每一处提到"A."的地方,旁边都打了一个小钩。

他把日记往前翻了翻。"A."最早出现的时间是在 6

月6日,除此之外,打钩的地方还有5月14日,日记开始的地方:"和……长谈",那旁边打了钩和问号。

1869年9月14日,巴维尔死前的一个月:"故事概略(从A.那里得来的思路)。一扇锁着的门,我们站在门外敲打着,呐喊着想要进去。每隔几天,门就会打开一条缝隙,我们中的一个就被卫兵叫进去。被选中的人要放弃所有,甚至被剥掉身上的衣服。他变成一个仆人,学会了鞠躬,低声下气地说话。他们选择那些最温良最易驯服的人做仆人。对强壮的人,他们会把大门关上。

"主题:在仆人当中传播那种精神。最初是低声抱怨,后来是怒火冲天,挣脱反抗,最终,手拉手联合起来,发出复仇的誓言。和一个祖父般头发花白忠心耿耿的老家奴战斗一番,连同那枝形吊灯,一起给它们'来个稀巴烂'(就像他所说的),再放火烧掉窗帘。"

胡思乱想,一个寓言,压根就不是故事。里面没有生活,没有中心,没有精神。

1869年7月6日:"为我的命名日(晚了),斯尼特金娜信里寄来了五个卢布,叮嘱我不要和'大师'提及此事。"

"斯尼特金娜":安妮娅,他的妻子。"大师":他自己。这就是马克西莫夫所指的那些段落吗?他警告过某些文字可能会伤害到他。真是这样的话,马克西莫夫该明白,这只不过是一支小箭。他能承受的要比这多得多。

他又向前翻了翻,翻到更早的时间。

1867年3月26日:"昨夜路遇F.M.,他鬼鬼祟祟(和妓女在一块?),我必须假装醉得厉害。他'领我回家'(喜欢玩父亲宽恕浪子的游戏),放死尸一样,放我到沙发上。他和斯尼特金娜低声拌嘴,拌了好一会儿。拌完了嘴,F.M.试图帮我洗脚。总之都是些很令人为难的事。今天早上告诉斯尼特金娜,我必须要有自己的住处。她就不能缠着他的胳膊,略施手腕吗?她太怕他了。"

可悲吗?是的,真是可悲啊。他得对马克西莫夫作出让步了。若是有什么东西能劝阻他继续看下去的话,那绝不是伤心痛苦,那只会是恐惧害怕。恐惧害怕,比如说,害怕他对妻子的信任遭到破坏,同样,害怕他对巴维尔的信任遭到破坏。

这些恶作剧般的纸张是想写给谁看的呢?巴维尔写了它们,就是为了让自己的父亲看到,然后死去,以便留下这些无从辩驳的谴责吗?当然不会是这样,这样想简直是疯了!这更好比背后站着丈夫幽灵正在给情人写信的女人,丈夫的幽灵透过她的肩膀读着她写的信。每个字都一语双关。这样看是激情和让步的承诺,那样看是乞求和责备。分裂的写作,来自分裂的心灵。马克西莫夫认识到这一点了吗?

1867年7月2日,三个月后:"给农奴以自由!最终解放他们!到火车站送F.M.和他的新娘走。紧接着就注意到他给我安置的地方是不可能住下去的(自己的水杯,自己的套餐杯,晚上十点半睡觉的作息)。V.G.答应我找到另外的住处前可以先住到他那里。必须劝说老迈科夫借我些钱直接把房租付了。"

他心不在焉地来回翻动着那些纸张。宽仁谅解。无论他怎么躲闪,无论他怎么伪装,里面没有一句宽仁谅解的话。他出门的日子里,心里头装着那个孩子,可他最后的话里却没有一丝的宽仁谅解,这简直太不可能了。

铅匣子里面装着银匣子,银匣子里面装着金匣子,金匣子里面装着身着白衣的年轻身体,胳膊环绕着他的胸膛。手指间夹着一封电报。他细细看去,直到泪流满面。他想找到宽仁谅解的话,可是里面没有。电报是用希伯来文写的,用古叙利亚语,他以前从未见过的符号写成。

门口一下敲门声。进来的是安娜·谢尔盖耶夫娜,穿着出门的衣服。"我要谢谢你帮我照看了马特廖莎,她有什么麻烦吗?"

他花了一小会儿工夫振作自己,想到涅恰耶夫对孩子的恶意支使,她对此还一无所知。

"没什么麻烦。她见到你怎么样?"

"她睡了。我不想叫醒她。"

她注意到床上摊开的文件。

"我看你在读巴维尔的文件,我就不打扰你了。"

"不,别走。读文件不是件让人高兴的事。"

"费奥多尔·米海伊洛维奇,让我再请求你一次,别再读那些东西了,那不是写给你看的。你看了只能是自己伤害自己。"

"我希望自己能听从你的劝告。遗憾的是,我待在这儿的理由,并没打算使自己免受伤害。我一直在看巴维尔的日记。我读到了我记忆中非常清楚的一件事,从头到尾一直记得很清楚。现在,活生生的,我又通过他人的眼睛重新看到了。巴维尔半夜三更没法自己回家——他一直在喝酒。我不得不帮他脱衣服,我以前从没注意到,他的脚指甲是那么小,我都有些吃惊了,他的脚指甲好像一直没有长似的,还保持着小孩子的那种样子。肥肥的肉乎乎的脚丫——像他父亲的吧,我猜——他父亲也是小脚指甲。他的鞋丢了,要不,就是被他自己扔掉了。他的脚冷得像个冰坨。"

巴维尔只穿着袜子,在午夜的大街上深一脚浅一脚地走。一个迷路的天使,一个不完美的天使,一个上帝的弃儿。他的脚是行人的脚,踩在我们伟大母亲的身上,他的脚是农民的脚。他的脚不是舞者的脚。

巴维尔倒在沙发上,头懒洋洋地靠着沙发,吐了一身。

"早晨,我给他一双旧靴子,看着他出门。巴维尔烦躁地把靴子接过去。就是那样。我心中暗想,逆反的年纪,十八岁、十九岁,小孩子长大了却没法离开巢,人人都会逆反。羽翼丰满了却不能飞。总是吃,总是饿。他们让我想到鹈鹕鸟。鹈鹕鸟身材瘦长,行动笨拙,是鸟类中最笨的鸟。直到长成了宏大的翅膀,它们才能离开地面。

"遗憾的是,巴维尔并不是这样记得那个夜晚的。在他的描述中,根本没有鸟,没有天使。没有父亲的关心,父亲的爱。"

"费奥多尔·米海伊洛维奇,这样痛苦对你没有好处。你若是不准备把这些文件烧掉,至少也要把它们锁上一段时间,等巴维尔的事情平息了,你再看也不迟。听我的话吧,为了你自己好,你就照我说的做吧。"

"谢谢你,我亲爱的安娜。我听你的话,你的话说到我心里去了。不过,我说免于伤害时,我说待在这儿的理由时,我指的这儿不是指这幢公寓,或是指待在彼得堡。我指的是此时此刻能在俄国过着没有痛苦的生活,如果不是这样,我就是不在这儿的。我被规定过着——我该叫它什么呢?——过着一种俄国生活,一种内在于俄国的生活,或是说俄国内在于我的生活,无论俄国指的是什么。这是我无法逃脱的命运。

"这种生活不是说我要多么重视它。它是一种不需要多少洞察力的生活。事实上,它甚至都不是能拿价格和通货去衡量的生活。它是我为了写作必须偿付的一种生活。这也是巴维尔所不明白的:我也要偿付。"

她皱皱眉头。他现在明白马特廖娜习惯性皱眉的根源了。撕开内部来看让人少有耐心。她这么做已经很值得尊敬了!他把俄国的内部撕开得太多了。

不光如此,我也要偿付。要是她能忍着听下去的话,他会再说一遍,再说几遍。我偿付我出卖:这就是我的生活。出卖我的生活,出卖我周围人的生活。出卖每一个人。一桩生活中的雅科夫列夫式的交易。芬兰姑娘终究是说对了:一个犹大,不是一个耶稣。出卖你,出卖你的女儿,出卖所有那些我爱的人。出卖活着的巴维尔,现在则出卖他心中的巴维尔,如果我能找到出卖的路径的话。还希望能找到条出卖谢尔盖·涅恰耶夫的路径。

没有尊严的生活;没有限度的背叛;没有止境的坦白。

她打断了他思路。"你还打算离开吗?"

"是的,当然。"

"我问是因为有人在打听房间。你要去哪儿?"

"先到迈科夫那里。"

"我记得你说过,你不会去他那儿的。"

"他会借钱给我,我肯定他会借给我。我会跟他说我需要钱回德累斯顿。再下去,就是找个别的地方待下来。"

"为什么不直接回德累斯顿呢?到那儿不就解决你所有的问题了吗?"

"我的护照还在警察手上。还有一些别的考虑。"

"因为你断定你能做的事你都做完了,因为你断定你待在彼得堡是在浪费时间。"

她没听到他说什么吗?要不,就是她故意要惹他?他起身把文件收拢起来,掉头面对着她。"不,我亲爱的安娜,我待在这里一点也不浪费时间。任何一个理由都会使我留下来,这世上没人比我再有更多的理由了。你心里,我敢说你肯定是明白的。"

她摇了摇头。"我不知道。"她喃喃说道。说话的腔调分明是想被人反驳。

"有段时间我深信你能引导我走向巴维尔。我心中描绘了我们两个人坐在一只船上的情境,你站在船头,领着我们穿过迷雾。这幅图画和生活本身一样生动。我完完全全地信任着你。"

她再次摇摇头。

"细节上我可能描述错了,可感觉上没错。从一开始我就对你有感觉。"

若是她想阻止他说下去,她现在就该阻止。可她没有这么做。她喝掉了他的话,就像植物喝下了水。为什么不阻止他呢?

"我们自己也觉得不对,草率行事了……草率于所草率的事情。"他继续说。

"我已经自责了,"她说,"不过,我现在不想和你谈这个。"

"我也不想。就让我说一点,过去的一个多星期里,我已经认识到我们之间是多么忠诚,我们两个都是如此。我们必须恢复我们的忠诚。我说对了,是不是?"

他急切地审视着她,可她还在等他多说一些,等着确定他所说的忠诚指的是什么。

"我是说,在你这边,你要忠诚于你的女儿。在我这边,我要忠诚于我的儿子。没有他们的祝福,我们没法相爱。我说得对吗?"

尽管他知道她同意他的看法,可她还是一声不吭。他迎着那温和的抵制继续施压。"我想和你生个孩子。"

她的脸红了。"浑话!你已经有妻子和孩子了。"

"他们是非常不一样的家。就像你住在巴维尔家里,你和马特廖娜,你们两个。我也是住在巴维尔家里。"

"我不知道你指的什么。"

"用心去想你就知道。"

"用心去想我也不知道!你想干什么?我带着个孩子,而他的父亲待在国外,定期给我寄来些育儿津贴?荒唐至极!"

"为什么？你曾经照顾过巴维尔。"

"巴维尔是房客，不是孩子！"

"你不必马上就做决定。"

"可我要马上就做决定！不行！这就是我的决定！"

"要是你现在已经怀孕了怎么办？"

她恼火了。"那也不关你的事！"

"要是我不回德累斯顿怎么样？要是我待在这儿给德累斯顿那边寄津贴怎么样？"

"待在这儿？待在我的空房间里？待在彼得堡？我想你不可能在彼得堡待下去的，理由是，你会被你的债主扔到监狱里去的。"

"我可以还清我的债务。只需要一次成功就行。"

她笑了。也许她被激怒了，可她不想再惹他了。他什么都能对她说。这简直和安妮娅形成鲜明的对照！和安妮娅在一起，只会有眼泪，只有砰砰的甩门声。他需要花上一个星期请求她回到阅读好书上去。

"费奥多尔·米海伊洛维奇，"她说，"明早你醒过来就会忘掉这些的。这都是你脑子里一时兴起，你根本没去好好想想。"

"你说得对。我就是一时兴起的，所以我才会相信。"

她没有往他怀里靠一靠，也没有把他推开。"这是重婚！"她轻声说道，藐视地看着他，再一次笑了，笑得浑身发颤。接着，她有些故意地说："你愿意我今天晚上到你这儿来吗？"

"没什么比这更愿意的了。"

"让我看看。"

午夜时分她回来了。"我不能待久。"她说,说的同时关上身后的门。

他们做了爱,好像置身于死刑宣判之下,有目的地、专心致志地做了爱。有片刻时光,他们分不清谁是谁,谁是男人,谁是女人。他们就像两具骨头架子,骨头一模一样,所有的连接处都完美地扣合在一起,嘴巴扣着嘴巴,眼睛扣着眼睛,肋骨互相锁在一起,腿骨互相缠绕在一起。

完事后她靠着他躺在窄床上,头抵着他的胸口,一条长腿轻松地搭在他身上。他的脑袋微微有些眩晕。"这就是说我们要生个救世主了?"她喃喃低语,看到他还没弄明白,接着说,"精液多得流成河了。你肯定想证实一下。床都湿透了。"

她渎神的话吸引了他。每次,她都让他感到惊讶,都让他从她身上发现新的东西。难以想象,要是他真的离开彼得堡,他就不可能再回来了,他难以想象自己不再见到她。

"你为什么会说救世主?"

"拯救你,拯救我们两个,救世主指的不就是这个?"

"为什么这么肯定就是他?"

"啊,女人才知道。"

"马特廖莎会怎么想?"

"马特廖莎?一个小弟弟?没什么比这个更能让她欢喜的了。她可以像妈妈那样照看他,这会让她心满意足。"

表面上,他的问题是关于马特廖莎,实际上,那只是另外一个问题的掩盖方式。他不会问那个问题,因为他已经知道答案。巴维尔是不会欢迎一个弟弟的。巴维尔会踢开他,提着他的脑袋把他扔到墙上去。对巴维尔来说,没有救世主,只有假冒者,只有篡位者,只有藏在圆滚滚婴儿皮肉下狡猾的小恶魔。可谁能发誓说他是错的呢?

"女人总是会知道吗?"

"你是说,我知不知道自己怀孕了?别担心,不会怀上的。"她安慰他说,"再待下去的话,我会睡着的。"她把被单推到一边,从他身上爬过去。就着月光,她找到她的衣服,开始穿衣服。

他感觉到一阵剧痛。旧有记忆困扰着他。他身体里面的那个年轻人,还没有死去,还在试着听到什么。他身体里面的那具尸体还没有被焚烧。他就在他身体里面几英寸的地方,陷入情网,没有任何谨慎的储备可以救了他。下坠的不适再一次袭来。要不,就是别的什么状态,反正是不适。

这种冲动很强烈,不过很快过去。很强烈,可是强烈得还不够,永远强烈得不够,除非他在什么地方能找到一个支撑。

"过来待会儿。"他小声说。

她躺到床上。他拉着她的手。

"我能提个建议吗?马特廖莎卷到涅恰耶夫和他那伙朋友中去,我觉得这不太妙。"

她抽回自己的手。"当然不妙。可是,你干吗现在说这个?"她的声音又冷又平。

"因为我觉得他来找她的时候,她不应该再受到打扰。"

"你想说什么呢?"

"难道她就不能一直待在楼下的阿玛利娅·卡尔洛夫娜那里,直到等你回家吗?"

"去求那个老太太照看生病的孩子挺麻烦的,特别是她和马特廖莎相处得并不好。为什么不告诉马特廖莎别给陌生人开门呢?我看这就够了。"

"因为你还没有意识到涅恰耶夫对她施加力量的强度。"

她站起来。"我不喜欢这样,"她说,"我不明白我们为什么要在半夜三更讨论我的女儿?"

他们之间的气氛陡然冰冷起来,又回到了先前的紧张。

"我提到她的名字你就不能不发脾气吗?"他绝望地问道,"要是我不是打心眼里为她着想,你以为我会惹是生非吗?"

她没有回答。门打开又关上了。

第十九章 火

　　从新的亲密陷入新的陌生，让他颇为困惑沮丧。他在两种情绪中摇摆不定。他渴望和这个固执而又敏感的女人言归于好；他更加渴望洗手不干，从若干麻烦事中抽身出来。不光是从那些不值得他去做的事情中抽身出来，而且要从一个充满悲伤和阴谋的城市中抽身出来。这城市不再和他的生活有任何关联了。

　　他正在崩溃。巴维尔！他低声唤道，试图重新振作起来。可巴维尔放开了他的手。巴维尔不会去救他。

　　整个上午他把自己关在屋里，双手环膝低头坐着。他并不孤单。他感到屋子里不光有巴维尔在场，还有一千个小鬼在场，仿佛一只坛子里放出的蝗虫，成群浮飞在空气中。

　　最终他振作起来了。他放倒了巴维尔的两幅肖像。一幅是他从德累斯顿带过来的照片，一幅是马特廖娜给巴维尔画的肖像。他面对着巴维尔把两样东西包好，收拾了起来。

　　他出门到警察局去做了每日例行的报到。回来时发现安娜·谢尔盖耶夫娜也在家里，比她平常回来得要早些。

她看起来有些焦躁不安。"我们必须把店门关上,"她说,"学生们和警察干起来了,看样子要持续一整天呢。主要是在彼得格勒区那边,不过河这边也有冲突。所有的生意都停了——出门上街简直是太危险了。雅科夫列夫的侄子坐着马车从市场往回走,被人扔了鹅卵石,没有任何理由。鹅卵石打到他手腕上,他伤得不轻,手指头都不能动了。他想可能是骨头断了。他说工人们已经开始加入进去了,学生们又开始放火了。"

"我们能去看看吗?"马特廖娜在床上大喊。

"当然不能!太危险。外面冷风刮得厉害。"

没有任何迹象表明,她还记得昨夜发生的事情。

他再次走出门去,停在一家茶馆。报纸上没有一处提到街上的冲突,倒是有一则通告。通告上说,鉴于"学生们已经普遍无法遵守纪律",大学将关门停课,等候进一步的通知。

已经四点多钟了。他不顾寒风刺骨,沿着河边向东走去。所有的桥都被封锁了。宪兵们身着天蓝色制服,头戴插着羽毛的钢盔,刺刀上好,守卫在桥上。远处的堤坝,依稀望得到燃烧的火光。

他继续沿着河边走。直到他看到那些烧得差不多了的仓库。雪开始下起来。雪花落在还在焖烧的发焦木料上,一触即逝。

他不指望安娜·谢尔盖耶夫娜能再和他重修旧好。不过她会的,她还会像以前那样很少解释她为什么会这么做。假定马特廖娜就在隔壁房间,她那不计后果的做爱让他颇为惊讶。她只是半掩着她的叫声和喘息声。她的那些声音不是,也从来不是动物有快感发出的声音,他意识到这一点,可她还是自行其是。这是她在心醉神迷状态惯用的手段。

最初,她性欲的强烈几乎压倒了他。有很长一段时间,他再次失去所有感觉,不知道自己是谁,她是谁。他们是极乐中发光的球体;内里是孪生物般缠合漂浮的球体,缓慢地旋转不停。

他从不知道,一个女人能这么毫不保留地把自己奉献给性爱。不仅如此,每当她达到性喜的临界,他就开始衰退了,可她身体里的什么东西似乎又能改变他的状态。第一个晚上他们在一起,她身体深处的感觉似乎从里面转移到外面。其实,她作出的样子和他所知道的很多别的女人一样,她正在产生"电"流。

她坚持说,梳妆台上的蜡烛一直是亮着的。当她达到性欲高潮的时候,她的黑眼睛越来越强烈地搜寻着他的脸,甚至眼皮颤动,浑身发抖的时候也是一样。

到达顶点的那一刻,她低声咕哝出一个词,他只能抓住一半。"什么?"他急切地问。可她只是这边那边来回甩着脑袋,牙齿咯吱作响。

抓住一半。但他还是知道她说了什么:魔鬼。这是他描绘自己所用的一个词。他不大相信她也会有同样的感受。那个魔鬼:一旦达到性欲高潮的顶点,灵魂就被它抓出体外,旋转向下,落入虚空。她来来回回甩着头,摁住自己的下巴,嘴里咕咕哝哝。不难看出她被魔鬼攫住后疯魔的样子。

第二次,她表现得更为疯狂。她紧紧地咬合着他。可是,她的阴道很干燥,很快两个人都知道了。"我不能!"她喘着气大声叫着,一动不动。手伸直,手掌摊开。她躺着,好像投降了一般。"我不能做下去了!"她的眼泪开始流出来了,滚落在她的脸颊上。

蜡烛烧得很亮。他把她的柔软的身体揽在怀里。她任自己的眼泪不停地流,擦也不擦一下。

"怎么了?"

"我没力气再干下去了。我尽力而为了。我太累了。现在请别再管我们了。"

"我们?"

"是,我们,我们,我们两个。在你的重压下,我们快要窒息了。我们没法呼吸了。"

"你早点说不就得了。我把事情都理解反了。"

"我不是在责备你。我一直想把所有的事情都揽到自己身上,可我没法再承受下去了。我整天都绷着,昨天夜里一点没睡,我太累了。"

"你觉得是我一直在利用你?"

"不是这种利用。你在利用我接近我的孩子。"

"接近马特廖娜!浑话!连你自己都不相信!"

"是真的,人人都看得很清楚!你利用我在接近她,我无法容忍这一点!"她坐在床上,两臂抱着赤裸的乳房,绝望得前后摇晃,"你是中了魔了,我说不清楚。你似乎待在这儿,可似乎又没待在这儿。我心甘情愿帮你是因为……"她无助地抬起肩膀,"我现在无法再忍下去了。"

"因为巴维尔?"

"是的,因为巴维尔,因为你所说的话。我心甘情愿去试试,可现在我花在上面的精力太多了,我疲惫不堪了。要不是我怕你以同样的方式利用马特廖娜的话,我决不会让自己走这么远的。"

他举起一只手,放在她嘴唇上。"小声点,你对我的指责太可怕了。她对你说了什么吗?我没有碰过她,我发誓。"

"以谁的名义发誓?发什么誓?你相信你发的誓吗?总之,你非常清楚,碰不碰都说明不了问题。别对我说让我安静。"她把被单扯到一边,找到她的睡袍,"我必须单独待着,否则我会疯掉。"

一个小时后,他刚要睡着的时候,她又回到他床上。皮肤滚烫,紧紧抱着他,腿弯曲着搭在他身上。"别在意我刚才说的话,"她说,"有时我常常不是我自己,你得习惯一下。"

夜里,他又醒来一次。尽管窗帘拉着,屋子里依然很亮,仿佛在一轮满月的照耀下。他起床朝窗外看去,不到一英里的地方,火光在夜空中跳动。大火蔓延过桥,烧得很旺,他深信自己能感受到那火光的热量。

他回到床上,回到安娜身边。早晨,当马特廖娜发现他们的时候,他和她就是这样躺在一起的。马特廖娜的母亲,头发蓬乱,躺在他的臂弯里睡得正香。她轻微地打着鼾。而他,刚一睁开眼睛,就发现了门口一脸凝重的孩子。

梦般的幻影该有多好。可他知道那不是。她看到了一切,她知道了一切。

第二十章　斯塔夫罗金

城市上空烟雾笼罩。天空中烟灰弥漫。有些地方,雪都是灰苍苍的。

整个早上,他一个人坐在屋里。现在,他知道自己不回叶拉金岛的缘由了。他害怕见到泥土铲向一边,墓穴洞开,尸体消失的情景。一具没有被合理安置的尸体。此刻,就葬在他身体里,葬在他心中。那具尸体不再哭泣,只是疯狂地发出嘘嘘声,对他低语着倒下。

他病了。他知道自己得了什么病。涅恰耶夫,时代的声音,管这种病叫复仇。可是,这病更确切的名字,没有那么宏大,应该叫:怨恨。

他面前有一种选择。在这个可耻的秋天,他可以大声呼救,挥动他翅膀一样的双臂,请求上帝或是妻子来拯救他。或者,他就干脆投身进去,拒绝恐惧和无意识的麻醉,细察倾听可能到来可能不到来的那一刻。那一刻,不是他的力量所能推动——从一具投身黑暗的躯体,变成心灵正在投入黑暗中的躯体。当这个过程发生时,一具包含其自身堕落、其自身黑暗的躯体就宣告诞生了。

他对安娜·谢尔盖耶夫娜说,如果人人命中注定要经历我们时代的疯狂,那他也会包含其中。他不光是安然无恙地生活在这个秋天里,他还获得了他的儿子没有得到的东西:与呼啸而过的黑暗做斗争,占有黑暗,把黑暗变成手段;把坠落变成飞升,即便是飞升得缓慢、老态,笨拙得像乌龟跑步。在巴维尔死去的地方住下来,在俄国住下来。他要倾听俄国低声抱怨的声音。他身上背负了所有这些:俄国、巴维尔、死亡。

这就是他所说的。可是,这究竟是真实,还只不过是自夸?答案不重要,只要他不退缩。即便他说得有道理,即便他把自己肮脏可鄙的弱点转换成时代象征性的通病,那也没有关系。疯狂附在他身上,他也附在疯狂身上。他们彼此思考。无论称呼对方什么,疯狂、癫痫、复仇,还是时代精神,他们彼此之间都没有任何的因果关联。这不是他在疯狂中可以租住的屋子,这也不是彼得堡这座疯狂的城市。他是疯人中一员,而承认自己是疯人中一员的人肯定也发疯了。他说的一切都是假的,没有一句为真,没有一句可信,没有一句可以反驳。他抓不住任何东西,除了坠落。

他打开文具盒,摆好文具。他再也听不到迷途的孩子从黑暗溪流处发出的呼喊。当他屈服于巴维尔,他就不会再对他那么虔诚了。他也不会再那么信任他了。相反,他可能还会背叛他——首先要背叛爱,接下来要背叛巴维尔、背叛那个母亲、背叛那个孩子。歪曲:每样东西、每个人都被挪作他用。他将牢牢抓住,让他们跟他一起坠落。

他想起马克西莫夫的助手和他问过的那个问题:"什么样的作家?"现在,他才知道本来应给出的回答:"我写作就是对真实的歪曲。我选择走弯路,就是要把孩子引到阴暗的地方。我跟着笔的意思走。"

他迅速瞥了一眼梳妆台上的镜子,看了看自己俯身写作的样子。他没戴眼镜,昏暗的灯光下,他差点把自己当成陌生人。黑黑的胡须,简直是块遮蔽,简直是一窝密密麻麻的蜜蜂。

他挪了挪椅子,免得照到镜子。可是,那种屋里还有别人的感觉老是追着他。不是整个人,那么,就该是个瘦影子,一个稻草人。穿着旧衣服,头由鼓鼓囊囊的糖袋子做成,嘴里叼着一块方巾。

他心烦意乱。因为心烦意乱,他甚至生起自己的气来。因为生气,他就老觉得稻草人是个活人。对于他的生气,稻草人表现出无言的冷漠。这又让他气上加气。

他在房间里四处踱步。过一会儿,搬动一下桌子。他弯下腰照镜子,仔细查看自己的脸。他查看皮肤上的毛孔。他不能写作。他不能思考。

他不能思考。因为?他没忘记那天夜里的小偷。要是他被拯救的话,那一定是那天夜里的小偷所为。他必须时刻不停地监视着小偷。可是,小偷一直没来,直到主人忘记他沉入梦乡。主人可能就是停止监视,没有醒过来,否则,这个寓言就不会成立。主人必须睡觉。如果他必须睡觉,上帝又怎能责备他睡着了呢?上帝必须救他,上帝没有选择。可是,运用一大套理由如此戏弄上帝,不就是故意挑衅和亵渎上帝吗?

他又陷入旧有的迷宫。这是伪装成别样形式的赌博故事。他赌博,因为上帝不会开口。他赌博,就是想让上帝开口。可是,翻牌瞬间让上帝开口,就是对上帝的亵渎。上帝只有保持沉默,上帝才能开口。上帝似乎要开口,上帝并没有开口。

他在桌旁坐了几个小时。笔动也没动。干瘦的人影不时踅回来,活脱脱是他自己压扁了的滑稽肖像,老头一样。他被关起来。他身陷囹圄。

为什么?这是为什么?

他闭上双眼,让自己面对那个人影,让那影子变得更清楚些。脸上那个遮蔽物好像还在,他似乎无力将它摘去。只有那影子能做到,除非有人要求,那影子是不会做的。让影子去摘,他得知道影子的名字。影子叫什么名字?伊万诺夫?这是伊万诺夫回来了,是那个模模糊糊的伊万诺夫,被人遗忘的伊万诺夫吗?他的真名叫什么?或者,影子是巴维尔?那么巴维尔之前是谁租用的这个房间呢?谁是P.A.I.?手提箱的主人吗?P.代表巴维尔吗?巴维尔是巴维尔的真名吗?如果巴维尔被叫错了名字,他还会来吗?

巴维尔曾经是个迷途者。现在他自己是迷途者。他迷失得如此深重。他不知该如何求救。

倘若他让笔掉到地上,那个人影会穿过桌子捡起笔来自己写吗?

他想起安娜·谢尔盖耶夫娜说过的话:你在哀悼你自己。

眼泪沿着他的脸颊流下来,清澈无比,几乎没有咸味。倘若说他还要继续净化自己的话,那么,他现在的净化行为就是出奇地纯净了。

这终究不能使他的孩子死而复生。倘若他坚持要见到他的话,那他只能等到死后了。

手提箱。白衣服。白衣服还在,依然在某个地方。有这样的方法吗？从脚开始,在衣服里造具躯体,直到最后才让脸显露出来。哪怕是一张巴力的牛脸。

影子的头跨过桌子稍微变大了,超过了正常人应有的尺寸。实际上,就整体比例而言,这个影子只是稍微有点偏差,稍微有点大。

他困惑不已。他是不是发烧了。遗憾的是,他没法把隔壁的马特廖娜叫过来摸摸他的额头。

他从这个影子身上找不到感觉,找不到任何感觉。更确切地说,他觉得影子周围是大片被影子的力量所统辖的冷漠,如同黑幕。这就是他无法找到那人名字的缘由吗？不是因为名字被藏匿起来,而是影子对所有名字、所有字句、所有关于它的一切都漠不关心。

这力量强大得让他感觉到压力。沉默一浪压过一浪。

第三次考验。他对安娜·谢尔盖耶夫娜说：我命中注定要过俄国式的生活。这就是俄国自明的方式吗？使用这样的力量,使用这样的黑暗,使用这样淡漠名字的方式？

对他藏匿的那个名字要不就是别的男孩的名字？就是那个他强力批判的男孩涅恰耶夫？这就是他必须学习的东西吗？在上帝的眼睛里,巴维尔·伊萨耶夫和谢尔盖·涅恰耶夫,就像两只体重相同的麻雀,两人之间并没有差别。他将被迫放弃他最后的信念吗？不再相信巴维尔的清白无辜,承认他就是涅恰耶夫的同志和追随者,承认他就是一个不安分的年轻人,毫无保留地执行涅恰耶夫所吩咐的一切。不光是和涅恰耶夫进行冒险的密谋,而且在内心里对死亡方式有高涨的快感。正如涅恰耶夫对父亲们的憎恨,父子矛盾变成不可调和的矛盾,巴维尔因此才被许可追随他,他将被迫放弃他最后的信念吗?

他提出这个问题的时候,他首次承认巴维尔尝试过憎恨和杀戮的时候,他感到自己的内心也开始骚动不安。起初是愤怒地应对巴维尔,接着是应对涅恰耶夫,应对他们所有人。父亲和儿子:仇敌,死神的仇敌。

他这么坐着,感觉麻木。巴维尔依然跟他在一起,一个把悲伤墓穴堵塞住的孩子,无休止地饮泣着。要么,就是他在央求愤怒的巴维尔从反对父亲的教条中解脱出来。他还试图使自己的怒气也减轻一点。他就像那瓶中的魔鬼,抨击着不敬不孝忘恩负义的儿子们。

这就是他所看到的一切。没有选择也是选择。他无法思考。他无法写作。他无法哀悼。除了对自己哀悼,还是为自己哀悼。直到巴维尔,真正的巴维尔,自愿地以其自由意志来拜访他为止。他是自我心中的囚徒。他无法确定那个晚上巴维尔没到这儿来,没跟他说过话。

他只有一次和巴维尔说话的机会。不光如此,他无法接受巴维尔对他的不宽恕。巴维尔开口说话的时候,他无法让自己装聋子、睡着了、装傻子。所以,他能听到的只是巴维尔的转述。他绝对相信,他不应该只听别人的转述,何况他从未听到过转述。不过,他相信,他总会听到一句转述的。

他知道自己的危险,他正在拿他的第二次机会作赌注。他一旦把赌资押到了第二次机会上,他就定会输了。他必须做他不能做的事:甘心等待事情发展,要么说话,要么保持沉默。

他害怕巴维尔已经开过口。他相信巴维尔将要去开门。两种可能。粉笔和奶酪。

这就是他坐在巴维尔的桌子旁的所思所想。他凝视着桌子对面的幻影。幻影的专注程度似乎不亚于他,幻影注定会显示真身。

不会是涅恰耶夫——现在,他知道了。那影子比涅恰耶夫要伟大。同样不是巴维尔。巴维尔也许会变成这个样子,总有一天,完全长大成人,从男孩变成冷面英俊的男人。不为爱情所动,哪怕有愿意为他做任何事情的小姑娘的崇拜。

这种想法干扰了他。这不是真实的,至少还没能够成为真实。可是,想到巴维尔不再是孩子,超然于爱情,他就不寒而栗。巴维尔不照着人的模式去长,反而照着昆虫的模式长——在进化的每一阶段都要完全改变外形。这就好比潜入尼罗河底,与灰色冰冷的庞然大物面对面相遇。说不定这东西曾经由女人生下,可随着年代的流逝,重新退化成了石头。这东西不属于他的世界。这东西将会遏制他全部的想象力。

他还被各各他①的基督控制着。可是,他面前的影子

---

① 各各他,即骷髅地,据《圣经》所说,是耶路撒冷城外的一山丘地,是耶稣被钉十字架的地方。

并不是基督的影子。他在那影子身上察觉不到爱。他所能察觉到的,只有石头般冰凉无边的冷漠。

这个鬼影,如此灰暗,没有身形。这就是他必须养育,必须要赋予其血肉的生命?要么,就是他弄错了,从一开始就弄错了?他需要把所有的自己、所有已经成就的自己抛弃殆尽,投身到那个身影里去,转世投胎变成婴孩?他无法养育眼前的这个身影,他必得投胎转世再被它养育吗?

倘若那就是他必须做的,倘若那就是真理,是复活的方法,他情愿自己那么做。他情愿把一切置之度外。他情愿赤身裸体如婴儿般,跟随那个影子走入地狱之门。

他脑海里浮现出一个形象。一个月来,他始终担惊受怕,害怕它的出现:巴维尔,赤身裸体浑身是伤血流满面,放置在太平间里。他身体里的种子要么死了,要么正在死去。

再没有什么私人的东西了。他的眼睛一眨不眨地凝视着尸体上的某些部位。倘若没有这些部位,巴维尔就不可能成为父亲。他的思绪又飘回到柏林的那家博物馆,想起那个专门从尸体里吸取种子收藏起来的女神。

终于到时候了。那只拿笔的手开始移动。可是,那支笔写下的并非是关于拯救的话语。相反,那支笔写下的是苍蝇,一只黑色的苍蝇,嗡嗡乱飞,撞击着关闭的窗玻璃。彼得堡正值仲夏,炎热潮湿。楼下的街道上,传来了嘈杂声和音乐声。房间里,长着褐色眼睛美丽直发的小姑娘赤裸着身体躺在男人身边,她那修长的腿刚刚能够得着男人的脚踝。她的脸庞紧紧压着他的肩窝处。她依偎在那里,像个婴儿般一动不动。

247

那个男人是谁？男人的身形和上帝的身形一样完美无缺。然而，他的躯体却散发出大理石般的冰冷。所以，躺在他怀抱里的孩子不可能不感到那彻骨的寒冷。至于男人的脸，却是看不见的。

他手里拿着笔坐着，硬把自己从潜心的描写中拽了回来。这样的描写不会在世上存在。这样的描写处在颠倒的位置上，局限于创造所依赖的那一瞬间，局限于他解除紧张开始堕落的那一瞬间。

这个瞬间，他正在蜕变为一个鉴赏家，一个登徒子。这个瞬间他将受到诅咒。

他心绪不宁地站了起来，从手提箱里取出了巴维尔的日记。他翻到第一个空白页。巴维尔没有在上面写东西，因为他那时已经死了。他就在这一页上再次提笔开始写作。

他写的时候，还是坐在这个房间里，坐在他现在所坐的桌子旁。房间是巴维尔的，是巴维尔一个人的房间。他不再是他自己，不再是生命到了四十九岁的男人。相反，他变得年轻起来。他拥有了年轻时光傲慢自大的全部力量。他穿着一套剪裁得当的白衣服。某种程度上，他就是巴维尔·伊萨耶夫。虽然，巴维尔·伊萨耶夫并不是他想给自己起的名字。

他在这个化身成巴维尔的年轻人的血液中，找到了一种胜利感。他已经跨越过死神的门槛，现在返回来了。没有任何东西再能打动他。他不是神。他也不再是人。他在某种意义上超越了人类，超越了男人。他无所不能。

借着这个年轻人的笔,这座公寓房子,连同它散发着陈腐味道的走廊和阴暗的角落,开始了它的自我书写,书写俄国、书写彼得堡的这座公寓。

他用整洁的大写字母,在这页纸的头上,写下**公寓**两字,接着写道:

> 他睡得晚,很少中午之前起床。公寓房间晒得很热,床单都被他的汗水浸湿了。起床后,他歪歪斜斜地走到楼梯平台处的小浴室,朝自己脸上泼把水,手指头刷刷牙,就又歪歪斜斜地走回自己的房间。他胡子拉碴头发蓬乱地坐在房间里,吃着房东太太留给他的早饭(这个时辰,黄油已经化了,牛奶里漂浮着小虫子)。吃过饭后,他刮刮胡子,穿上昨天穿过的内衣、昨天穿过的衬衫,还有白衣服(裤子的中缝坚挺得像把刀,因为裤子被放在床垫下压了一整夜)。接着,他再把头发弄湿,梳直溜了。然而,当他收拾利落做好一天的准备时,他却失去了兴致,失去了动力。他重新坐到乱七八糟的早餐桌子旁,开始想入非非。要么,他就是摊开手脚平躺下来,用小刀掏着指甲,等着发生什么事情,等着孩子放学回家。
>
> 或者,他在房间里转来转去,一会儿开开抽屉,一会儿用指头摸弄点东西。
>
> 他走到一个盒子旁。盒上有房东太太和她已故丈夫的照片。他朝盒子上的玻璃吐点口水,拿出手帕擦了擦。可以看得很清楚,这对夫妇在盒子那局促的小地方里彼此瞪着对方。

他把脸埋到她的内衣里面,轻轻闻着上面薰衣草的味道。

他是个大学里注过册的在读学生,可他根本不去上课。他参加了一个小组①,一个其成员都拿自由恋爱做试验的小圈子。有一天下午,他把一个姑娘带到了自己的房间。对他来说,他本来是应该锁门的,但他就是没有锁。他和那个姑娘做爱。他们还一起睡了觉。

一阵动静把他弄醒了。他知道有人在偷看他们。

他碰了碰那姑娘。她已经醒了。他们两个都赤身裸体,长得漂亮英俊。他们两个都为他们的青春年华感到自豪。他们又做了一次爱。

他自始至终都知道门开着一条缝。那个孩子在偷看他们。他的快感强烈,那姑娘也一样。他们以前还从未体验过如此隐秘的甜蜜感。

他把那姑娘送回家后,没有去整理床铺。他想让那好奇的孩子熟悉做爱的气味。

从那以后,一直到夏天结束之前,每个星期三的下午,他都把那姑娘带到自己的房间里,而且一直是那个姑娘。每一次,当他们分别的时候,房间就显得空空荡荡。每一次,他都知道,那孩子已经蹑手蹑脚地溜了进来,正躲在某处偷看着偷听着他们。

"别再做那事了。"那姑娘悄悄地说。

---

① 原文为俄文的英语音译。

"做哪事?"

"就那事!"那姑娘小声说道,情欲让她的脸绯红。

"先说两句话吧,"他边说着,边让她说了出来。"大声点。"他说。说几句话会让那姑娘不可遏制地兴奋起来。

他想起了斯维德里盖洛夫①的话:"女人喜欢被羞辱。"

他想到把这一切当成一种趣味培养扔给孩子的时候,这就好比培养一个人对古怪食物的趣味,比如牡蛎或牛羊的内脏。

他质问自己为什么要这样做。他自己给出的答案是:历史正在走向终点;旧账簿很快就要被扔进火里烧掉;在新旧即将交替的这段停滞不动的时间里,一切事情都是允许的。他特别不相信自己的答案,但也不怀疑它。这很管用。

要么,他就对自己说:这是彼得堡夏天的错儿——这些冗长炎热、无聊透顶、苍蝇嗡嗡撞击窗玻璃的下午,这些四处都是蚊子没完没了嗡嗡叫的夜晚,都是它们的错儿。让我最终度过这夏天,再过完冬天,然后,春天来临的时候,我要启程去瑞士,到山里边去,变成一个完全不同的人。

他和房东太太以及她的女儿一起用餐。某个星期

---

① 斯维德里盖洛夫,陀思妥耶夫斯基的小说《罪与罚》中一个恶棍的形象。

三的晚上,他假装兴高采烈的样子倚靠在桌边,把孩子的头发弄得乱糟糟的。她跑开了。他意识到自己还没有洗手。他意识到她已经不经意间嗅到他做爱后的气味。她红着脸,脑子里乱糟糟的,弯腰洗着盘子,不愿正视他的眼睛。

他用清晰的笔迹仔细写下这一切,没有删去一个字。他在今天写作的过程中,才体会到一种不同寻常的肉欲的快感——笔尖的感觉中,拇指的弯曲过程中,有种温暖舒适的感觉。不光如此,在轻柔地移手动作中,感觉似乎更加舒服些;页面上布满了他那恰到好处的不变的字体。规规矩矩的字母。

安妮娅,安娜·斯尼特金娜成为他的妻子前,是他的秘书。他雇她来整理他的手稿,后来就娶了她。天仙般的女孩,被他唤来整理他那潦草不清、乱成一团的文字。她把这些文字纺成了一根金线。倘若说他今天写得很清楚的话,那是因为他不想再让她的眼睛来仔细辨认了。他在为自己写作。他在为永恒写作。他在为故人写作。

他坐在那里平静如水。同时,他又是个置身于旋风中的人。螺旋形上升的怒吼撕裂了他旧日生活的片段。纸张的旋涡在他周围飞腾盘旋。他生来就在地球的高空之上,经受风吹浪打。在挣脱掉狂风的控制之前,在他开始坠落之前的那一瞬间,他得到允许,可以表明自己的平静和透明。世界在他身下展开,仿佛一幅打开的地图。

来自狂风的文字。四散的叶子。他收拾好它们。分裂的躯体,他重新组装起它们。

有人敲门。外面站着身穿睡衣的马特廖娜。乍一看来,她跟她母亲简直如出一辙。"我可以进来吗?"她声音沙哑地说。

"你的嗓子还疼吗?"

"嗯。"

她坐在床上。即便隔的距离很远,他依然能感觉到她紊乱的呼吸。

她为什么坐在那里?难道她想安静一会儿?难道她也筋疲力尽?

"以前,巴维尔写作的时候,他常常那样坐着,"她说,"我进来的时候还以为你是巴维尔呢。"

"我正在忙我的事,"他说,"我不停下来,你不介意吧?"

她静静地坐在他前面,看着他写。房间里的空气就像带了电,连尘埃都仿佛悬浮在空中一动不动。

"你喜欢你的名字吗?"过了一会儿,他静静地问道。

"我自己的名字?"

"是的。马特廖娜。"

"不喜欢。我恨这个名字。这名字是我父亲给我起的。我搞不懂为什么我必须叫这个名字。我奶奶也叫这个名字。她在我出生前就去世了。"

"我给你起个别的名字吧。叫杜莎。"他找出张纸,在纸的上方写好,给她看了看,"你喜欢吗?"

她没有吱声。

"巴维尔究竟出了什么事?"他问,"你知道吗?"

"我想……我想他是自杀了吧。"

"为什么自杀了?"

"为了将来吧。这样,他就能成为烈士中的一员了。"

"烈士? 什么是烈士?"

她迟疑了一下。"就是为了将来献出自己生命的人。"

"那,那个芬兰姑娘也是个烈士?"

她点了点头。

他颇为惊讶。巴维尔死之前是否也会常常讲这些套话。他脑子第一次闪过这个念头,巴维尔可能是死了更好。既然他想到了这个念头,他就该直接面对它,而不是否认它。

一场战争:老年人对青年人;青年人对老年人。

"现在你得走了,"他说,"我要工作。"

他另起一页,在顶头的地方写下**孩子**两个字,接着写道:

> 一天,有封送给他的信。信封上,他的名字和地址是用呆板整洁的印刷体字母写成。孩子从看门人那里拿到信,把信斜搁在他房间的镜子上。
>
> "那封信,你想知道是谁寄给我的吗?"他和她单独在一块的时候,他随口说道。接着,他就把马利亚·勒布亚特金的故事讲给她听。对她讲马利亚是怎么让她哥哥勒布亚特金上尉蒙羞的,还有她怎么成为特维尔的笑料的。因为马利亚·勒布亚特金曾经声称,有个她羞于透露他身份的爱慕者,曾经向她求过婚。
>
> "这封信是马利亚寄来的?"孩子问道。

"等会儿你会知道的。"

"可是,他们为什么要嘲笑她呢?为什么没人想娶她呢?"

"因为马利亚很单纯,单纯的人就不应该结婚。因为单纯的人怕他们会生下单纯的孩子来,而单纯的孩子往后又会生下单纯的孩子来,如此这般,直到整个地球上都是单纯的人,就像流行病一样。"

"流行病?"

"是的。你想让我接着讲下去吗?这一切全都发生在去年夏天,我去看我姨妈的时候。我听到了马利亚和她那压根不存在的追求者的故事。我就决定为此做点什么。首先,我就去定做了一套衣服,这样,我在这个地方看起来才够时髦。"

"就是这套衣服?"

"是的,就是这套。还没有做好呢,人人都知道什么是时髦——在特维尔,消息传播得很快。我穿上这套衣服,拿着一束鲜花,到勒布亚特金家里拜访他们。上尉给弄得莫名其妙,可他妹妹却没有。她从未丧失过她的信念。从那天起,我就天天登门去拜访。有一次,我带她到林中散步,只有我们两个人。那是我启程前往彼得堡的前一天。"

"这么说,你一直在追求她?"

"没有,根本就不是那么回事。所谓的追求者,只不过是她的幻想。单纯的人说不出幻想和真正事物之间的区别。他们相信幻想。她认为我也在幻想。因为,你知道,我的举止就像是在幻想。"

"那你还会回去看她吗?"

"不会,当然不会。如果她来找我,你坚决不能让她进来。你就说,我已经搬到别处去了。你就说,你不知道我的地址。要不,你给她一个假地址,随便编一个就行。你会立马认出她的。她又高又瘦,牙齿外露,而且,她总是笑个没完。实际上,她是很迷人的那种女人。"

"那就是她信里所说的——说她要来这儿?"

"对。"

"可是,为什么——"

"为什么我这样做?开个玩笑而已。这个国家的夏天是多么让人心烦——你都不知道多么让人心烦哪。"

他花了不到十分钟就写完了这一段,没有涂改一个字。倘要定稿的话,还必须写得更详细些。不过,就当前目的而言,写成这样就够了。他站起身来,任桌上的两张纸摊开在那儿。

这是对孩子天真的伤害。这是他不指望能得到宽恕的行为。他带着这种想法跨越了门槛。现在,上帝必须开口说话。现在,上帝不敢再保持沉默。腐蚀孩子就是逼迫上帝。他用拱条和弹簧造出的机关,关上后就像个陷阱,捕捉上帝的陷阱。

他清楚自己的所作所为。同时,他在这场和上帝斗智的较量中,他超越了自我。他也许已经超越了自己的心灵。

他和上帝相互包容。时间凝固,停止观看。时间被悬置起来,所有事物在坠落之前都被悬置起来。

我已经失去了我在自己灵魂中的位置,他想。

他拿起帽子,离开了租住地。他认不出这顶帽子了。他不知道穿的是谁的鞋。事实上,他认不出自己是谁了。假如他现在照照镜子,假如镜中出现的是别的脸孔,假如那脸孔同样空洞地盯着他,他也不会感到有任何奇怪。

他背叛了每个人。他看不出他的背叛会越陷越深。倘若他想知道,背叛的滋味究竟像醋那样酸呢,还是像胆汁那样苦,现在正是时候。

可是,他的嘴里无滋无味,恰似他的心没有分量。他的心,老实说,空荡荡的。他事先压根没有料到事情会是这样。不过,事先他又怎么能料到呢?不是痛苦,而是痛麻了的感觉。好比战士在战场上被子弹击中,鲜血直流,却感觉不到疼痛,还诧异不已:我是不是已经死了?

看来,他要付出高昂的代价。他写书挣了很多稿费。那个孩子说。她重复着那个死去的孩子的话。他们没有说出的话就是:作为回报,他不得不交出自己的灵魂。

现在,他开始尝试那种滋味了。那种滋味如同苦胆。

译 后 记

赶译完库切的小说《彼得堡的大师》,疲劳之余,一头雾水。时间催得紧,无法及时参看相关资料,库切本人又是学者兼作家,文本复杂精深,让人头脑里不得不积满了问号。作家缘何要安排陀思妥耶夫斯基出任小说的主人公?他出于什么目的要杜撰出陀思妥耶夫斯基1869年秋天的彼得堡之行?他为什么要单挑陀思妥耶夫斯基生平中不起眼的继子巴维尔作为小说的线索?他是如何处理真实与虚构之间的关系的?这是库切以小说的方式讨论陀思妥耶夫斯基创作思想的变化吗?还是他要借此表明自己对俄国革命的认识?答案似乎都在文本中,答案又似乎都不在文本中。

格罗斯曼的《陀思妥耶夫斯基传》(外国文学出版社,1987年),对陀思妥耶夫斯基的生平有详尽的描述。《陀思妥耶夫斯基夫人回忆录》(北京大学出版社,1987年)也可以作为不错的佐证。根据这两本书的记载,巴维尔·亚历山德罗维奇·伊萨耶夫是玛利亚·德米特里耶夫娜和小职员伊萨耶夫的儿子。1855年,陀思妥耶夫斯基在塞米巴拉金斯克服兵役期间,认识了他们一家。他狂热地爱上了女主人。后来,伊萨耶夫因病去世,陀思妥耶夫斯基娶了伊萨耶夫的寡妇。此时,巴维尔年仅七岁。玛利亚随夫回到彼得堡后不久,于1864年因肺结核死去,巴维尔十六岁。1867年,陀思妥耶夫斯基和年轻的速记员安娜·格里戈里耶夫娜结婚的时候,巴维尔也只有十九岁。同年,陀思妥耶夫斯基携妻出国,巴维尔留在彼得堡,靠继父寄来的钱为生,度过了十九岁到二十三岁之间的时光。他甚至还结了婚,妻子是个"漂亮的女人,个子不高,既谦虚又聪明"。

安娜笔下的巴维尔并不讨人喜欢。他好吃懒做,对继父的再婚充满敌意,甚至在陀思妥耶夫斯基刚刚离世之际,就急急忙忙赶到现场打探遗嘱事宜。相反,《彼得堡的大师》中的巴维尔,却成了陀思妥耶夫斯基情深意长的悼念对象,父子感情被描述得无与伦比,这显然是库切有目的的改写。(库切的儿子意外亡故于1984年,不知道丧子之痛会不会是库切创作这部小说的一个因素?)库切在小说中改变了巴维尔的死期,让他死在1869年秋天的彼得堡。正是他的死亡,把陀思妥耶夫斯基从德累斯顿召回到彼得堡,让文学大师在调查儿子亡故的过程中经历了一次思想上的蜕变。围绕巴维尔的死,小说中一系列的人物也被串联起来,女房东安娜·谢尔盖耶夫娜、房东的女儿马特廖娜、无政府主义者涅恰耶夫以及帝国的警察马克西莫夫等等,他们皆因巴维尔的死参与到陀思妥耶夫斯基的生活中来。在变化多端的现实和复杂的心理斗争作用下,小说中的陀思妥耶夫斯基最终构思出了斯塔夫罗金的形象(《群魔》中的主人公),同时,小说也在他痛苦的写作过程中结束。

这一事件完全是虚构出来的。女房东的情节、彼得堡的场景描写多少能让人联想到小说《罪与罚》(1866年)。库切如此设计，似乎是在为陀思妥耶夫斯基的小说创作做注解。只是，在虚构过程中，他强化了巴维尔的作用，让这个提前死去的儿子成为他心灵蜕变的助燃剂。

小说中另外一个重要人物是无政府主义者谢尔盖·根纳德维奇·涅恰耶夫。历史材料中的涅恰耶夫，生于1847年，曾经是彼得堡大学的旁听生，比真实的巴维尔年长一岁。他参加过1869年春天彼得堡的学生运动。之后赴瑞士，在日内瓦参见了老牌的无政府主义者巴枯宁。1869年9月，涅恰耶夫携带建立反政府秘密组织的计划来到莫斯科，成立了地下组织"人民惩治会"（即小说中的"人民复仇"）。涅恰耶夫宣扬无神论思想，主张通过冒险主义的斗争策略和无原则的恐怖主义，来建立一个"没有上帝"的新社会制度。"人民惩治会"最轰动的事件莫过于制造了"伊万诺夫事件"。彼得罗夫农学院学生伊万诺夫（和小说中被杀害的乞丐同名）因为试图退出组织而惨遭杀害。伊万诺夫之死，使这些年轻的阴谋家逐渐浮出水面。罪行败露后，涅恰耶夫逃到国外，1872年在日内瓦被捕，后被引渡给俄国政府，被判二十年苦刑，死于彼得保罗监狱。

库切在小说中，把巴维尔的死和涅恰耶夫联系起来。《彼得堡的大师》中，有若干章节涉及涅恰耶夫。事实上，无论是陀思妥耶夫斯基还是巴维尔，和涅恰耶夫本人都没有什么直接的交往。即便是巴枯宁，陀思妥耶夫斯基和他也不过是一面之交，而且对他极为反感。巴维尔被库切设计成为涅恰耶夫的追随者,使得创作《群魔》之前的陀思妥耶夫斯基有了和无政府主义者直接交锋的可能。在这里,库切的想象力发挥了作用,他"后现代"地处理了真实事件和虚构事件的关系,为小说的最后一章"斯塔夫罗金"这个文学人物的诞生提供了某种能够自圆其说的理由。

根据格罗斯曼的记叙,涅恰耶夫的案件的确曾经引起过陀思妥耶夫斯基的关注。事实上,1869年秋天,时在德累斯顿的陀思妥耶夫斯基读到关于莫斯科暗杀事件的报道,已经决定创作一部以俄国父与子两代革命者为主人公的小说,这就是《群魔》。为了写好这部作品,陀思妥耶夫斯基曾经亲自勘探过伊万诺夫的死亡现场,亲自旁听了1871年警方对涅恰耶夫的公审。《群魔》发表于1871年,直接取材于"涅恰耶夫案件"。《群魔》中的韦尔霍文斯基的原型就是涅恰耶夫,大学生沙托夫的原型就是伊万诺夫。《彼得堡的大师》把这所有的线索都集中到巴维尔身上,在他身上集中了所有的矛盾和冲突。陀思妥耶夫斯基因为巴维尔和涅恰耶夫、和警察、和女房东、和女房东的女儿有了种种关联,最后,他不断地和巴维尔的影子对白,在忏悔的过程中开始了写作。如此看来,如果我们把《彼得堡的大师》看成是库切故事化地诠释陀思妥耶夫斯基创作《群魔》的过程,似乎也不为过。只是,如此单一的解读好像太轻看了库切,他的小说一向含义丰富,本应经得起多种看法。

库切本人是文学教授,对陀思妥耶夫斯基的生平材料十分熟悉。他重塑陀思妥耶夫斯基的故事,半真半假,半遮半掩,更能调动起读者对小说中诸多扑朔迷离的事件的兴趣。显然,这是个和读者较量知识的故事,好比一个解密的过程,越解越觉得不可思议,越解越觉得陷入一个更深的秘密当中。如果读者碰巧不熟悉陀思妥耶夫斯基,碰巧对他的作品、他的生平不够了解,那么,读懂这部小说就是个困难的过程,至于再读出库切形式上对陀思妥耶夫斯基小说复调特性的模仿,那恐怕就要去搬弄巴赫金的理论了。在这里,我们只能这么揣测,库切如此谋划,就是要向读者展示书房斗室里深不可测的想象世界。

最后说说译文。王永年先生是我景仰的前辈翻译家。他的译笔干净舒缓,有贵族般的优雅。倘若不是出版时间所限,他本可以从容译完文稿。跟在王先生的译文后面,实在让我惴惴不安。续译急躁紧促,好似缓不过气来的游泳新手,较之王先生的译文真是有云泥之别。时间紧张固然是理由,汉语功底浅薄才是让我辈气短的真正原因。好在,紧赶慢赶赶完了,其他的事,留待读者评说。

匡咏梅
2004 年 3 月 14 日